漢魏樂府風箋

黄節 著

貴州出版集團
貴州人民出版社

圖書在版編目（CIP）數據

漢魏樂府風箋 / 黄節著 . -- 貴陽 : 貴州人民出版社 , 2024. 9. -- ISBN 978-7-221-18616-4

Ⅰ . I207.226

中國國家版本館 CIP 數據核字第 20248UZ370 號

漢魏樂府風箋

黄　節　著

出 版 人　朱文迅
責任編輯　馮應清
裝幀設計　采薇閣
責任印製　衆信科技

出版發行　貴州出版集團　貴州人民出版社
地　　址　貴陽市觀山湖區中天會展城會展東路 SOHO 辦公區 A 座
印　　刷　三河市金兆印刷裝訂有限公司
版　　次　2024 年 9 月第 1 版
印　　次　2024 年 9 月第 1 次印刷
開　　本　710 毫米 ×1000 毫米 1/16
印　　張　27
字　　數　162 千字
書　　號　ISBN 978-7-221-18616-4
定　　價　88.00 元

出版説明

《近代學術著作叢刊》選取近代學人學術著作共九十種，編例如次：

一、本叢刊遴選之近代學人均屬于晚清民國時期，卒于一九一二年以後，一九七五年之前。

二、本叢刊遴選之近代學術著作涵蓋哲學、語言文字學、文學、史學、政治學、社會學、目録學、藝術學、法學、生物學、建築學、地理學等，在相關學術領域均具有代表性，在學術研究方法上體現了新舊交融的時代特色。

三、本叢刊遴選之近代學術著作的文獻形態包括傳統古籍與現代排印本，爲避免重新排印時出錯，本叢刊據原本原貌影印出版。原書字體字號、排版格式均未作大的改變，原書之序跋、附注皆予保留。

四、本叢刊爲每種著作編排現代目録，保留原書頁碼。

五、少數學術著作原書内容有些許破損之處，编者以不改變版本内容爲前提，稍加修補，難以修復之處保留原貌。

六、原版書中個别錯訛之處，皆照原樣影印，未作修改。

由于叢刊規模較大，不足之處，懇請讀者不吝指正。

漢魏樂府風箋　目録

卷十五

補遺

漢魏樂府風箋

羅振玉署

漢魏樂府風箋目錄

卷一

漢風

相和歌辭一

相和曲

卷二

漢風

相和歌辭二

平調曲

卷三

卷五

漢風

相和歌辭五

楚調曲

相和曲

卷十

魏風

相和歌辭三

平調曲

卷十二
魏風
相和歌辭五
瑟調曲

漢風

雜曲歌辭

蜨蝶行 古辭

傷歌行 古辭

悲歌 古辭

前緩聲歌 古辭

枯魚過河泣 古辭

驅車上東門行 古辭

冉冉孤生竹 古辭

羽林郎 辛延年辭

卷十五

魏風

雜曲歌辭

漢魏樂府風箋目錄終

漢魏樂府風箋序

漢世聲詩既判樂府始與詩別行雅亡而頌亦僅存惟風爲可歌耳漢書禮樂志武帝立樂府采詩夜誦有趙代秦楚之謳蓋皆風也而朝廟所作則安世房中歌郊祀歌謂是頌已鐃歌非雅也鄭夾漈謂上之回聖人出君子之作也雅也艾如張雉子斑野人之作也風也夾漈不辨風雅矣鐃歌皆邊地都鄙之謠其音製崎嶇淫僻止可度之鼓吹笛笳爲馬上之曲不可被之琴瑟金石爲殿廷之樂也是故漢雅亡矣魏武平荆襄獲漢雅樂郎杜夔使創定雅樂漢本無雅夔所肄習乃制氏所傳文王伐檀騶虞鹿鳴四詩之音節耳非漢雅也其篇又不傳知其無所創定矣文帝使繆襲造短簫鐃歌十二曲用

漢曲而易其名如朱鷺爲楚之平思悲翁爲戰滎陽是也夾漈謂魏皆倣漢鐃歌短簫敍其創業以來伐畔討亂肇造區夏之事卽古之雅頌矣豈知聲爲樂體劉彥和云辭雖典文而律非夔曠短簫鐃歌乃軍中馬上所奏漢製尚不可登之殿廷況倣爲之耶是故魏雅亦亡矣茲篇所采皆漢魏樂府風詩故曰風箋若夫安世房中歌郊祀歌則漢頌所存者矣漢志而外若江都陳本禮長沙王先謙皆有箋釋鐃歌亦然而武進莊述祖蘄水陳沆別有鐃歌句解鐃歌十八曲箋學者當自求之至於魏郊廟無頌蕭子顯曰魏辭不見疑用漢辭沈約曰魏國初建使王粲改作登歌及安世巴渝詩而已安世之辭不存獨有渝詩宋志所錄魏俞兒舞歌四篇是也舍是而魏頌亡矣

夫肆樂府者大率習於辭豔趨亂而巳遺其聲久矣辭者其歌詩也豔在曲之前趨與亂在曲之後大曲有之若聲則其辭之音也古者辭與聲別行漢藝文志有河南周歌詩七篇別有河南周歌詩聲曲折七篇有周謠歌詩七十五篇別有周謠歌詩聲曲折七十五篇此其證矣是故古辭一句之中五聲相和而有曲折之度古樂既亡聲篇亦佚今論樂府只求其諧而已然已大難嚴滄浪謂古采蓮曲全不押韻馮定遠譏之謂間與田蓮古通何言無韻不知西北古亦通則爲定遠所未解者知茲事之難也茲篇於辭豔外務求其聲雖視古五聲相和曲折有度不可悉識矣然豈予之陋也況休文猶近古宋志今鼓吹鐃歌上邪晚芝之艾張三曲聲存而休文且莫能舉之矣

十二年二月黃節序

漢魏樂府風箋卷一

順德黃節箋釋

漢風

漢書藝文志曰自孝武立樂府而采歌謠於是有代趙之謳秦楚之風皆感於哀樂緣事而發亦可以觀風俗之薄厚云今案漢志所錄高祖歌詩則所存大風歌鴻鵠歌也出行巡狩及游歌詩則所存武帝瓠子歌秋風辭蒲梢天馬歌車子侯歌及鐃歌中上之回等篇也李夫人及幸貴人歌詩則所存外戚傳所載是耶非耶詩拾遺記所載落葉哀蟬曲也吳楚汝南歌詩則所存雞鳴歌也燕代謳雁門雲中隴西歌詩則所存雁門太守行隴西行也邯鄲

河間歌詩則所存陌上桑河間雜歌也黃門倡車忠等歌詩則所存黃門倡歌及俳歌辭也雜歌詩漢志敘九篇則所存據樂府雜題云自相逢狹路間行已下不知所起自君子有所思行已下又無本詞凡志所敍錄漢風存者止此耳然若高帝孝武諸篇未入樂府別爲漢雜歌詩其入樂府者爲相和歌辭

相和歌辭

宋書樂志曰相和漢舊曲也絲竹更相和執節者歌晉書樂志曰凡樂章古辭之存者並漢世街陌謳謠江南可采蓮烏生八九子白頭吟之屬其後漸被於絃管卽相和諸曲是也唐書樂志曰平調清調瑟調皆周房中曲之遺聲漢世謂之三調又有楚調側調

楚調者漢房中樂也高帝樂楚聲故房中樂皆楚聲也側調者生於楚調與前三調總謂之相和調

節案鄭夾漈有言昔周詩南陔之三笙以和鹿鳴之三雅由庚之三笙以和魚麗之三雅相和調蓋依此而起漢志不錄其辭何也美哉淵乎聞長歌大曲之音者性情以正矣識曲於江南烏生而哀樂得其節矣正容起悟則爲雞鳴陌上桑孔雀東南飛俗可謂不淫矣及讀平陵東薤露則悲志義之臣誦相逢行長安有狹斜行隴西行喟然於國奢教儉國儉教禮而婦病孤兒雁門太守則時政之得失繫焉詩序曰一國之事繫一人之本謂之風予論漢魏樂府首相和歌辭本詩之六義先風也

相和曲

郭茂倩樂府詩集云凡相和其器有笙笛節鼓琴瑟琵琶箏七種

江南

郗昂樂府解題云江南古辭蓋美芳辰麗景嬉遊得時也

江南可采蓮蓮葉何田田魚戲蓮葉間魚戲蓮葉東魚戲蓮葉西魚戲蓮葉南魚戲蓮葉北

節箋爾雅江南曰揚州江南楚辭目極千里兮傷春心魂兮歸來哀江南田田蓮葉貌

節釋音先刪古韻通吳才老韻補間經天切中也漢黃間終一作肩班固西都賦囊以藻繡絡以編連隋珠明月錯落其

間北與德同韻淮南子曰萬民猖狂不知東西交被天和食于地德是德與西叶楚辭大招無東無西無南無北亦西北

相叶蓋西在齊韻齊韻平聲也北在職韻齊與職爲同互通

陳胤倩曰寫魚飄忽校詩在藻依蒲尤活

朱止谿曰歌江南美風俗也王政易行焉或曰物阜風淫所以爲刺

張蔭嘉曰不說花偏說葉葉尚可愛花不待言矣魚戲葉間更有以魚自比意

陳太初曰刺遊蕩無節宛邱東門之旨也

東光

古今樂錄云張永元嘉技錄東光舊但有弦無音宋識造其聲歌

東光平蒼梧何不平蒼梧多腐粟無益諸軍糧諸軍遊蕩子蚤行多悲傷

節箋漢地理志勃海郡高帝置有東光縣案卽今直隸河間府又蒼梧郡武帝元鼎六年開案一統志武帝平南粵以其

地為廣信縣屬蒼梧郡今廣西梧州府漢書武帝元鼎五年夏四月南越王相呂嘉反殺漢使者秋遣伏波將軍路博德

出桂陽下湟水樓船將軍楊僕出豫章下湞水歸義越侯嚴為戈船將軍出零陵下離水甲為下瀨將軍下蒼梧皆將罪

人江淮以南樓船十萬人越馳義侯遺別將巴蜀罪人發夜郎兵下牂柯江咸會番禺史記太倉之粟陳陳相因充溢露

積於外至腐敗而不可食又高祖謂沛父兄曰遊子悲故鄉

節釋音陽庚古韻通詩商頌烈祖賚我思成既戒既平時靡有爭黃耇無疆平叶旁漢晉亦然史記龜策傳國多妖祥五

穀不成淮陰侯傳飛鳥盡良弓藏狡兔死走狗烹

朱止谿曰東光平誕時也似有鄭風清人之刺一曰漢武帝征南越久未下而作

薤露

崔豹古今注曰薤露蒿里並喪歌也本出田橫門人橫自殺門人傷之為作悲歌言人命奄忽如薤上之露易晞滅

也亦謂人死魂魄歸於蒿里至漢武帝時李延年分為二曲使挽柩者歌之謂之挽歌樂府解題曰左傳齊將與吳

戰于艾陵公孫夏命其徒歌虞殯杜預云送死薤露歌即喪歌不自田橫始也

薤上露何易晞露晞明朝更復落人死一去何時歸

節箋爾雅釋草薤鴻薈注似韭之菜也詩秦風蒹葭淒淒白露未晞

節釋音露在遇韻落在樂韻遇樂爲回互通韻物國語水涸成梁亦作水沍今遇韻有涸字樂韻亦有涸字禮喪大記既練居堊室註作汙室今遇韻有堊字樂韻亦有堊字七諫怨靈修之浩蕩兮夫何操之不同悲太山之爲隍兮孰江河之可涸皆遇樂通此辭露落叶晞歸叶

朱止谿曰薤露挽歌也李延年以此曲送王公貴人唐人詩北邙松柏路留待市朝客堪爲此曲注脚

蒿里

蒿里誰家地聚斂魂魄無賢愚鬼伯一何相催促人命不得少踟躕

節箋漢書武帝紀太初元年禮高里注伏儼曰山名在泰山下師古曰此高字自作高下之高而死人之里謂之蒿里或

呼為下里者也字則為蓬蒿之蒿或者見泰山神靈之府高里山又在其旁郎誤以為蒿里為蒿里案玉篇蒿里黃泉也死人里也說文呼毛反經與為鮮蒿之字內則注蒿乾也蓋死則槁乾矣以蓬蒿字為蒿里乃流俗所誤耳今泰安府城西南三里有高里山山極小上有塔其東北有廟內供閻羅酆都陰曹七十二司等神像蓋即沿蒿里喪歌之誤直以蒿里為高里元和郡縣志曰高里山在兗州亦曰蒿里山鬼伯猶莊子之冥伯郭象注已歿之人也

節釋音地在真韻促在沃韻真與沃為回互通轉屋沃古通詩大雅旱麓清酒既載騂牡既備以享以祀以介景福則真與沃通中原音韻以沃為虞之入又促與趣同或作趨趨在虞韻

朱止谿曰蒿里喪歌李延年以此曲送士大夫庶人魏武帝擬為喪亂之歌也

陳氏樂書曰靈帝耽胡樂梁商大臣朝廷之望也會賓歌薤露京師嘉會以魁櫑挽歌之技為樂豈國家久長之兆哉

漢詩說曰十九首云舉賢莫能度此言聚歛魂魄無賢愚使人意氣都盡要是漢人作詩語皆斷絕千古不使後人更有可加凡詩使後人有可加處詩便不至

陳胤倩曰此便是詩中至到義盡人心中同然饜足更無能哀過於此

張蔭嘉曰前章比體悽惋欲絕此章賦體慘刻盡致

雞鳴

樂府解題曰雞鳴初言天下方太平蕩子何所之次言黃金爲門白玉爲堂置酒作倡樂爲樂終言桃傷而李仆喻兄弟當相爲表裏兄弟三人近時榮耀道路與相逢狹路行同時

雞鳴高樹巔狗吠深宮中蕩子何所之天下方太平刑法非有貸柔協正亂名黃金爲君門璧玉爲軒堂上有雙樽酒作使邯鄲倡劉王碧青甓後出郭門王舍後有方池池中雙鴛鴦鴛鴦七十二羅列自成行鳴聲何啾啾聞我殿東廂兄弟四五人皆爲侍中郎五日一時來觀者滿路傍黃金絡馬頭熲熲何煌煌桃生露井上李樹生桃傍

蟲來齧桃根李樹代桃殭樹木身相代兄弟還相忘

節箋史記貨殖傳老子曰至治之極鄰國相望雞狗之聲相聞又律書天下殷富粟至十除錢鳴雞吠狗煙火萬里可謂和樂者乎下故云天下方太平也列子有人去鄉土遊於四方而不歸者世謂之為狂蕩之人也貸寬假之也爾雅協服也柔協猶柔服也左傳伐叛刑也柔服德也管子正名稽疑刑殺亟近則內定矣作使役使也邯鄲趙地倡女樂也史記中山地薄人衆為倡優女子遊媚貴富爾雅釋宮瓴甋謂之甓樂府廣序碧青甓帷王家用之詩迺立皋門毛傳王之郭門曰皋門鄭箋諸侯之宮外門曰皋門劉王者漢同姓諸侯王也郭門王者郭門外之侯王謂異姓諸侯王也漢方太平以法治天下雞鳴狗吠相聞風猶未侈其後則黃金為門璧玉為軒同姓諸侯王放侈於前異姓諸侯王繼之於後舍後數語謂郭門王之舍也異牽筆記云霍光園中鑿大池植五色睡蓮養鴛鴦三十六對望之爛若披錦楚辭鳴玉鸞之啾啾王逸注啾啾鳴聲漢書侍中中郎將王商侍中衛尉王鳳侍中太僕王音侍中騎都尉王莽初學記漢律吏五日得一休沐詩不出於熲毛傳熲光也

節釋音東陽庚古通易象傳鳴豫志窮凶也盱豫有悔位不當也掾大有得志大行也又屈原卜居寸有所長智有所不

明神有所不通皆可證

朱止谿曰雞鳴刺時也國奢者教禮首善繫乎京師或曰初平中五侯僭侈太后委政於莽專威顓姿遣紅陽侯立平何

侯仁迫令自殺民用作歌

李子德曰熟讀衛霍諸傳方知此詩寓意此詩必有所刺首云蕩子何之繼之柔協亂名中則追敘其盛時既謂兄弟四

五人皆為侍中何等赫奕而末乃借桃李以傷之蓋有權貴羅禍其兄弟莫相為理惟僥倖得脫刺之云云首尾乃正意

中故作詰曲所謂定哀多微辭耳

漢詩說曰首言太平之世法不可犯中敘家世之盛末誠兄弟相尤却用引喩出之高絕

陳胤倩曰當時必有為而作其事不傳無緣可知但覺淋漓古雅古雅辭也淋漓情也彼自有情即事不傳而情未嘗不

傳雞鳴二句太平景象如覩黃金以下繁華之狀寫得曲象桃生以下比興之旨曲折入情

張蔭嘉曰此譏蕩子亂名干法將貽累兄弟之詩陳太初曰漢制非劉氏不得王故惟宗室王家得殿砌青甓而僭效之者則郭門之王氏也郭門其所居之地鴛鴦七十二伎妾之盛也

烏生

樂府詩集曰一曰烏生八九子梁劉孝威城上烏一年生九雛但詠烏而已又有城上烏蓋出於此

烏生八九子端坐秦氏桂樹間唶我秦氏家有遊遨蕩子工用睢陽彊蘇合彈右手持彊彈兩丸出入烏東西唶我一丸卽發中烏身烏死魂魄飛揚上天阿母生烏子時乃在南山巖石間唶我人民安知烏子處蹊徑窈窕安從通白鹿乃在上林西苑中射工尚復得白鹿脯唶我黃鵠摩天極高飛後宮尚得烹煑之鯉魚乃在洛水深淵中釣鉤尚得鯉魚口唶我人民生各各有壽命死生何須復道前後

節箋爾雅釋鳥疏情鳥聲集韻唶歎聲詩邶風以敖以遊詩毛傳善其事曰工雎陽古宋國闞子曰宋景公使弓工以為弓
九年來見公曰為弓亦遲對曰臣不得見公矣臣之精盡於弓矣獻弓而歸三日而死公張弓登臺東面而射矢踰孟霜
之山集彭城之東其餘力逸勁飲羽於石梁說文彊弓有力也班固與弟超書竇侍中今載月氏馬蘇合香案蘇合西城
香也見後漢書西域傳西京雜記云長安五陵人以真珠為丸以彈鳥雀此言蘇合彈蓋以蘇合香為丸也司馬相如上
林賦轥白鹿捷狡兔禮記牛脩鹿脯注脯析乾肉也漢高祖楚歌鴻鵠高飛一舉千里河圖黃帝游洛見鯉魚青身無鱗
又案洛陽伽藍記云京師語曰洛鯉伊魴貴於牛羊詩用鯉魚洛水蓋京諺相傳久矣
節釋音刪寒真先東古通變支有古亦通原壤沐槨歌貍首之班然執女手之卷然則刪與先通詩大雅崧高維嶽峻極
于天維嶽降神生甫及申維申及甫維周之翰四國于蕃四方于宣則先與真寒通楚辭大招鰅鱅短狐王虺騫只魂乎
無南蜮傷躬只則先與東通西叶先漢郊祀歌象載瑜白集西食甘露飲榮泉故與下身先叶彈徒于切丸胡官切丸與
彈一音相接不為韻以上刪寒真先東為上半篇之聲韋孟諷諫詩正遐由近殆其茲怙嗟嗟我王曷不斯思則變與支

通詩大雅有周不顯帝命不時文王陟降在帝左右則支與有通師匪父切飛甫微切飛與師一音相接才爲韻以上要

支有爲下半篇之聲

朱止谿曰烏生寫言也滿歌行禍福無形一語寫炤

陳胤倩曰奇傑之作嗜字讀嗟歎之音端坐妙自以爲無患與人無爭也出入烏東西寫人有致魂魄飛揚句奇正是

哀其壽命阿母生烏故反言一段若追怨烏不知避患下乃引白鹿等暢言之見患至本不可避蹊徑句生動

李子德曰彈烏射鹿煮鵠鉤魚總借喩年壽之有窮世途之難測以勸人及時爲樂奇橫伸縮妙不可言唱託烏語以發

之白鹿鯉魚不用嗜字極有理

平陵東

崔豹古今注平陵東漢翟義門人所作也　樂府解題義爲丞相方進少子字文仲爲東郡太守以王莽篡漢舉兵

誅之不克見害門人作歌以悲之也

平陵東松柏桐知不何人刦義公刦義公在高堂上交錢百萬兩走馬兩走馬亦誠難顧見追吏心中惻心中惻血出漉歸告我家賣黃犢

節箋漢書地理志右扶風郡平陵縣案即今陝西西安府咸陽縣西北漢書翟方進傳莽下詔曰迺者反虜劉信翟義誖逆作亂於東而芒竹羣盜趙明霍鴻造逆西土遣武將征討咸伏其辜惟信義等始發自濮陽結姦無鹽殄滅於圉趙明依阻槐里環隄霍鴻負倚盩厔芒竹咸用破碎亡有餘類其取反虜逆賊之鯨鯢聚之通路之旁濮陽無鹽圉槐里盩厔凡五所案槐里即今陝西西安府興平縣東南盩厔即今陝西西安府盩厔縣東漢志皆屬右扶風郡在平陵之西壤地相接此詩蓋咸槐里盩厔之京觀而作曰平陵東者指咸陽莽居攝地也松柏桐者有節榦之木以興起思義何人蓋指趙明霍鴻等漢書翟方進傳初三輔聞翟義起自茂陵以西至汧二十三縣盜賊並發趙明霍鴻等自稱將軍攻燒官寺殺右輔都尉及斄令刦略吏民衆十餘萬火見未央宮前殿又曰攻圍義於圉城破之義與劉信棄軍庸亡至固始界中

捕得義尸磔陳都市刦義公蓋深怨趙霍等不能刦義於捕中而救之也高堂指四義之所交餞百萬兩走馬謂誠能救義則不惜交錢百萬使趙霍兩人走馬以救之然兩人亦誠難自顧爲吏士所追見之者心惻血濾說文濾滲也漢書龔遂傳爲渤海太守民有帶持刀劍者使賣劍買牛賣刀買犢曰何爲帶牛佩犢賣黃犢謂賣犢買刀爲義復仇也節釋音馬遇右通楚辭九歌秋蘭兮蘪蕪羅生兮堂下綠葉兮素枝芳菲菲兮襲予夫人自有兮美子蓀何爲兮愁苦則馬與遇通騰屋古通詩曹風蜉蝣之翼采采衣服則騰屋通

朱止谿曰平陵東不以成敗論人哀其志也

陳胤倩曰人懷救贖之心傷力不及其情甚哀血出讀字新亦健亦活

李子德曰刦之不得而思之無窮末語其感人深矣

陌上桑

崔豹古今注陌上桑者出秦氏女子秦氏邯鄲人有女名羅敷爲邑人千乘王仁妻王仁後爲趙王家令羅敷出采

桑於陌上趙王登臺見而悅之因置酒欲奪焉羅敷巧彈箏乃作陌上桑之歌以自明趙王乃止樂府解題古辭言羅敷采桑為使君所邀盛誇其夫壻為侍中郎以拒之與前說不同

日出東南隅照我秦氏樓秦氏有好女自名為羅敷羅敷憙蠶桑採桑城南隅青絲為籠系桂枝為籠鉤頭上倭墮髻耳中明月珠緗綺為下帬紫綺為上襦行者見羅敷下擔捋髭鬚少年見羅敷脫帽著帩頭耕者忘其犂鋤者忘其鋤來歸相怒怨但坐觀羅敷一解使君從南來五馬立踟躕使君遣吏往問是誰家姝秦氏有好女自名為羅敷羅敷年幾何二十尚不足十五頗有餘使君謝羅敷寧可共載不羅敷前置辭使君一何愚使君自有婦羅敷自有夫二解東方千餘騎夫壻居上頭何用識夫壻白馬從驪駒青絲繫馬尾黃金絡馬頭腰

中鹿盧劒可直千萬餘十五府小史二十朝大夫三十侍中郎四十專城居爲人潔白晳鬑鬑頗有鬚盈盈公府步冉冉府中趨坐中數千人皆言夫壻殊三解前有豔歌曲後有趨

吳兆宜注史記褚先生滑稽傳東方朔取少婦于長安中好女聞人倓注說文系繫也吳兆宜注方言籠南楚江沔之間謂之篣或謂之笯注亦呼籃又鉤宋楚陳魏之間謂之鹿觡或謂之鉤格自關而西謂之鉤或謂之鑯注鉤懸物者劉安招隱士攀桂枝兮聊淹留闘人倓注古今注長安婦人好桓盤髻墮馬髻今無復作者倭墮髻一云墮馬之餘形也漢書武帝時使人入海市明月大珠至圍二寸已下吳兆宜注後漢輿服志耳璫垂珠聞人倓注釋名緗桑也如桑葉初生之色也吳兆宜注詩毛傳上曰衣下曰裳說文緗帛淺黃色也又綺文繒也六書故織素爲文曰綺戰國策齊人紫敗素也而價十倍說文襦短衣一曰雞衣方言汗襦自關而東謂之甲襦陳魏宋楚之間謂之襜襦或謂之襌襦說文擔負何也背曰負何曰擔髭口上須也聞人倓注釋名帽冒也故加於乘體之上又綃頭綃鈔也鈔髮使上從也兩漢博聞帩頭一

作綃頭儀禮鄭注幓頭自項中而前交額上却繞髻也漢書注犁耕也釋名鉏去穢助苗長也坐緣也歸家怨怒緣觀羅敷之故也吳兆宜注漢世太守刺史或稱府君或稱將或稱明府前漢趙廣漢爲京兆界上亭長戲曰至府爲我多謝問趙君尹翁歸徵拜東海太守于定國家在東海謂邑子曰此賢將汝不任事也韓延壽爲東郡門卒曰今旦明府且駕若此使君之稱則見之後漢郭伋傳伋前在并州行部到西河美稷有童兒數千道次迎拜曰聞使君到喜故來奉迎此詩云使君從南來其爲後漢人無疑漢官儀注驪馬加左驂右驂二千石有左驂以爲五馬詩孑孑干旟在浚之都素絲組之良馬五之鄭注謂周禮州長建旟漢太守比州長法御五馬故云詩毛傳姝美色也晉灼漢書注以辭相告曰謝漢外戚傳孝成帝游於後庭常欲與班婕好同輦載爾雅女之夫曰壻聞人倓注毛詩箋在前上處者在前列上頭也吳兆宜注詩毛傳純黑曰驪說文驪深黑色何承天纂文馬二歲爲駒說文羈馬絡頭也西京雜記昭帝時茂陵家人獻寶劍上銘曰直千金壽萬歲漢書雋不疑傳注古長劍首以玉作井鹿盧形上刻木作山形如蓮花初生未敷時今大劍木首其狀似此聞人倓注周禮凡官屬皆有府史春官小史掌邦國之志秋官朝大夫掌邦家之國治漢書百官公卿表應劭注侍中

入侍天子故曰侍中左傳有君子白皙鬒鬚眉甚口說文鬑鬋也
節補箋風俗通曰河東以東西爲阡南北爲陌城南隅采桑而指東方蓋其夫居官所在易說卦帝出乎震震東方也以
喙朝廷廣雅瀛好也方言郭注瀛言瀛瀛也瀛瀛即盈盈古詩盈盈樓上女離騷老冉冉其將至兮王注冉冉行貌
節釋音魚虞尤古通王逸九思嗟嗟兮悲夫散亂兮紛挐則魚虞通易林周流其墟無有咎休則魚尤通詩小雅小旻民
雖靡膴或哲或謀則虞尤通
朱止谿曰陌上桑歌日出東南隅婦人以禮自防也漢遊女之情正但令不可求而止陌上桑之情亦正惟言羅敷自有
夫而止皆正風也
陳胤倩曰寫羅敷全須寫容貌今止言服飾之盛耳無一言及其容貌特於看羅敷者盡情描寫誠妙立踟躕是人而反
言馬亦奇
費滋衡曰日出東南隅照我秦氏樓起句便有容華映朝日之意羅敷對使君之語只說夫壻而自己之不可犯使君之

冒昧更不必言

吳且生曰詩人感詠隨所命意不必盡當其事所謂不必辭害意也此詩約之以義殆有所未合而盧思道羅敷行云會待東方騎遙居最上頭傅縡採桑云空勞使君問自有侍中郎張正見採桑云恐疑夫壻遠聊後答專城更爲祖逃使若其夫不有東方騎不爲侍中郎不作專城居乃得從使君之載歟如劉邈云蠶飢日欲暮誰爲使君留土篇云春蠶朝己伏安得久彷徨使蠶不飢日未暮亦得彷徨爲使君留歟秋胡婦曰婦人當采桑力作以養二親亦不顧人之金此眞烈婦之辭耳

漢魏樂府風箋卷一終

漢魏樂府風箋卷二

順德黃節箋釋

漢風

相和歌辭

平調曲

郭茂倩樂府詩集云凡平調其器有笙笛筑瑟琴箏琵琶七種

朱止谿曰平調漢曲也並正聲魏樂不歌歌周西伯昌始武帝辭時與清調瑟調雜大雅不作讀者其無感於斯

長歌行二曲

崔豹古今注長歌短歌言人壽命長短有定分不可妄求也樂府解題云按古詩長歌正激烈魏文帝燕歌行短歌微吟不能長晉傅玄豔歌行咄來長歌續短歌蓋歌聲有長短非言壽命也

青青園中葵朝露待日晞陽春布德澤萬物生光輝常恐秋節至焜黃華葉衰百川東到海何時復西歸少壯不努力老大徒傷悲

李善注毛詩曰湛湛露斯匪陽不晞毛萇曰晞乾也楚辭曰恐死不見乎陽春淮南子曰光輝萬物焜黃色衰貌胡本切

尚書大傳曰百川赴東海

節箋爾雅蔠葵蘩露注承露也大莖小葉華紫黃色

節釋音支徵古通詩商頌長發聖敬日躋昭假遲遲上帝是祇帝命式于九圍則支與徵通

朱止谿曰長歌行歌青青園中葵思立業也傳曰人生三不朽立德立功立言蓋欲及時也十九首所過無故物生年不滿百二篇與長歌同義記曰詠歎之不足故長言之此長歌行所為作也看起興八句其言何長

李子德曰陽春布德澤萬物生光輝西京東治文章盡此十字

仙人騎白鹿髮短耳何長導我上太華攬芝獲赤幢來到主人門奉藥一玉箱主人服此藥身體日康彊髮白復更黑延年壽命長

節箋劉安招隱士白鹿麏麚兮或騰或倚書禹貢西傾朱圉鳥鼠至于太華離騷王逸注攬采也方言翿幢翳也楚曰翿關東關西皆曰幢漢武內傳茂陵家中先有一玉箱按此篇與董逃行奉上陛下一玉柈同意節釋音江陽古通詩大雅皇矣王此大邦克順克比比于文王則江與陽通陳胤倩曰樂府祝頌者多每言延年康彊作神仙語後人擬古言神仙以此然樂府頌君古詩言志旨各不同志有所寄可耳不宜槩襲李子德曰思悲翁則見其逆首來仙人則見其髮短耳長彌幻彌真

茗茗山上亭皎皎雲間星遠望使心思遊子戀所生驅車出北門遙

觀雒陽城凱風吹長棘夭夭枝葉傾黃鳥飛相追咬咬弄音聲竚立望西河泣下沾羅纓

節箋文選李善注峩峩高貌楚辭九歌夜皎皎兮既明王逸注皎皎明也詩邶風出自北門憂心殷殷又凱風自南吹彼棘心棘心夭夭母氏劬勞睍睆黃鳥載好其音有子七人莫慰母心傳南風謂之凱風棘難長養者說文棘小棗叢生者夭夭少好貌玉篇咬咬鳥聲詩邶風瞻望弗及佇立以泣呂覽吳起治西河之外王錯譖之於魏武侯武侯使人召之吳起至於岸門止車而望西河泣數行而下其僕謂吳起曰竊觀公之意視釋天下若釋躧今去西河而泣何也吳起抿泣而應之曰子不識君知我而使我畢能西河可以王今君聽讒人之議而不知我西河之為秦取不久矣案此詩蓋勞於王事而不得養其父母者

節釋音庚青古通屈原遠遊恐天時之代序兮耀靈曄而西征微霜降而下淪兮悼芳草之先零則庚與青通

朱止谿曰文選長歌行一首青青園中葵樂府兩篇首曲同次乃仙人騎白鹿殿滄浪以岧岧山上亭其義不同更別為

二首仙人騎白鹿言仙樂可以延年若若山上亭可望而不可致凱風生長之風喻親恩也黃鳥追飛喻子情也而陳太初曰毛詩凱風美孝子也趙岐孟子注曰凱風言母心不悅是親之過小也漢衛太碑云會太夫人喪感背人之凱風悼蓼儀之劬勞則以頌人母德矣此篇游子念親之詩而凱風吹棘黃鳥咬音全月詩謝則知漢初經師皆無淫風流行不安其室之說自衛弘緒毛序妄加附會汨沒經義故箋以正之

猛虎行

郭茂倩樂府詩集猛虎行稱古辭不正載其文今依古樂苑謂入

饑不從猛虎食莫不從野雀棲野雀安無巢游子爲誰驕

節箋史記魏世家魏文侯子擊逢文侯之師田子方引車避下謁子方不爲禮子擊因問曰富貴者驕人乎且貧賤者驕人乎子方曰亦貧賤者驕人耳夫諸侯而驕人則失其國大夫而驕人則失其家貧賤者行不合言不用則去之楚越若脫蹝然奈何其同之哉

節釋音：食在職韻，棲在齊韻，齊薺霽爲三聲，寘未霽泰卦隊屋沃覺藥陌錫職十三韻爲回互通轉，故齊職古通。見相和歌辭江南詩。小雅六月「棲棲」，「戎車既飭」，則齊與職通。此詩食棲相叶，卽江南之西北相叶也。蕭肴古通。左傳「鸜鵒之巢，遠哉遙遙，稠父喪勞，宋父以驕」，則蕭與肴通。

朱止谿曰：猛虎行歌猛虎謳，于立身也。記曰：君子不失足于人，不失色于人，不失口于人。詠遊子士窮約其所不爲，義加鷙焉，指猛虎。

猛虎行與野雀同興，巫山高與淮水同興。擬古者單巫山者非。晉陸機同：渴不飲盜泉水，熱不息惡木陰。宋謝惠連：貧不攻九疑玉，倦不憩三危峰。唐李白：腸斷非關隴頭水，淚下不爲雍門琴。李賀：長戈莫舂，彊弩莫烹。當以數家正之。

張蔭嘉曰：此客游不合思歸之詩。言野雀則安分無巢，遊子何爲辭家久客，徒使人致怪其不苟棲食，以貧賤驅人也。自嘲之中仍有人不我知意。

漢魏樂府風箋卷二終

漢魏樂府風箋卷三

順德黃節箋釋

漢風

相和歌辭

清調曲

郭茂倩樂府詩集云凡清調其器有笙笛下聲弄高弄遊弄篪節琴瑟箏琵琶八種

朱止谿曰清調大概刺而不譏風人之志

董逃行

崔豹古今注曰董逃歌後漢遊童所作也終有董卓作亂卒以逃亡後人習之爲歌章樂府奏之以爲儆戒焉後漢

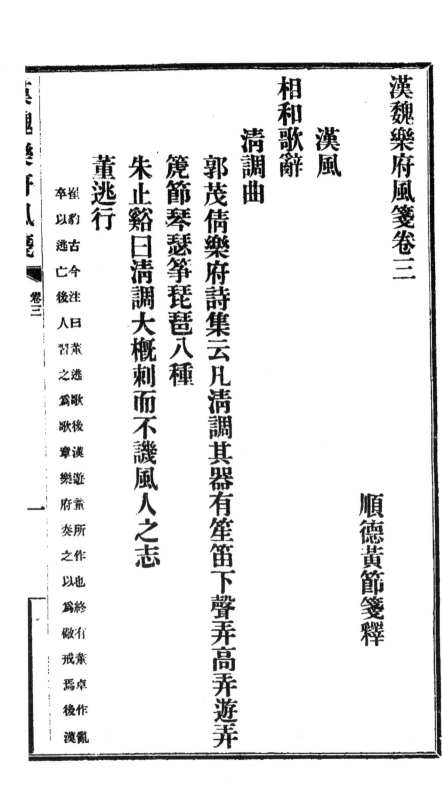

書五行志曰靈帝中平中京都歌曰承樂世董逃遊四郭董逃蒙天恩董逃帶金紫董逃行謝恩董逃整車騎董逃垂欲發董逃與中辭董逃出西門董逃瞻宮殿董逃望京城董逃日夜絕董逃心摧傷董逃案董謂董卓也言欲跋扈縱有殘暴終歸逃竄至於滅族也風俗通曰卓以董逃之歌主爲已發大禁絕之楊孚董卓傳曰卓改董逃於董安節案此乃董逃歌非董逃行也吳旦生曰樂府原題謂董逃行作於漢武之時蓋武帝有求仙之興董逃者古仙人也後漢遊童競歌之終有董卓作亂卒以逃亡此則謠讖之言因其所尚之歌故有是事實非陸於後漢也然則此篇古辭乃武帝時作刺而不讖董逃歌爲後漢董謠祇有取於董逃二字而爲之者與此篇辭意迴別宋書樂志作董桃行從武帝內傳王母觴帝索桃七枚以四啗帝自食其三因命董雙成吹雲和笙侑帝觴故改逃作桃此乃無端附會非詩中意尤非其辭命篇之義更有引梁簡文行幸甘泉宮歌董桃律金紫賢妻侍禁中以爲用董賢及彌子瑕殘桃事者尤爲不倫要當從樂府原題其餘諸說皆無所取

吾欲上謁從高山山頭危險大難遙望五嶽端黃金爲闕班璘但見

芝草葉落紛紛解一百鳥集來如煙山獸紛綸麟辟邪其端鵾雞聲鳴但見山獸援戲相拘攣解二小復前行玉堂未心懷流還傳教出門來門外人何求所言欲從聖道求一得命延解三教敕凡吏受言採取神藥若木端玉兔長跪擣藥蝦蟆丸奉上陛下一玉柈服此藥可得神仙解四服爾神藥莫不歡喜陛下長生老壽四面肅肅稽首天神擁護左右陛下長與天相保守解五

節箋漢書張耳陳餘傳注上謁若今之通名漢書郊祀志此三神山者其傳在勃海中去人不遠嘗有至者諸仙人不死之樂在焉其物禽獸盡白而黃金銀爲宮闕禮記鄭注雜色曰班玉篇璘玉色光彩也爾雅麐麕身牛尾一角春秋公羊傳麟者仁獸也急就篇射魁辟邪韻會辟邪獸名字玉九辯鵾雞嘲哳而悲鳴玉篇鵾似雞而大十洲記崑崙有流精之鵾碧玉之堂西王母所治也流還猶游旋漢書師古注曰游卽流禮玉藻周還中規折還中矩還同旋老子不言之教又

玄之又玄衆妙之門又天得一以清地得一以寧神得一以靈谷得一以盈萬物得一以生侯王得一以爲天下貞說文以

敕誡也後漢光武紀注漢制度帝之下書四曰誠敕漢書尹賞傳廿耆姦惡甚于凡吏離騷折若木以佛日分聊逍遙以

相羊王逸注若木在崑崙西極其華照下地淮南子曰羿請不死之藥於西王母姮娥竊之服藥得仙奔入月中爲月之

精春秋演孔圖曰月之爲言闕也兩設以蟾蜍與兔者陰陽雙居明陽之制陰陰之倚陽黃帝醫經有蝦蟇圖言月生始

二日蝦蟇始生說文槃承槃也或从金或从皿亦作柈漢武內傳西王母以七月七日降帝宮命侍女索桃須曳以玉盤

盛桃七枚大如雞卵形圓色青以呈王母王毋以四枚與帝自食三枚史記封禪書又作甘泉宮中爲臺室畫天地太一

諸鬼神而致祭具以致天神

節釋音陽庚眞文元寒刪先古通麻亦通元楚辭九辯愴怳懭悢兮去故而就新廓落兮羈旅而無友生惆悵兮而私自

憐則眞通庚通先詩大雅皋矣其德克明克明克類克長克君則庚通文詩大雅抑告之話言順德之行則庚通元詩大

雅篤公劉度其隰原徹田爲糧則元通陽漢饒歌上陵何美美下津風以寒間客從何來言從水中央則陽通寒詩大雅

篇公劉觀其流泉其軍三單則寒通庚先詩小雅小弁莫高匪山莫浚匪泉則先通删本詩異通庚庚通元元亦通麻詩陳風東門之枌穀旦于差南方之原不績其麻市也婆娑則元通麻案一解删寒真文通二解先真麻删通三解陽先元通元四解元寒先通五解則紙與有通詩小雅甫田饁彼南畝田畯至喜離騷余既滋蘭之九畹兮又樹蕙之百畝畦留夷與揭車兮雜杜蘅與芳芷則紙通有

朱止谿曰董逃行古辭小雅之歌壽考天子宴樂則歌之或曰飄也王者服藥求神仙其志蠱矣曲中傳敎敎敕求言受言此方士迂怪語使王人庶幾遇之或武帝時使方士入海求三神山爲公孫卿欒大所作

李子德曰幻想直寫朴淡差而音節殊遒樂府之本也

相逢行

郭茂倩樂府詩集曰相逢行一曰相逢狹路間行亦曰長安有狹斜行樂府解題曰古辭文意與雞鳴曲同

相逢狹路間道隘不容車不知何年少夾轂問君家君家誠易知易

知復難忘黃金爲君門白玉爲君堂堂上置樽酒作使邯鄲倡中庭生桂樹華燈何煌煌兄弟兩三人中子爲侍郎五日一來歸道上自生光黃金絡馬頭觀者盈道傍入門時左顧但見雙鴛鴦鴛鴦七十二羅列自成行音聲何噰噰鶴鳴東西廂大婦織綺羅中婦織流黃小婦無所爲挾瑟上高堂丈人且安坐調絲方未央 央一作調絲未遽

聞人倓注後漢書王符傳其嫁娶者車駢數里緹帷竟道騎奴侍童夾轂並引解嘲今吾子幸得歷金門上玉堂有日矣史記孝景帝紀四年多以趙國爲邯鄲郡雞鳴曲上有雙樽酒作使邯鄲倡相如長門賦桂樹交而相紛後漢書百官志侍郎三十六八作文書起草史記鄭當時傳鄭莊每五日洗沐左傳余左顧而欸謝氏詩源霍光園中鑿大池植五色睡遂養鴛鴦三十六對留之爛若雲錦爾雅噰噰音和也史記索隱正義之東西室皆號曰廂言似廂篋之形釋名綺欹也其文欲斜羊勝屏風賦注流黃間色素也環濟要略間色有五紺紅縹紫流黃也顏氏家訓古樂府歌辭先述三子次及

三婦婦是對舅姑之稱其末章云丈人且安坐調絲未遽央古者婦事舅姑旦夕在側兒女無異故有此言關尹子所以
悲思怨慕者非絲非桐毛詩夜未央
節補箋史記秦本紀武王謂甘茂曰寡人欲容車通三川以窺周室作使邯鄲倡五日並見雞鳴箋流黃廣雅作留黃綵也
論衡云人形以一丈為正故名男子為丈夫尊翁嫗為丈人史記索隱注韋昭云古者名男子為丈人尊父嫗為丈人故
漢書宣元六王傳所云丈人謂淮陽憲王外王母卽張博母也
節釋音魚麻古通詩鄭風有女同車顏如舜華將翺將翔佩玉瓊琚則魚麻通案有女同車首章用麻如魚虞韻二章用陽
庚韻小雅出車三章用陽庚韻四章用麻魚虞韻魯頌駉首章用陽庚韻卒章用麻魚虞韻此詩首四句用魚麻韻以下
用陽韻正與詩同大抵古樂商聲羽聲相諧也
朱止谿曰相逢行歌相逢狹路間刺俗也俗化流失王政衰焉曲中游俠相過侈富踰制有五噫歌遼遼未央意雅斯變
奕一曰此國風之賦遊逅也漢周子居嘗云吾時月不見黃叔度則鄙客復生臧良少所服下見憲輒自降薄帳然曰

瞻之在前忽焉在後豈古辭所謂君家誠易知易知復難忘者耶疑是好賢之什第辭列清調則諷義爲長陳胤倩曰寫繁華甚盛變宕百出古雅紛披道隘句既切狹路又見車之高廣易知難忘可知是名家大家金門玉堂極寫富麗兄弟兩三人但道中子其他可知觀者盈路旁輿夾轂相映左顧左字作態末六句後人所摘爲三婦豔也大抵是小婦獨承寵故不令織作耳安坐未央有百年長壽之意李子德曰蕩子遊狹斜寫來恍恍惚惚如遊仙之夢不可名言賈長沙疏云倡優得爲后飾觀此詩即軒廬皆僭擬王侯矣回憶青門舊遊輒悽悽增盛衰之感

長安有狹斜行

長安有狹斜狹斜不容車適逢兩少年夾轂問君家君家新市傍易知復難忘大子二千石中子孝廉郎小子無官職衣冠仕洛陽三子俱入室室中自生光大婦織綺紵一作羅中婦織流黃小婦無所爲挾

琴上高堂、文人日徐徐調絃詎未央。

節箋：漢書百官公卿表：自司隸至虎賁校尉，秩皆二千石。奉車都尉、駙馬都尉，皆秩比二千石。自太常至執金吾，秩皆中二千石。又武帝置部刺史，成帝改名牧，秩二千石。漢書武帝紀令二千石舉孝廉，所以化元元，移風易俗也。後漢書安帝紀詔光祿勳與中郎將選孝廉郎者爲紵。徐見上篇。吳兆宜曰：野客叢書云：說文：紵，縈屬，細者爲絰，粗者爲紵。庭燎詩夜未央注云：夜未渠央。渠其遽切，當呼遽。只此一音。謂夜未遽盡也。史記尉佗傳：我居中國，何渠不若漢。所書作何遽，可證。節案：此篇作詎未央。詎、渠，史漢通用。史記張儀傳：蘇君在，儀寧渠能乎。漢書陳賓傳：渠有其人乎。詎音義也。故此篇詎字當與渠通。渠以代遽。節釋音見上篇。朱止谿曰：長安有狹斜，刺時也。世路多歧，夫誰適從焉。古采詩入樂府，此疑爲相逢行本辭。西漢並建兩都，故有衣冠仕洛陽之句。或疑此爲東都詩，誤矣。陳胤倩曰：古樂府是歌工取佳詞合曲，故往往相同。此郎相逢行語，觀其異處，亦能生新作態。因夾轂故云兩少年，新市

傍確指其地背答語彼但寫中子此分指三子見異彼道上生光是映帶狹路間此室中生光乃起下三婦豔各自一法

李子德曰既曰無官職又曰衣冠仕洛陽世胄子弟當自愧矣三子同遊寫盡豪兒無理此閑所目擊也此篇所刺尤深

漢詩亦不多得

漢魏樂府箋卷三終

漢魏樂府風箋卷四

順德黃節箋釋

漢風

相和歌辭

瑟調曲

郭茂倩樂府詩集云凡瑟調其器有笙笛節琴瑟箏琵琶七種

朱止谿曰按路史琴統陽瑟統陰登歌惟王備琴瑟諸侯則有瑟而無琴朱襄鼓五絃之瑟而羣陰來虞氏鼓五絃之琴而南風至伯牙鼓琴而馬仰秣瓠巴鼓瑟而魚出聽魚水物

馬火物陽主生故其情喜陰主殺故其情悲此帝女之鼓瑟所以動陰聲而悲不能克瑟調聲變矣急弦高張宜取之此一曰瑟音緩調也齊俗舒緩亦名齊瑟行

善哉行

郭茂倩樂府詩集曰善哉者蓋歎美之辭也此篇諸集所出不入樂志

來日大難口燥脣乾今日相樂皆當喜歡一解經歷名山芝草翻翻仙人王喬奉藥一丸二解自惜袖短內手知寒慚無靈輒以報趙宣三解月沒參橫北斗闌干親交在門饑不及餐四解歡日尚少戚日苦多以何忘憂彈箏酒歌五解淮南八公要道不煩參駕六龍游戲雲端六解

節箋列仙傳王子喬太子晉也好吹笙作鳳鳴遊伊洛間道士浮丘公接上嵩山三十餘年後來於山上告桓良曰告我

家七月七日待我緱氏山頭果乘白鶴駐山嶺望之不得到
舉手謝時人而去內同納孟子若已推而內之溝中納作內
左傳宣子田于首山舍于翳桑見靈輒餓問其病曰不食三
日矣食之既而與爲公介倒戟以禦公徒而免之問何故曰
翳桑之餓人也問其名居不告而退遂自亡也說文參星也
詩召南維參與昴闌干橫斜貌淮南子曰淮南王安養士數
千人中有高才八人蘇非李上左吳陳由伍被雷被毛被晉
昌爲八公神仙傳曰雷被誣告安謀反人告公曰安可以去
矣乃與登山即日升天
易時乘六龍以御天
節釋音元寒先古通詩大雅篇公劉觀其流泉其軍三單度
其隰原則元寒先通而元亦通歌詩陳風東門之枌穀旦于
差南方之原不績其麻市也婆娑證之馬融廣成頌
左絜夔龍石提蛟鼉春獻王鮪夏薦鼈龍則元歌通
朱止谿曰善哉行歌來日大難古曲調三歎歎之遺聲有美而
歎如清廟之音一唱三歎者是有嗟而歎歌之爲言長言之
不足又從而嗟歎之善哉行是也何歎乎耐世思無嘗達人
處順則有脅其爲懽不忻忻其爲發不懈懈先時不迎時去
不隨與服藥求神仙者異矣起調極促度世之心急也後託
之酒歌遊戲又作緩調使人自思子建今日同堂出門異鄉

太白來日一身擄糈負新並與古辭合

陳胤倩曰合樂於堂者皆富貴人也爲詞以進者皆以祝頌也富貴人復何樂可祝所不知者壽耳故多言神仙爲詞以進者大抵其客此客承恩深故其詞如此

李子德曰漢人詩思緒紛披幾不可理而細繹之則歷歷自見此篇言來者之難知本勸人及時爲樂飲耳忽而求仙忽而報恩忽而恤貧交無倫無序然念此數者將可奈何大指所歸終于歎醉而已第六解更說得幻妙正與十九首仙人王子喬難可與等期服食求神仙多爲藥所誤意同見其決不可爲不如眼前一杯酒也

陳太初曰憂時將亂欲救不能者之作也來日大難勢甚迫奕今日相樂皆當喜歡幸及是時倘可有爲也奉藥一丸言救時之術甚約而必效也不當其任不克有濟慨當事者曾無如靈輒之報趙宜而引以爲愧也月沒參橫北斗闌干其距來日之難徐迫且急矣此何等時倘不效親友之急難之誼褰裳補救乎自古至今治日常少亂日苦多我憂之而人不憂無可如何故卒託逢詞以自解也淮南八公要道不煩云云有抱道卷懷目不忍見之意其平當之末炎祚將移梅福

之後見殺而作乎

隴西行

郭茂倩樂府詩集曰樂府解題云始言婦有容色能應門承賓次言善於主饋終言送迎有禮通典曰秦置隴西郡以居隴坻之西爲名此篇出諸集不入樂志

天上何所有歷歷種白榆桂樹夾道生青龍對道隅鳳凰鳴啾啾一母將九雛顧視世間人爲樂甚獨殊好婦出迎客顏色正敷愉伸腰再拜跪問客平安不請客北堂上坐客氈氍毹清白各異樽酒上一作止正華疏酌酒持與客客言主人持却略再拜跪然後持一杯談笑未及竟左顧勅中廚促令辦麤飯慎莫使稽留廢禮送客出盈盈府中趨送客亦不遠足不過門樞取婦得如此齊姜亦不如健婦持門

原书缺页

原书缺页

物成雙鳳凰和鳴惟有將雛之樂以反興世間好婦不幸無夫無子自出待客之不得已來似與下文氣不屬却與下意境相關篇中所敍事事中禮却處處引嫌

步出夏門行

宋書樂志大曲碣石夏門皆曰步出夏門行又曰一曰隴西行歌魏武魏明兩詞郭茂倩樂府詩集曰隴西行一曰步出夏門行是一辭而二名朱止谿樂考曰夏門隴西地皆沿宋樂志二辭合一之誤

邪徑過空廬好人嘗獨居卒得神仙道上與天相扶過謁王父母乃在太山隅離天四五里道逢赤松俱攬轡爲我御將吾天上遊天上何所有歷歷種白榆桂樹夾道生青龍對伏趺

節箋漢書五行志成帝時歌謠曰邪徑敗良田讒口亂善人詩魏風要之襋人好人服之十洲記扶桑上有太帝宮太眞東王父所治穆天子傳周穆王好神仙觴西王母于瑤池之上史記張良傳良曰願棄人間事從赤松子遊耳詩召南毛

傳將送也白楡桂樹靑龍見上篇隴西行儀禮鄭玄注跗足上也跌與跗同朱相堂曰洛陽伽藍記云洛陽北面有二門西頭曰大夏門漢曰夏門魏晉曰大夏門嘗造三層樓去地二十丈洛陽城門樓皆兩層去地百尺惟大夏門甍棟干雲案此則步出夏門者即步出洛陽城門爲東京古辭非隴西地也此文則還陸機門有東馬客行李善注古出夏門行曰市朝人易千歲墓平今此辭未見疑別有一首既曰市朝則其非隴西地亦可知也節稱音魚虞尤古通見上篇西行朱止辭曰美獨行也過空廬而遇獨居之士神仙爲伍與隴西行詠好婦同趣陳亂倩曰好人必有所指邪德即狹邪繁華地也而冢冢空廬獨居其中常無與侶此高士也何以爲娛富貴不足係念故期以神仙也卒得字妙與善哉行要道不煩同旨極言其易與天相扶語奇東父西母乃在太山荒唐可笑天何可里計乃言四五里見極近最荒唐語寫若最眞確故佳李子德曰獨居之效上與天通許爲好人即世之被此聲者鮮矣而紛紛談內丹爲男女不亦悖哉

朱秬堂曰東漢之末宦豎弄權手握天綱鴻都西邸趨炎納賄蹤跡詭秘可想而知故託爲神仙之說以諷曰邪徑曰空盧曰獨居則言其如鬼如蜮之狀卒得神仙道上與天相扶則言其翻雲覆雨之力曰離天四五里則見呼吸可通帝座曰將吾上天遊則見出入禁闥直如私門天上云云乃視九重舉動纖悉必知如數家珍者也十父母及赤松必實指其人今不可考矣山嶽配天故曰太山隅節案柜堂此說解釋獨異蓋緣篇首邪徑二字故爲是說今並采存之

折楊柳行

宋書樂志大曲之五曰默默折楊柳行魏晉樂所奏

默默施行違厥罰隨事來末喜殺龍逢桀放於鳴條解一祖伊言不用紂頭懸白旄指鹿用爲馬胡亥以喪軀解二夫差臨命絕乃云負子胥戎王納女樂以亡其由余璧馬禍及虢二國俱爲墟解三三夫成市虎慈母投杼趨卞和之刖足接輿歸草廬解四

節箋竹書紀年十四年癸命扁伐山民山民女于桀二人曰
琬曰琰后愛二人女無子焉斲其名于若華之玉苕是琬華
是琰而棄其元妃于洛曰妹喜于傾宮飾瑤臺居之三十年
殺其大夫關龍逢三十一年商自師征夏邑克昆吾大雷雨
戰于鳴條夏師敗績桀出奔三朡商師征三朡戰于郕獲桀
于焦門於之于南巢案後漢書郡國志注河東安邑縣西有
鳴條陑御覽曰今有鳴條亭在安邑之西尚書西伯既戡黎
祖伊恐奔告于王曰非先王不相我後人惟王淫戲用自絕
今我民罔弗欲喪曰天曷不降威大命不摯今王其如台王
曰嗚呼我生不有命在天史記周本紀周武王於是遂率諸
侯伐紂紂亦發兵鉅之牧野甲子日紂兵敗紂走入登鹿臺
衣其寶玉衣赴火而死周武王遂斬紂頭縣之白旗又秦始
皇本紀太子胡亥襲位為二世皇帝趙高欲為亂恐羣臣不
聽乃先設驗持鹿獻於二世曰馬也二世笑曰丞相誤邪謂
鹿為馬問左右左右或默或言馬以阿順趙高或言鹿者高
因陰中諸言鹿者以法後羣臣皆畏高又曰閻樂前郎二世
曰臣受命於丞相為天下誅足下應其兵進二世自殺又吳
太伯世家越敗吳越王句踐欲遷吳王夫差於甬東吳王曰
孤老矣不能事君王也吾悔不用子胥之言自令陷此遂自
到死又秦本紀繆公曰孤聞鄰國有聖人敵國之憂也今由

余賢，寡人之害，將奈之何？內史廖曰：戎王處辟匿，未聞中國之聲，君試遺其女樂，以奪其志，爲由奈請，以疏其間，留而莫遺，以失其期。且戎王好樂，必息於政。繆公曰：善。以女樂二人遺戎王，戎王受而說之，由余遂去降秦。春秋穀梁傳：晉獻公欲伐號，荀息曰：君何不以屈產之乘、垂棘之璧，而假道乎虞。也。後獻公亡號，五年而後舉虞，荀息牽馬操璧而前曰：璧則猶是也，而馬齒加長矣。史記甘茂傳：茂曰：昔魯人有與曾參同姓名者殺人，人告其母曰：曾參殺人。其母織自若也。頃之，一人又告之，其母尚織自若也。頃又一人告之，其母投杼下機，踰牆而走。易林：三奸成虎，曾母投杼。戰國策：龐葱謂魏王曰：三人言市有虎，王信之乎？王曰：寡人信之矣。韓子曰：楚人和氏得璞玉於楚山之下，奉而獻之武王，武王使人相之，玉人曰：石也。王刖和左足。武王薨，成王即位，和又獻之，玉人又曰：石也。刖其右足。鄒陽獄中下書曰：昔卞和獻寶，楚王刖之。李斯竭忠，胡亥極刑，是以箕子陽狂，接輿避世，恐遺此患也。韓詩外傳曰：楚狂接輿躬耕以食，楚王使使者實金百鎰，使治河南。接輿笑而不答。妻曰：君使不從，非忠也；從之，是遺義也。不如去之。乃夫負甑，妻戴織器，變易姓字，莫知其所之。王僧虔歎云：古曰章，今曰解，解有多少，當是先詩而後聲也。

節釋音灰蕭豪虞魚爲無入十三都之通王逸九思欲入兮深谷下有兮雄虺左見兮鳴鵙右睹兮呼梟則灰與蕭通同

聲歌同氣好相求譬如影追響飲共連理杯膠漆未爲牢則豪與虞通魚虞見卷一陌上桑

朱止谿曰折楊柳歌默默誨王于道滑主鑒也主鑒清明天道備王事決 首二句提綱下分四解凡國家聽斷失衡一

切嫌疑猶豫之故治亂倚伏形焉天下之情備矣魏文帝曲達人謟眞僞愚夫好安傳百家多迂怪聖道我所觀陸士衡

曲盛門無再入衰莫苦開故是名論房

朱柘堂曰折楊柳曲起己遠莊子天地篇折楊皇荂則嗑然而笑詩采薇遣戍役有楊柳依依之句故折楊贈行人後世遂

爲故事此悲賢人去國而歌以送之以篇末接輿歸草廬句爲主

陳胤倩曰樂府惟二意非祝頌則規戒此應是賢者諫不得而行作詩以諷其言危切

漢詩說曰昔人謂紈袴不餓死儒冠多誤身爲一篇之主此詩後十數句皆應首二語工部實本此

西門行

古今樂錄曰王僧虔技錄云西門行歌古西門一篇今不傳樂府解題以此篇爲古辭宋書樂志大曲之四晉樂所奏

出西門步念之今日不作樂當待何時解一 夫爲樂爲樂當及時何能作愁怫鬱當復待來茲解二 飲醇酒炙肥牛請呼心所歡可用解愁憂解三 人生不滿百常懷千歲憂晝短而夜長何不秉燭遊解四 自非仙人王子喬計會壽命難與期自非仙人王子喬計會壽命難與期解五 人壽非金石年命安可期貪財愛惜費但爲後世嗤解六

節箋朱秬堂樂府正義曰西門日沒之地堯典寅餞納日有送往之義焉故爲及時行樂之詞在易離之九三曰日昃之離不鼓缶而歌則大耋之嗟古詩爲樂當及時何能待來茲李善注呂氏春秋曰今茲美禾來茲美麥高誘注茲年也禮紀酒食者所以合歡也古詩生年不滿百常懷千歲憂晝短苦夜長何不秉燭遊劉向列仙傳云王子喬者周靈王太子

晉也好吹笙作鳳鳴浮丘公接以上升古詩仙人王子喬難可與等期戰國策孟嘗君出記問門下諸客誰習計會能爲文收賣於薛者乎古詩人生非金石又年命如朝露又愚者愛惜費但爲後世嗤李善注說文嗤笑也節釋音支尤古通詩邶風綠兮絲兮女所治兮我思古人俾無訧兮易賁六四當位疑也匪寇婚媾終无尤也楚辭惜誦儃佪以干傺兮恐重患而離尤欲高飛而遠集兮君罔謂汝何之皆支與尤通朱止谿曰西門行君子悼時爲無益之憂也請呼心所歎者古詩云貴與願同俱非邪此與善哉行同旨來日大難叠調甚促所謂長言之不足故嗟歎之此篇嗟歎之不足又舒聲緩節以和之

出西門步念之今日不作樂當待何時逮爲樂逮爲樂當及時何能愁怫鬱當復待來兹釀美酒炙肥牛請呼心所懽可用解憂愁人生不滿百常懷千歲憂晝短苦夜長何不秉燭遊遊行去去如雲除弊車羸馬爲自儲

節箋此篇乃本辭前曲爲晉樂所奏陳胤倩曰晉人每增加古辭寫令極暢者此也或漢晉樂律不同不能無所增改郭茂倩樂府詩集並錄之爾雅逮及也除與徐古通用爾雅太歲在辰曰執徐淮南子作執除說文徐安行也節釋音支尤古通見上篇支尤魚虞古亦通左傳伯姬之繇曰車脫其幅火焚其旃不利行師敗于宗丘六年其逋則支尤魚虞通

陳胤倩曰東西門行做國風出自北門之意皆貧士失職者所作步念之佳步步念言心何勤作樂毋待時悲苦中強爲樂耳如雲除除字與李陵詩仰視浮雲馳奄忽互相踰意同曰子德曰結語妙絕正與唐風山有樞篇意同言自恣遨遊則雖弊車羸馬爲自儲而適用矣不當雖有車馬弗馳弗驅將他人是愉甚足悲也

東門行

古今樂錄曰王僧虔技錄云東門行歌古東門一篇今不歌樂府解題以此篇爲古辭宋書樂志大曲之一晉樂所奏

出東門不顧歸來入門悵欲悲盎中無斗儲還視桁上無懸衣解一拔劍出門去兒女牽衣啼他家但願富貴賤妾與君共餔糜解二共餔糜上用倉浪天故下爲黃口小兒今時淸廉難犯教言君復自愛莫爲非解三今時淸廉難犯教言君復自愛莫爲非行吾去爲遲平愼行望君歸解四

節箋詩鄭風出其東門說文盎盆也桁椸也釋名糜煮米使糜爛也倍乃蒼滄之省文禮月令天子駕倉龍服倉玉蒼作倉揚雄甘泉賦東燭倉海之滄作倉皆省文倉浪天猶蒼天也孟子滄浪之水淸兮王引之曰用爲也言上爲蒼天下爲黃口兒以天道人情動之戒勿爲非也春秋繁露淸廉之化流然後王道舉禮樂興蔡邕獨斷諸侯言曰敎行吾去爲遲夫語其妻之詞行字斷句吾去爲遲卽出東門來入門也說文平語平舒也又曰尙庶幾也曾也又曰曾詞之舒也尙曾可訓詞之舒與平同訓平愼猶上愼也詩魏風上愼旃哉漢石經作尙

節釋音支微齊古通見卷二長歌行

朱止谿曰東門行賢者不得志於其時之作也邶風雄雉之婦其夫在遠勉之以德行東門之婦其夫貧困勉之以自愛莫爲非皆風之變而正者也

朱秬堂曰陟岵之詩曰上慎旃哉猶來無止即此平慎行望君歸意

出東門不顧歸來入門悵欲悲盎中無斗米儲還視架上無懸衣拔劍東門去舍中兒母牽衣啼他家但願富貴賤妾與君共餔糜上用倉浪天故下當用此黃口兒今非咄行吾去爲遲白髮時下難久居

節箋此篇乃本辭郭茂倩樂府詩集並錄之說文咄相謂也今非咄行蓋夫答婦之詞謂今非咄嗟之間行則吾去爲已也

遲矣髮白且落不可久處矣爾雅下落也

節釋音支微齊古通見上篇支微魚虞古亦通見同卷西門行本辭

陳胤倩曰古辭所謂出門不知往作何事晉樂所奏增入數語乃是出門仕宦故曰自愛莫爲非兒女不如兒母方切賤妾字

李子德曰上用倉浪天故下當用此黃口兒一連說妙天之祚善殄奸必及其嗣凜然可畏足動暴夫之心矣

飲馬長城窟行

郭茂倩樂府詩集曰一曰飲馬行長城秦所築以備胡者其下有泉窟可以飲馬古辭云青青河畔草綿綿思遠道言征戍之客而於長城而飲其馬婦人思念其勤勞故作是曲也酈道元水經注曰始皇二十四年使太子扶蘇與蒙恬築長城起自臨洮至于碣石東暨遼海西並陰山凡萬餘里民怨勞苦故楊泉物理論曰秦築長城死者相屬民歌曰生男愼勿舉生女哺用脯不見長城下尸骸相支拄其冤痛如此今白道南谷曰有長城自城北出有高坂傍有士穴出泉挹之不窮歌錄云飲馬長城窟信非虛言也樂府解題曰古辭傷良人遊蕩不歸或云蔡邕之辭若魏陳琳辭云飲馬長城窟水寒傷馬骨則言秦人苦長城之役也廣題曰長城南有溪坂上有土窟窟中泉流漢時

將士征塞北皆飲馬塞北水也按趙武靈王既襲胡服自代竝陰山下至高闕爲塞山下有長城武靈王之所築也其山中斷望之若雙闕所謂高闕者焉古今樂錄曰王僧虔技錄云飲馬行今不歌

青青河畔草緜緜思遠道遠道不可思宿昔夢見之夢見在我傍忽覺在他鄉他鄉各異縣展轉不相見枯桑知天風海水知天寒入門各自媚誰肯相爲言客從遠方來遺我雙鯉魚呼兒烹鯉魚中有尺素書長跪讀素書書中竟何如上言加餐食下言長相憶

文選李善注言良人行役以春爲期期至不來所以增思王逸楚辭注曰緜緜細微之思也廣雅曰昔夜也字書曰輾亦展字也說文曰展轉也鄭玄毛詩箋曰轉移也枯桑無枝尚知天風海水廣大尚知天寒君子行役豈不離風寒之患乎但人入門咸各自媚誰肯爲言乎肯不能爲言也鄭玄禮記注曰素生帛也說文曰跪拜也節箋文選李善注云此辭不知作者姓名案酈道元水經注云余每讀琴操見琴慎相和雅歌錄云飲馬長城窟及其扳

涉斯途遠懷古事始知信矣琴操爲蔡邕所作而有是篇名樂府解題謂或云蔡邕之詞於此蓋可證也覺音數詩王風

尙寐無覺詩毛傳媚愛也聘禮鄭注若有言謂若有所問也廣雅言問也誰肯相爲言謂誰肯相爲問也詩檜風誰能亨

魚漑之釜鬵誰西將歸懷之好音烹魚得書古辭借以爲喻注者或言魚腹中有書或言漢時書札以絹素結成雙鯉或

言魚沈潛之物以喻隱密者望文生義未窺詩意所出

節釋音前八句皓支陽發一句一韻兩句一轉若詩大雅常武卒章王猶允塞徐方既來徐方既同天子之功四方既平

徐方來庭徐方不回王曰還歸是也元寒古通詩大雅篇公劉于胥斯原既庶既繁既順迺宣而無永歎則元寒通

朱柏堂曰古詩十九首皆樂府也中有青青河畔草又有客從遠方來本是兩首惟孟冬寒氣至一篇下接客從遠方來

與飲馬長城窟行章法同蓋古詩有意盡而辭不盡或詞盡而聲不盡則合此以足之如三歸豔詩及萊嬌嬈吾欲竟此

曲之類皆曲調之餘聲也古人詩皆入奏故有此等後世則不然矣

吳旦生曰翰注謂枯桑無葉則不知天風海水不凍則不知天寒喻婦人在家不知夫之消息也善注謂枯桑無枝尙知

天風海水廣大尙知天寒喩夫在遠不知婦之愛戚也余意合下二句總看乃云枯桑自知天風海水自知天寒以喩婦之自苦自知而他家入門自愛誰相爲問訊乎與但其曰長跪是重之至望之深也覺何如大失望也書中絕不道及相見之期復何望哉朱止谿曰白樂天云詩有隱一字而意自見者海水知天寒言不知也

上留田行

崔豹古今注曰上留田地名也人有父母死不字其孤弟者鄰人爲其弟作悲歌以諷其兄樂府廣題曰蓋漢世人也

里中有啼兒似類親父子囘車問啼兒慷慨不可止

節箋樂府廣題其辭不正載郭茂倩樂府詩集因之詩紀入雜曲今從古樂苑入相和歌辭李子德漢詩音注曰觀其詩意似諷父之聽後婦而不恤前子者古今注末合節案子德誤解父子二字故以爲諷父非諷兄耳親父子猶同父之子

也

節釋音支紙古通詩小雅節南山尹氏大師維周之氏秉國之均四方是維則支與紙通

朱止谿曰成人兄則死而子高爲之衰上留田兄不字其孤而行國爲之諸風雅不墜地以此魏文帝曲居世一何不同

上留田起調亦復軒然却不能自文其親親之薄

陳胤倩曰回車問者他人問也不加一語一父之子情何以堪

婦病行

郭茂倩樂府詩集朱止谿樂府廣序朱秬堂樂府正義瑟調曲皆載此篇朱秬堂曰當與阮瑀駕出北郭門行參看

婦病連年累歲傳呼丈人前一言當言未及得言不知淚下一何翩翩屬累君兩三孤子莫我兒飢且寒有過愼莫笪笞行當折搖思復念之亂曰抱時無衣襦復無裏閉門塞牖舍孤兒到市道逢親交泣

坐不能起從乞求與孤買餌對交啼泣淚不可止我欲不傷悲不能已探懷中錢持授交入門見孤兒啼索其母抱徘徊空舍中行復爾耳棄置勿復道

節箋史記索隱注韋昭云古者名男子爲丈人詩大雅毛傳翩翩不息也說文屬連也莊子夜半髑髏見夢曰子之談者似辯士諸子所言皆人生之累死則無此矣說文篁笞也玉篇廣韻拚音丁但切篁與担同廣雅担笞擊也漢書揚雄傳顏師古注行且也折搖卽折夭婦自謂將死也春秋昭十九年左傳賈逵注短折曰夭曹憲博雅音搖亦咲反搖夭盤相近故通用詩大雅思皇多士毛傳思辭也王引之曰思發語詞也國語閔馬父曰正考甫校商之名頌十二篇於周大師以那爲首其輯之亂曰自古在昔先民有作溫恭朝夕執事有恪吳旦生曰亂者樂之卒章自此而離騷而賦而樂府其後有亂曰云云蓋防於此急就篇袍襦表裏曲領裠顏師古注長衣曰袍短衣曰襦說文裏衣內也無衣無長衣而有短衣短衣又無裏也說文餌粉餅也我親交自謂也廣雅徘徊便旋也猶盤桓也行復且復也爾耳謂於徘徊外無可如何

也古詩棄捐勿復道

節釋音先元寒古通見卷三董逃行支紙寘宥皓古通詩邶風匪女之爲美美人之貽則支與紙通小雅爾還而入我心

易也還而不入杳難知也則支與寘通大雅有周不顯帝命不時文王陟降在帝左右則支與宥通齊風子之茂兮遭我

平擇之道兮幷驅從兩牡兮揖我謂我好兮則宥與皓通此篇前言翳寒爲先元寒通筲之褱市起餌止巳授抱道爲支

紙寘宥皓通

朱止谿曰古辭以婦能持門戶婦沒子不免饑寒而乞諸親交也亂曰下是婦沒後事我欲不傷下是親交之言行復爾

耳謂啼索如故也交親交也余闘之先儒曰世治則室家相保世亂則室家相棄故王風厥而若華羨其榮中谷悲其悴

蓋言疾苦無與上閒也漢世尙采詩入樂以備聽覽之遺其事實祥於風風神爵

朱柜堂曰詩中幷無一語及後毋使人想見於言外末句極愼極與上留田慷慨不可止一意讀欽馬長城窟行則悲

夫妻不相保矣讀婦病行則父子不相保矣讀上留田孤兒行則兄弟不相保矣亡國之音哀以思其民困俗吏知錢穀

簿書至於情義乖離風俗頹壞乃恬不知怪可痛也夫

陳胤倩曰閉門塞牖含似言遂兒在外兩三孤兒入市其大者索母其小者

李子德曰漢高賜惠帝詔曰以如意母子相累每爲獻歎況婦人乎屬累君兩三孤子又云莫我兒饑且寒此時已判其子之終等於陌路矣

張蔭嘉曰此刺爲父者不恤無母孤兒之詩然不恤意郤在病婦口中親交眼中顯出絕不一語正寫斥父不慈非以致孝此詩人忠厚得體處也婦病已久夫不在傍欲言必待傳呼末言先已下淚寫景淒苦抱時二句指孤兒之小者無衣無褢應前寒字閉門七句指孤兒之大者乞錢買餌應前饑字後八句叙親交見而悲傷與錢送歸空舍徘徊顯出其父不在行復爾勿復道言母死幾時竟至於此父已不顧我且奈何

孤兒行

郭茂倩樂府詩集曰孤子生行一曰孤兒行歌錄曰孤子生行亦曰放歌行朱秬堂樂府正義曰宋玉笛賦云歌伐

榥號孤子則此曲來已久矣

孤兒生孤子遇生命獨當苦父母在時乘堅車駕駟馬父母已去兄嫂令我行賈南到九江東到齊與魯臘月來歸不敢自言苦頭多蟣虱面目多塵大兄言辦飯大嫂言視馬上高堂行取殿下堂孤兒淚下如雨使我朝行汲暮得水來歸手爲錯足下無菲愴愴履霜中多蒺藜拔斷蒺藜腸月中愴欲悲淚下渫渫清涕纍纍冬無複襦夏無單衣居生不樂不如早去下從地下黃泉春氣動草萌芽三月蠶桑六月收瓜將是瓜車來到還家瓜車反覆助我者少啗瓜者多願還我蔕兄與嫂嚴獨且急歸當興校計亂曰里中一何譊譊願欲寄尺書將與地下父母兄嫂難與久居

節箋孟子幼而無父曰孤左傳成十三年民受天地之中以生所謂命也後漢書輿服志賈人不得乘馬車史記貨殖傳
行賈丈夫賤行也書禹貢九江孔殷淮南子湯沐具而蟣蝨相弔取乃趣之省文行取行趣也趣與趍古叵用漢書地理
志注師古曰取慮縣名取又音趨摯虞決疑要注師古曰古者屋高嚴皆名爲殿不必宮中行取殿下堂謂行趣高屋下
之堂也曰上曰行取爲辨飯爲祝馬也詩小雅他山之石可以爲錯毛傳錯石也可以琢石手爲錯言手之麤厲如錯石
也方言屝麤屨也絲作曰履麻作曰屝通作非漢書刑法志非履緒衣詩魏風糾糾葛屨可以履霜易困于石據于蒺藜
爾雅注蒺藜布地蔓生細葉子有三角刺人腸月郎腸肉肉石經見月楚辭九章發憤以抒情王逸注抒渫也亙訓渫抒
也重言之則曰渫渫儽通作纍說文儽垂貌禮玉藻喪容纍纍左傳不及黃泉無相見也禮月令孟春之月是月也天氣
下降地氣上騰天地和同草木萌動仲春之月是月也安萌芽養幼少存諸孤季春之月是月也后妃齊戒東鄉躬桑禁
婦女毋觀省婦使以勸蠶事詩豳風七月食爪周之七月漢之六月也詩次雅無將大車說文蔕瓜當也王引之曰獨猶
將也且何中語助也莊子齊物論曰夫隨其成心而師之誰獨且無師乎亂曰見上篇法言號讀者天下皆訟也

節釋音支微齊魚歌麻尾麌霽爲第二部三聲之通先爲支齊之叶詩邶風燕燕于飛差池其羽之子于歸遠送于野瞻望弗及泣涕如雨則麌與馬與微通若麌與尾通求之古籍頗難舉例惟班固西都賦窈窕繁華更盛迭貴處乎斯列者蓋以百數則遇與未通尾未麌遇爲一音可以借證詩大雅敦彼行葦牛羊勿踐履方苞方體維葉泥泥則尾與齊通豳風七月流火九月授衣八月萑葦則尾與微通衛風齊侯之子衛侯之妻東宮之妹邢侯之姨譚公維私則齊與支通豳風我東曰歸我心西悲則微與支通揚雄太常箴我禮斯祇我粢孔蠲匪僭匪忒君子攸宜則先叶支漢樂章象載瑜白集西食甘露飲榮泉則先叶齊左傳伯姬繇車脫其輻火焚其旂不利行師敗于宗丘六年其逋逃歸其國而棄其家則支微通麻大雅抑慎爾出話敬爾威儀無不柔嘉白圭之玷尚可磨也斯言之玷不可爲也則支通麻歌詩大雅柔桑民之未戾、職盜爲寇涼曰不可覆背善詈雖曰匪予既作爾歌則歌與霽通霽與魚通朱止谿曰孤兒行閔俗也漢志民自二十以上上所長也六十以下上所養也漢治誠爲近古哉詩可以觀一物失所而知王之致之失後代陳詩僅獻其歌頌則疾痛之聲不聞上何由知政之得失乎朱秬堂曰放歌者不平之歌也孤兒兄嫂惡薄詩人傷之所以爲放歌也宋鮑照詩則言盛時一言片善俱能分珪爵辭草萊而賢人獨臨路遲徊亦爲之不平焉

陳胤倩曰下從地下黃泉句下忽起一端另寫時令從氣及草從草及桑從桑及瓜幾許屈曲春氣動三字微跟地下黃泉文情甚奇將瓜車當是實事詩正詠之前此行賈行汲乃追寫耳不然何獨於將車一小事如此細細詠歎耶瓜車反覆如見車翻瓜墮纍纍滿地兼共擺食願還我蒂不得已之苦言

李子德曰獵月始歸三月蠶桑六月收瓜蓋終歲無暇日矣曰願還我蒂將以蒂自明也又云當與較計則出蒂亦不足塞責數句之中多少曲折

雁門太守行

古今樂錄曰王僧虔技錄云雁門太守行歌古洛陽令一篇後漢書王渙字稚子廣漢郪人也少好俠尚氣力晚改節敦儒學習書讀律略通大義後舉茂才除溫令三年遷兗州刺史徵拜侍御史後坐論永元十五年還爲雒陽令

政平訟理發摘姦伏如神元興初病卒百姓爲立祠安陽亭西每食輒絃歌而薦之樂府解題曰案古歌詞歷述渙本末與傳合而曰雁門大守行所未詳

孝和帝在時洛陽令王君本自益州廣漢蜀民少行宦學通五經論一解明知法令歷世衣冠從溫補雒陽令治行致賢擁護百姓子養萬民二解外行猛政內懷慈仁文武備具料民富貧移惡子姓篇著里端三解傷殺人比伍同罪對門禁鍪矛八尺捕輕薄少年加笞決罪詣馬市論四解無妄發賦念在理寃敕吏正獄不得苛煩財用錢三十買繩禮竿五解賢哉賢哉我縣王君臣吏父冠奉事皇帝功曹主簿皆得其人六解臨部居職不敢行恩清身苦體夙夜勞勤治有能名遠近所聞七解天年不遂早就奄昏爲君作祠安陽亭西欲令後世莫不稱傳八解

節箋續漢郡國志河南尹治雒陽百官志每縣邑道大者置令一人又曰縣萬戶以上爲令不滿爲長郡國志益州廣漢郡後漢書王渙傳廣漢郪人案郎今四川潼州府三臺縣南渙傳父順安定太守行宦猶游宦也又渙敎儒學習尚書讀律令漢書施讐傳甘露中與五經諸儒雜論同異於石渠閣藝文志有五經雜議十八篇渙傳除溫令縣多姦猾積爲人患渙以方略討擊悉誅之續漢郡國志河內郡溫縣案郎今河南懷慶府溫縣西南漢書朱邑傳以治行第一入爲大司農致興至同古通用詩小雅天保羣黎百姓徧爲爾德毛傳百姓百官族姓也書堯典百姓昭明黎民於變時雍爾雅黎衆也萬民猶黎民也渙傳以平正居身得寬猛之宜國語宣王既喪南國之師而料民於太原注料數也渙傳注引古樂府云移惡子姓名五篇著里端此曲無名五二字疑有所删節移謂以文書移於邑里而首著之也即漢書諸葛豐傳所云編書其罪使四方明知爲惡之罰意也周禮地官五家爲比使之相保五比爲閭使之相受續漢百官志里有里魁民有什伍善惡相告注什主十家伍主五家比伍同罪對門謂傷殺人者比伍與對門皆同坐也鍪矛疑𥍯矛之誤釋名𥍯矛長九尺者也曹憲博雅音𥍯呼覓切說文所無說文杸字徐鍇釋云字書又小矛也集韻鈠金小矛則變木從金作鈠

廣韻錢小矛則省作錢集韻錢小矛或从矛則又改作戣此曲傳寫蓋誤作鏊耳漢書公孫弘奏言禁民毋得挾弓弩鍭遂傳移書勅縣屬諸持鉏田鉤器者皆為良民持兵者迺為盜賊尹賞傳捕長安中輕薄少年惡子數百人渙禁鏊矛八尺捕輕薄少年卽此意漢書刑法志景帝元年下詔曰加笞與重罪無異幸而不死不可為人禮記刑人於市與衆棄之釋名勅飭也財與纔古通用漢書杜欽傳迺為小冠高廣財二寸霍光傳長財七尺三寸皆以財為纔淮南子十二粟而當一分十二分而當一銖用錢三十乃三十分不滿三銖也漢書宣帝紀詔池籞未御幸者假與貧民注蘇林曰折竹以繩緜連禁緥使人不得往來律名為緥此謂無妄發賦而假與貧民田緡用錢三十分便可買緡折竹以治其地也禮理也治也績漢百官志功曹從事主州選署及衆事主簿錄閣下事省文書縣諸曹略如郡員渙傳陳寵對和帝曰臣任功曹王渙以簡賢選能主簿鐘離拾遺補闕臣奉宣詔書而已可見功曹主簿其職佐最要績漢郡國志雒陽屬司隸校尉部渙傳永初二年詔曰王渙功業未遂不幸早世百姓追思為之立祠自非忠愛之至孰能若斯者乎水經注淯水南逕安陽亭東

節釋音眞文元寒先古通見卷三董逃行朱止谿曰雁門太守行歌雒陽令美吏治也上繼地節建武之隆何風之偉勲或曰永元政衰雒陽令微也其民歌之有足風者故列瑟調 王稚子外猛內慈善於任人行政國風所稱邦之司直也末世之吏不專在於行恩故曰與使民愛之不若使民畏之孔明治蜀王猛治秦深合此意朱柏堂曰漢郎官出宰百里杜詩自功曹超三遷爲侍御史又兩轉使節方爲成皋令而王渙亦以侍御史遷令雒陽其時縣之令重如此宜其民服其教威令大行後世縣令輕矣方逢迎上官之不暇而暇牧民乎 按古辭詠雁門太守者不傳此以樂府舊題雁門太守行詠雒陽令也與用秦女休行詠龐烈婦者同若改用龐烈婦行則是自爲樂府新題非復舊製矣凡擬樂府有與古題全不對者類用此例但當以類相從不須切泥其事如秋胡行不必秋胡也羅敷行不必羅敷也推而廣之飲馬長城窟不必長城也驅車上東門不必上東門煌煌京洛不必京洛也得古意而神會之則如野田黃省更可不言雀雉子班更可不言雉紫鵾馬更可不言馬不知者乃占占雕鎪物色此與詠物何異而謂之樂府可

乎齊梁以來類染此習樂府之不傳此其大概也偶西樂府解題云古歌辭歷述渙本末與傳合而曰雁門太守行所未詳鄭夾漈又疑渙嘗為安定太守作此詩者誤以安定為雁門故為論之如此

李子德曰首句孝和帝在時五字思賢令先思聖君有良時不再見之悲功曹主簿皆得其人亦以見漢制守令得自辟其僚也

陳胤倩曰王君自是健吏政嚴而民思之諒其中心曰內懷慈仁不敢行恩公正之感人如此移惡二句言豪兼皆知其主名也

豔歌何嘗行

郭茂倩樂府詩集曰一曰飛鵠行王僧虔技錄云豔歌何嘗行歌文帝何嘗古白鵠二篇樂府解題曰古辭云飛來雙白鵠乃從西北來言雌病雄不能負之而去五里一反顧六里一徘徊雖遇新相知終傷生別離也鵠一作鶴

節案王僧虔技錄云歌文帝何嘗古白鵠二篇古白鵠即此篇文帝何嘗即魏文帝何嘗快獨無憂一篇也南史稱

戴顒合何嘗白鵠二聲爲一調意者此題之合舊始於顒徐陵玉臺斯詠改此篇爲雙白鵠

飛來雙白鵠乃一作又從西北來十十五五羅列成行解一妻卒被病行不能相隨五里一反顧六里一徘徊解二吾欲銜汝去口噤不能開吾欲負汝去毛羽何摧頹解三樂哉新相知憂來生別離躊躇顧羣侶淚下不自知解四念與君離別氣結不能言各各重自愛遠道歸還難妾當守空房閉門下重關若生當相見亡者會黃泉今日樂相樂延年萬歲期念與下爲趨

節箋說文鵠鴻鵠也禮記天地嚴凝之氣始于西南而盛于西北漢書趙充國傳注卒謂暴也蘇武詩黃鵠一遠別千里顧徘徊史記日者傳悵然噤口不能言楚辭九歌悲莫悲兮生別離樂莫樂兮新相知蘇武詩淚下不可揮古詩悲與親友別氣結不能言贈子以自愛遠道會見難說文闕以木橫持門戶也黃泉見同卷孤兒行文君白頭吟今日相對樂延

年萬歲期

節釋音灰陽古叶樂府古辭行胡從何方列國持何來則陽叶灰支灰古通老子天下熙熙皆為科來則支與灰通此為

上四解之聲元寒刪先古通見卷三蓷逃行又詩大雅文王有聲乘彼垝垣以望復關不見復關泣涕漣漣關首堅篇末

延年萬歲期當讀萬歲期延年並見陳第毛詩古音考

朱止谿曰歎世離也一曰為新知見阻樂其舊好為矢音和厚糞其新故勿渝風之變也鮑明遠京雒行寶帳三千所為

爾一朝容但櫂秋塵起盛愛逐衰逢唯見雙黃鵠千里一相從本此

朱秬堂曰妻字指白鵠硬下得妙

陳胤倩曰十十五五與下羣侶相應新相知指羣侶吾字是夫口中語念與君以下是婦答語

豔歌行 二曲

郭茂倩樂府詩集古今樂錄曰豔歌行非一有直云豔歌卽豔歌行是也若羅敷何嘗雙鴻福鍾等行亦皆豔歌雙

鴻福鍾兩篇不傳豔歌羅敷行日出東南隅一篇相和中歌之今亦不歌

翩翩堂前燕冬藏夏來見兄弟兩三人流宕在地縣故衣誰當補新衣誰當綻賴得賢主人覽取爲吾組夫壻從門來斜柯西北眄語卿且勿眄水清石自見石見何纍纍遠行不如歸

節箋吳兆宜注宋玉九辯燕翩翩其辭歸兮節補箋禮記月令仲春之月玄鳥至仲秋之月玄鳥歸鄭玄曰玄鳥燕也聞人倓注穀梁傳弟兄三人佚宕中國禮記衣裳綻裂紉箴請補紉此言兄弟流宕他縣其身所服之故衣誰爲補紉之而其家所製之新衣又誰爲綻裂之也節補箋覽通作擥說文擥撮持也廣韻紉補縫柯一作倚聞人倓注廣韻眄衺視也沈歸愚曰此居停之歸爲客縫衣而其夫不免見疑也節補箋漢書項籍傳注卿之時人相褒尊之稱廣雅纍作傫案纍疲也象石之臥於水中也沈歸愚曰水清石見心跡固明矣然豈如歸去爲得計乎節釋晉綻紉廣韻屬三十一襇今韻綻屬諫而無紉王阮亭據左克明古樂府梅鼎祚詩乘謂紉當作組因謂新衣二句

補組自叶後人倒其句耳阮亭蓋未求之廣韻矣諫霰古通詩衛風氓總角之宴言笑晏晏則諫與翰之通末二句換韻似

趙支徵古通見卷二長歌行

朱止谿曰臨歌行歌翩翩堂前燕幸自明其感也昭帝之明能辨霍子孟之誣非惑也如蕭望之劉更生於漢元帝至水明

清石見寧非快事唐明皇幸蜀而思曲江晚矣收調石見何榮榮遠接流宕在他縣文情淡而益旨

朱秬堂曰禮不足則嫌疑生古辭瓜田不納履李下不整冠流宕他縣而主人組衣畢竟有妨男女之禮故啟夫婿之眄

一歸家而灑然矣凡事之涉嫌者惟見幾決斷可免於難當視此耳

陳胤倩曰冬藏夏見興客倏忽去來

李子德、曰起二句如六義之興以見久旅忘歸不及梁燕之知時也　石見何榮榮承之曰遠行不如歸接法高絕非遠

行何以有補衣之舉故觸事思歸也

張蔭嘉曰語卿二句客曉居停婦夫之詞以喻出之言簡意括末二夫答客之詞蒙上喻接口而下言心以迹雖明不如歸

去之嫌疑自釋也

南山石嵬嵬，松柏何離離。上枝拂靑雲，中心十數圍。洛陽發中梁，松樹竊自悲。斧鋸截是松，松樹東西摧。持作四輪車，載至洛陽宮。觀者莫不歎，問是何山材。誰能刻鏤此？公輸與魯班。被之用丹漆，薰用蘇合香。本自南山松，今爲宮殿梁。

節箋 詩小雅節彼南山維石巖巖詩毛傳南山周南山也又齊風南山崔崔毛傳崔崔高大貌崔嵬通用又小雅如南山之壽如松柏之茂又其桐其椅其實離離毛傳離離垂也周禮鄭注環猶圍也瓦訓圍猶環也廣韻發起也中梁正梁也孟子趙岐注公輸子魯班之巧人也或以爲魯昭公之子禮記命百工審五庫之量金鐵皮革筋角齒羽箭幹脂膠丹漆蘇合香見卷一烏生

節釋 音支微灰古通詩小雅四月山有蕨薇隰有杞桋君子作歌維以告哀則支微灰通灰亦通東詩大雅常武王猶允

塞徐方既來徐方既同天子之功則灰通東古樂府行胡從何方列國持何來氍毹毾㲪五木香迷迭艾納及都梁則灰通東通陽古元寒刪爲一韻參同契運規以求方終年無見功事約而不繁則東通刪通陽朱止谿曰豔歌行歌南山或云隱者見微大用於時詩人美之余曰非也讀松柏竊自悲一似非時而棄君子所悼一曰飄土木繁興也五噫歌宮室崔嵬有同慨焉故列瑟調朱柏堂曰凡歌辭出自男女夫婦者皆謂之豔歌此與豫章行絕相類而於豔歌何所取義疑時朝廷采取民間女以充後宮自傷離別故以南山松柏爲比亦謂之豔歌公輸魯班非誤用言更無第二人也丹鉛錄云史記相如傳文君已失身於司馬長卿故以人姓與字分爲二句共文法本自左傳劉越石詩宣尼悲獲麟西狩泣孔丘沈休文宋書恩倖傳論胡廣累世農夫伯始致位公卿黃憲牛醫之子叔度名動京師皆是一說太平廣記引酉陽雜俎云魯般燉煌人莫詳年代於涼州作木鳶乘之以歸六國時公輸班亦爲木鳶以窺宋城

公無渡河

郭茂倩樂府詩集相和六引首箜篌引而采錄此曲於叙說謂古今注云朝鮮津卒霍里子高晨起刺船有一白首狂夫被髮提壺亂流而渡其妻隨而止之不及遂墮河而死於是援箜篌而歌此曲聲甚悽慘曲終亦投河而死子高還以語具妻麗玉玉傷之乃引箜篌而寫其聲聞者莫不墮淚飲泣麗玉以其曲傳鄰女麗容名曰箜篌引節案然則箜篌引乃感此曲而作此曲非箜篌引明甚郭氏以此曲附諸箜篌引而左克明古樂府又直以此曲爲箜篌引則誤矣宋樂志巾舞歌詩有公莫舞一篇沈約謂琴操有公莫渡河曲其聲所從來已久樂錄非之曰巾舞古辭訛異江左乃有歌舞辭今三調中自有公無渡河其聲哀切音入悲調不容以悲調雜於舞曲今從樂錄改正

公無渡河公竟渡河墮河而死當奈公何

節箋釋名公君也君猶稱也楚辭九辯君不知兮可柰何

節釋音歌紙古通詩豳風既破我斧又缺我錡周公東征四國是吪則歌與紙通

朱止谿曰公無渡河憤所往也世患無常君子不輕蹈之居變風之後如曹風之思復正焉古人作歌因聲成曲如麗

玉寫聲公無渡河是也丁都護諸曲皆然後人引之歌利涉甚誤

朱柘堂曰宋唐庚云古樂府命題皆有主意後之人用樂府爲題者直當代其人而措辭如公無渡河須作妻止其夫之辭太白輩或失之惟退之琴操得體余謂樂府題自建安以來諸子多假用魏武尤甚私意謂樂府自有變通一法未可執一但須不離其宗則如公無渡河或假作勸止其人之詞或相戒免其禍之作不必夫妻也他可仿此

漢魏樂府風箋卷四終

漢魏樂府風箋卷五

順德黄節箋釋

相和歌辭

漢風

楚調曲

郭茂倩樂府詩集云凡楚調其器有笙笛弄節琴箏琵琶瑟七種

唐書樂志云漢世三調皆周房中曲之遺聲又有楚調側調則漢房中樂也高祖樂楚聲故房中樂皆楚聲側調生於楚調者也

白頭吟

西京雜記司馬相如將聘茂陵人女爲妾文君作白頭吟以自絕相如乃止樂府解題曰白頭吟疾人相知以新間舊不能至於白首鮑照輩自傷淸直而遭謗亦出於此

皚如山上雪皎若雲間月聞君有兩意故來相決絕解一

平生共城中何嘗斗酒會今日斗酒會明旦溝水頭蹀躞御溝上溝水東西流解二

郭東亦有樵郭西亦有樵兩樵相推與無親爲誰驕解三

凄凄重凄凄嫁娶亦不啼願得一心人白頭不相離解四

竹竿何嫋嫋魚尾何離簁男兒欲相知何用錢刀爲齮如如字下或有五字馬噉萁川上高士嬉今日相對樂延年萬歲期解五

節箋說文皚霜雪之白也詩毛傳皎月光也古詩斗酒相娛樂周禮考工記廣四尺深四尺謂之溝蹀躞行貌漢書注蘇

林曰王渠王宮家渠也猶今御溝也郭城溝之外也兩樵蓋用詩小雅伐木篇所謂求其友聲也淮南子舉大木者呼邪許蓋舉重勸力之歌也推與疑邪許之誤案洪亮吉漢魏音引漢志注邪音蛇顧炎武唐韻正邪蛇入支韻與推同韻許與同在語韻故疑推與爲邪許一音之誤觀邪許歌亦作噓噢歌劉晝曰伏臘合歡必歌采菱來石柁舟必歌噓噢此亦同音通用之證相推與謂邪許聲相應也無親自謂也決絕則無親矣平調曲猛虎行野雀安無巢遊子爲誰驕嫁娶亦不嘯追言結婚之始也廣雅嬬嬬弱也詩衛風籊籊竹竿以釣于淇毛傳籊籊長而殺也釣以得魚如婦人待禮以成爲室家離簁即離褷文選李善注毛羽始生之貌此言魚尾始長之貌也男兒欲相知謂女子所欲於男子者相知耳竹竿以釣而得魚猶男子以相知而得嬬不在錢刀也意蓋謂富而易妻者史記平準書龜貝金錢刀布之幣興焉注如淳曰名錢爲刀者以其利於民也王引之曰爲語助也朱秬堂曰齕疑齕字之訛集韻蕢草名馬唉之則馴通作芑其或蕢之省文莊子馬蹄篇齕草飲水喜則交頸相靡怒則分背相踶馬知已此矣又秋水篇莊子與惠子遊於濠梁之上莊子曰儵魚出遊從容是魚之樂也惠子曰子非魚安知魚之樂莊子曰子非我安知我不知魚之樂兩用莊子言馬與馬何相知

人與魚亦且相知也既不相知則惟有盡今日斗酒之樂雖決絕在目前仍以延年相祝一何敦厚溫柔乃爾

節釋許月屑泰古通詩小雅蓼莪南山烈烈飄風發發民莫不穀我獨何害此篇一解月屑通二解首二句會厲泰當與

一解相連為月屑泰之通四解支齊古通詩商頌長發帝命不違至于湯齊湯降不遲聖敬日躋招假遲遲上帝是祇則

支與齊通

朱止谿曰白頭吟刺貳也風人尚專一之思許其怨故次之楚調古人務立身無過而後可以貴望君父皚如山上雪

皎若雲間月鮑照曲直如朱絲繩清如玉壺冰同立言之意唐李白曲兩草猶一心人心不如草又曰城崩杞梁妻誰道

士無心可方淡曲

陳胤倩曰皆樂為諧節奏每增數語善做古調不可廢

皚如山上雪皎若雲間月聞君有兩意故來相決絕今日斗酒會明旦溝水頭躞蹀御溝上溝水東西流淒淒復淒淒嫁娶不須啼願得

一心人白頭不相離竹竿何嫋嫋魚尾何簁簁男兒重意氣何用錢刀爲

節箋前篇晉樂所奏此篇則本辭也簁簁亦魚尾長貌晏子春秋晏子爲齊相出其御之妻從門閒而闚其夫其夫爲相子御意氣揚揚甚自得也既而歸其妻請去夫問其故妻曰晏子長不滿六尺身相齊國名顯諸侯今者妾觀其出志念深矣常有以自下者今子長八尺乃爲人僕御然子之意自以爲足妾是以求去也

節釋音月胥本不通尤惟通眞眞韻之淛哇等字亦入胥韻故胥眞古通胥眞既通則尤通眞亦可通胥詩邶風綠兮絲兮女所治兮我思古人俾無訧兮尤可以通眞亦可以通胥矣尤之通齊若琴操哀慕歌梧桐萋萋生于道周則尤齊通支齊通見上篇

王船山曰谷風敘有無之求氓蚩數復關之約漢人樂府如此篇何讓三百

吳旦生曰古今注云伯常子避仇河濱爲漁父其妻思之每至河側作釣竿之歌後司馬長卿作釣竿詩今傳爲古曲也

故文君言竹竿魚尾正引伯常子事以諷長卿耳

陳太初曰玉臺新詠載此篇題作皚如山上雪不云白頭吟亦不云何人作也宋書大曲有白頭吟作古辭御覽樂府詩集同之亦無文君作白頭吟之說自西京雜記始附會文君然亦不著其辭未嘗以此詩當之及宋黃鶴注杜詩混合爲一後人相沿遂爲妒婦之什全乖風人之旨且兩意決絕溝水東西文君之於長卿何至是乎蓋棄友逐婦之詩非小星逮下之刺願得一心人白頭不相離忠厚之至也男兒重意氣何用錢刀爲慷慨之思也勿以嫉妒評風人焉

張蔭嘉曰淒淒復淒淒嫁娶不須啼從他人嫁娶詩憑空指點以爲婦人有同一之願不肴已身說而已身已在褒許

梁甫吟

郭茂倩樂府詩集古今樂錄曰王僧虔技錄有梁甫吟行今不歌謝希琴論曰諸葛亮作梁甫吟陳武別傳曰武常騎驢牧羊諸家牧豎十數人或有知歌者武遂學泰山梁甫吟幽州馬客吟及行路難之屬蜀志曰諸葛亮好爲梁甫吟然則不始於亮矣李勉琴說曰梁甫吟曾子撰琴操曰曾子耕泰山下天之雨雪凍旬日不得歸思其父母

作梁山歌節案郭氏所引諸說則梁甫吟不始自孔明朱秬堂曰泰山梁甫幽州馬客行路難等皆曲調之名陳武學之學其聲也孔明爲之亦爲其聲也孔明好爲梁甫吟猶曰宜歌商宜歌齊云爾步出齊城門詩乃是孔公之梁甫吟其實前乎此者梁甫吟之調當不止一詩孔明好爲此吟亦未必獨歌此篇也陳壽三國志敘武侯躬耕隴畝好爲梁甫吟而不載其詩黃山谷以爲太簡亦誤以梁甫吟爲止此一詩耳特前乎此者不傳而獨傳武侯此篇耳漢書郊祀志管仲曰古者對泰山禪梁父者七十二家注師古曰父讀曰甫王先謙補注梁父在今泰安府南六十里

步出齊城門遙望蕩陰里里中有三墓累累正相似問是誰家墓田彊古冶子力能排南山文能絕地紀一朝被讒言二桃殺三士誰能爲此謀國相齊晏子

節箋水經淄水又東北逕蕩陰里西注水東有冢一基三墳東西八十步是列士公孫接田開彊古冶子之墳也趙一清

曰寰宇記引郡國志云臨淄縣東有陰陽里樂府解題作遙望陰陽里御覽引水經仍作蕩陰里晏子春秋公孫接田開疆古冶子事景公以勇力搏虎聞晏子過而趨三子者不起晏子入見公曰臣聞明君之蓄勇力之士也上有君臣之義下有長率之倫內可以禁暴外可以威敵故尊其位重其祿今君之蓄勇力之士也上無君臣之義下無長率之倫內不以禁暴外不可威敵此危國之器也不若去之公曰三子者搏之恐不得剌之恐不中也晏子曰此皆力攻勍敵之人也無長幼之禮因請公使人少餽之二桃曰三子何不計功而食桃公孫接仰天而歎曰晏子智人也夫使公之計吾功者不受桃是無勇也士衆而桃寡何以計功而食桃矣接一搏猏而再搏乳虎若接之功可以食桃而無與人同矣援桃而起田開疆曰吾伏兵而卻三軍者再若開疆之功亦可以食桃而無與人同矣援桃而起古冶子曰吾嘗從君濟於河黿御左驂以入砥柱之流當是時也冶少不能游潛行逆流百步順流九里得黿而殺之左操驂尾左挈黿頭鶴躍而出津人皆曰河伯也若冶視之則大黿之首若冶之功亦可以食桃而無與人同矣二子何不反桃抽劍而起公孫接田開疆曰吾勇不若子功不逮子取桃不讓是貪也然而不死無勇也皆反其桃挈領而死古冶子曰二子死之冶獨生之不仁恥

人以言而令其聲不義恨乎所行不死無勇雖然二子同桃而節治專桃而宜亦反其桃挈領而死使者復曰已死矣公殮之以服葬之以士禮焉詩齊風南山崔崔毛傳南山齊南山也說文排擠也一曰推也莊子此劍上決浮雲下絕地紀詩譏言其興史記晏平仲嬰萊之夷維人也朱止谿曰梁甫吟歌步出齊城門哀時無罪而殺士君子傷之如聞黃鳥哀音也朱柏堂曰蜀志稱武侯躬耕隴畝好爲梁甫吟而寓意於此詩他日武侯之表後主諄諄於郭攸之費褘董允諸人之任痛惜於趙雲等之喪亡祝損一人如損腹心手足卒以疲敝之益州折衝强寇支持漢祚所云先帝簡拔以遺 下及云數十年之內所糾合四方之精銳非一州之所有者其一生謀國之忠悉見於此抱膝隆中與懷往事其梗槩固已先定矣黃山谷謂觀武侯此詩蓋以曹操專國殺楊脩孔融荀彧耳或亦得其情也

怨詩行

郭茂倩樂府集古今樂錄怨詩行歌東阿王明照高樓一篇此篇不歌

天德悠且長人命一何促百年未幾時奄若風吹燭嘉賓難再遇人命不可續齊度遊四方各繫太山錄人間樂未央忽然歸東嶽當須盪中情遊心恣所欲

節箋易飛龍在天乃位乎天德漢書注如淳曰齊等也無有貴賤之稱玉篇度與渡通過也風俗通曰古封泰山禪梁甫

舊說岱宗上有金篋玉策能知人年壽修短離騷及年歲之未安兮時亦猶其未央爾雅泰山爲東嶽博物志曰泰山主

召人魂離騷衆不可戶說兮孰云察余之中情

節釋音沃覺古通孟子孺子之歌滄浪之水濁兮可以濯我足則沃與覺通

朱止谿曰古詩云人生忽若寓夫寓不可常怨不一族曰怨詩行怨歌行是怨亦人情乎君子比於樂焉末二句卽西門

行說呼心所懽一意知古人所怨只是行與願違耳

朱秬堂曰情豈可盪欲豈可恣因有所怨而託焉與深常變生者不同弗以辭害意也昔者君驕難作范文祈死才高主

忌河開酒樂范蠡之遊五湖張良之從赤松皆有所寄焉者也

陳胤倩曰風吹燭用比壽命想初創此句時覺新警爲何如今遂作俚俗語矣以是觀之多襲古語亦自無味

怨歌行

漢書班婕妤左曹越騎校尉況之女少有才學成帝時選入後宮爲婕妤後趙飛燕譖告許皇后班婕妤挾媚道祝詛婕妤對曰修正尙未蒙福爲邪欲以何望上善其對婕妤恐久見危求供養太后于長信宮乃作怨詩託辭于紈扇云案文選李善注引歌錄曰怨歌行古辭然言古者有此曲而班婕妤擬之鍾嶸詩品曰婕妤團扇短章辭旨淸捷怨深文綺

新裂齊紈素鮮潔如霜雪裁爲合歡扇團團似明月出入君懷袖動搖微風發常恐秋節至涼飈奪炎熱棄捐篋笥中恩情中道絕

節箋文選李善注漢書曰罷齊三服官李斐曰紈素爲多服范子曰紈素出齊荀悅曰齊國獻紈素絹天子爲三官服也

古詩文綵雙鴛鴦裁爲合歡被蒼頡篇曰懷抱也此謂褻恩幸之時也古長歌行曰常恐秋節至焜黃華葉衰炎熱氣也

吳兆宜注曰蘇武詩恩情日以新聞人倓注曰方言自關而東謂之箑自關而西謂之扇常恐未然之辭此詩蓋婕好未

見棄時盧諶之作儀禮注隋方曰篋疏隋謂狹而長也禮記注方曰笥節補箋爾雅扶搖謂之飇古詩棄捐勿復道

節釋音月屑古通見同卷白頭吟

朱止谿曰怨歌行歌紈扇怨小雅也變雅興於宮闈漢其衰矣唐人曲賤妾如桃李君王若歲時差見薀籍劉孝威後

薪前魚之喩益形其陋

孫月峯曰此後世宮詞之祖含一怨字正以不露爲佳

王船山曰說到常恐便止但堪作今人半首古詩耳漢人有高過國風者此類是也

陳胤倩曰是未見棄時作夙有是慮放供侍長信安之若命士仕女容皆當每以自廣

吳伯其曰古詩多婦人女子之語乃詩人託寓非謂眞出婦人女子之手西漢唐山夫人及班婕好居然婦女而能詩矣

唐山安世房中諸歌，文選不錄而錄婕妤此篇，鍾嶸曰有婦人焉一人而已。首二句文言其本質之美，裁成此句，既有此內美又重之以修能也。明月與霜雪皆屬陰，故取以比女子之德。出入句謂蒙君恩，動搖句謂雖無大功亦有微勞。蒙恩曰懷袖，失恩曰篋笥，謂即至失恩不過棄置，此待君忠厚處。婕妤此時已失寵矣，其曰常恐，若爲預慮之詞然者，用意特深，所爲怨而不怒者也。

漢魏樂府風箋卷五終

漢魏樂府風箋卷六

順德黃節箋釋

漢風

相和歌辭

吟歎曲

郭茂倩樂府詩集云古今樂錄曰張永元嘉技錄有吟歎四曲一曰大雅吟二曰王明君三曰楚妃歎四曰王子喬大雅吟王明君楚妃歎並石崇辭王子喬古辭王明君一曲今有歌大雅吟楚妃歎二曲今無能歌者古有八曲其小雅吟蜀琴頭楚王吟東武吟四曲闕節案樂錄所舉唐時能歌者祇

王明君一曲且出自石崇若古辭所存惟王子喬一曲自魏晉後已無能歌之者故樂之器數不傳魏風所存無吟歎曲

王子喬

劉向列仙傳曰王子喬者周靈王太子晉也好吹笙作鳳鳴遊伊洛之間道士浮丘公接以上嵩高山三十餘年後求之於山上見桓良曰告我家七月七日待我於緱氏山頭至時果乘白鶴駐山頭望之不得到舉手謝時人數日而去爲立祠於緱氏山下及嵩高之首焉吳且生曰王喬有三人一爲王子晉二爲葉令王喬三爲柏人令王喬皆神仙也史記封禪書注引裴秀冀州記云緱氏仙人廟爲柏人令之王喬則誤矣胡元瑞曰汲冢書師曠稱晉爲王子故樂府稱王子喬非姓王也喬當是晉別名

王子喬參駕白鹿雲中遨參駕白鹿雲中遨下遊來王子喬參駕白鹿上至雲戲遊遨上建逋陰廣里踐近高結仙宮過謁三台東遊四

海五嶽上過蓬萊紫雲臺三王五帝不足令令我聖明應太平養民
若子事父明當究天祿永康寧玉女羅坐吹笛簫嗟行聖人遊八極
鳴吐銜福翔殿側聖主享萬年悲吟皇帝延壽命

節箋參郎滕之省文嵩岳志曰少室有白鹿峰上多白鹿或云仙鹿其色皆白平調曲長歌行仙人騎白鹿詩咻風以數以遊敖郎遨之省文鹿鳴毛傳曰敖遊也連言之曰敖遊朱相堂樂府正義曰建立也遍陰末詳其地廣里見王隱晉書叢養字仲道太始初到洛下永嘉中洛城東北角廣里中地陷中有二鵝蒼者飛去白者不能飛養鬪歎曰昔周時所盟會秋泉此其地也白虎通曰中央之嶽獨加高字者何中央居四方之中可高故曰嵩高說文踐履也近高謂近嵩高也仙宮祠也通陰廣里建祠之處與嵩高相近可踐而至也三台郎三能吏記天官書曰魁下六星兩兩相比者名曰三能三能色齊君臣和不齊爲乖戾周禮大宗伯鄭注三台三能階也音義能佐來反疏曰星傳云三台一名天柱上台司命爲太尉中台司中爲司徒下台司祿爲司空爾雅九夷八狄七戎六蠻謂之四海又曰太山爲東嶽華山爲西嶽霍山爲南

嶽恒山爲北嶽嵩山爲中嶽漢書郊祀志自威宣燕昭使人人海求蓬萊方丈瀛洲此三神山者相傳在渤海中去人不遠嘗有至者說文令發號也盛明謂漢也言天意在漢也漢書刑法志功成事立則受天祿而永年書洪範九五福三曰康寧李尤函谷關銘曰玉女流眄而下祝節案玉女乃峯名華山有玉女峯此謂仙山之羅列也釋名嗟佐也言不足以蕭意故發此聲以佐也此謂玉女吹笛簫以佐行也侑子明參日月大滿八極以夫是之謂大人朱栢堂樂府正義曰王子喬周靈王太子也武帝信方士求神仙而壽流太子故以王子喬爲比戾太子本自殺而比之仙去則知死非其罪魂氣無乎不之而心不忘本朝則知反非其心父父子子而家道正所以究天祿而永康寧者莫大乎是何必逢萊方丈之求乎玉女笛簫吟歎之本旨聖人指士子喬鳴吐銜福者謂其矢口不忘禱祝言雖仙遊八極而一心頌禮銜感石王依依殿側當願具萬年壽考也未有祝君壽而曰悲吟者蓋太子遺人倫之慘疑於銜怨故以惓惓之心明其孝思其曰悲吟則以見太子之心之可哀而所以哀武帝者亦在其中矣節釋音蕭豪灰古通詩衛風碩人敖敖說于農郊四牡有驕朱幩鑣鑣翟茀以朝大夫夙退無使君勞則蕭與豪通折楊

柳行默默施行逵厥罰隨事來末寶殺龍逢桀放于鳴條則
蕭與灰通此爲上半篇之聲三王五帝以下庚青職敬古通
庚青通見卷二長歌行君若山上篇職乃蒸之入聲庚青蒸
古通側在職韻敬乃庚之去聲敬德古通命在敬韻楚辭大
招魂乎無北北有寒山逴龍赩只代水不可涉深不可測只
天白顥顥寒凝凝只魂乎無往盈北極只魂魄歸徠閒以靜
只自恣荊楚安以定只則青庚
職敬古通此爲下半篇之聲
朱止谿曰天保之章曰萬壽無疆曰徧爲爾德成民者壽世
之本魏武帝氣出唱正本此一調世傳藐姑射之仙堯封之
而喪天下余初河漢其言及讀養民若子事父明當究天祿
永康寧之句如莊生所謂神人者不過其神凝使物不疵癘
而年穀熟耳豈眞如方士好言姚佚輕舉者邪或曰武帝遺
方士入海求三神山不死藥故誕爲此曲曰想吟諷辭也
朱秬堂曰詩之爲道也晦而顯晦故言者無罪顯故聞者足
戒如此詩以王子喬比戾太子可謂晦矣若必以是讀詩鮮
有不入於褻而今不嫌其褻者則以顯處在養民若子事父
明一句知其命意在父子之間也然則何以知其必爲漢武
時作曰武帝好神仙求不死故所言者神仙壽命事暨武帝
悔悟作歸來望思之臺而篇中歷敘其不忘君父之思正歸

來之意事與王子喬乘鶴駐山頭及立祠緱氏山下相類者其文詞則尤非漢人不能除獻忠曰令我聖明應太平以下與漢鏡銘文同真漢人辭也

漢魏樂府風箋卷六終

漢魏樂府風箋卷七

順德黃節箋釋

漢風

相和歌辭

大曲

宋書樂志曰大曲十五曲一曰東門二曰西山（魏曲）三曰羅敷四曰西門五曰默默六曰園桃（魏曲）七曰白鵠八曰碣石（魏曲）九曰何嘗（魏曲）十曰置酒（魏曲）十一曰爲樂十二曰夏門十三曰王者布大化（魏曲）十四曰雒陽令十五曰白頭吟節案羅敷（即陌上桑）已見相和曲東門西門默默（即折楊柳行）白鵠（即豔歌何嘗行）夏門（即步出夏

門行雒陽令即雁門太守行已見瑟調曲白頭吟已見楚調曲皆古辭大曲也爲樂一篇卽滿歌行郭茂倩樂府詩集獨標曰大曲非於相和三調以外別有所謂大曲也蓋以大曲十五其十四曲有調獨爲樂一篇其調已亡只有其辭無由列於相和及三調之內故附於三調後而別標曰大曲魏風無之

滿歌行

朱秬堂樂府正義曰滿歌懣歌也胸懷憤懣因而作歌本辭云零丁荼毒愁懣難支以此爲懣歌也朱止谿曰余論日者傳言天不足西北星辰西北移地不足東南以海爲池日中必移月滿必虧是卽滿歌行之志也

爲樂未幾時遭世嶮巇逢此百罹零丁荼毒愁懣難支遙望辰極天曉月移憂來塡心誰當我知一解戚戚多思慮耿耿不寧禍福無形唯

念古人遜位躬耕遂我所願以茲自寧自鄙山棲守此一榮解二暮秋烈風起西蹈滄海心不能安攬衣起瞻夜北斗闌干星漢照我去去自無他奉事二親勞心可言解三窮達天所爲智者不愁多爲少憂安貧樂正道師彼莊周遺名者貴子熙同巇往者二賢名垂千秋解四飲酒歌舞不樂何須善哉照觀日月日月馳驅轗軻世間何有何無貪財惜費此何一愚命如鑿石見火居世竟能幾時但當歡樂自娛盡心極所嬉怡安善養君德性百年保此期頤爲趨飲酒下

節箋古詩爲樂當及時楚辭何周道之平易兮然蕪穢而險巇王逸注險巇顛危也詩王風逢此百罹毛傳罹憂也書湯誥弗忍荼毒傳荼毒苦也爾雅北極謂之北辰注北極天之中以正四時楚辭居戚戚而不可解詩衛風耿耿不寐史記太史公自序曰唐堯遜位虞舜不台管子舜耕歷山莊子豐狐文豹棲于山也荀子君子窮處而榮獨居而樂詩鄭風子

興觀夜明星有爛瞻夜猶視夜離騷指西海以爲期瑟調曲善哉行北斗星闌干詩小雅我心憂傷念昔先人明發不寐有

懷二人星漢照我去去自無他奉事二親勞心可言蓋用詩義可乃何之省文石鼓文其魚佳可卽惟何也可言猶何言

也漢書董仲舒傳上承天之所爲史記莊子者蒙人也名周其學無所不闚然其要本歸於老子之言故其著書十餘萬

言大抵率寓言也其言洸洋自恣以適己故自王公大人不能器之子繫未詳或卽惠施熙施晉相近巇當是戲之誤須

古作頌爾雅釋詁頌待也楚辭年旣過太半然轗軻不遇也轆與輶同詩邶風何有何無黽勉求之毛傳亡謂貧也古詩

愁者愛惜費爾雅釋詁安止也安善謂止于善也禮記百年曰期頤

節釋音庚靑古通見卷二長歌行咨咨山上篇元寒歌古通見卷三董逃行尤支虞支古並通見卷四隴西行

朱止谿曰滿歌行樂道也達者解其會寄其當進退存亡不失其正焉　案全曲遙望辰極天曉月移引喩禍福無形一

解攬衣瞻夜北斗闌干引喩窮達天爲一解多爲少憂蓋言世人之憂樂也語勢趨下飾起善哉一段歎逝哀生風神欲

絕然而達人之憂樂不存焉

張秬堂曰由前遜位躬耕之言似忠臣由後奉事二親之言似孝子由其安貧樂道之言似高士而卒歸於一死哀哉

爲樂未幾時遭時嶮巇逢此百離伶丁荼毒愁苦難爲遙望極辰天曉月移憂來塡心誰當我知戚戚多思慮耿耿殊不寧禍福無形惟念古人遜位躬耕遂我所願以自寧自鄙棲棲守此末榮暮秋烈風昔蹈滄海心不能安攬衣瞻夜北斗闌干星漢照我去自無他奉事二親勞心可言窮達天爲智者不愁多爲少憂安貧樂道師彼莊周遺名者貴子遐同遊往者二賢名垂千秋飲酒歌舞樂復何須照視日月日月馳驅轗軻人間何有何無貪財惜費此一何愚鑿石見火居代幾時爲當懽樂心得所喜安神養性得保遐期

節箋上篇爲晉樂所奏此乃本辭離羅古通用漢書王褒傳離此患也注與羅同論語丘何爲是栖栖者與栖栖猶皇皇

也子遐未詳居代猶居世也

節釋音喜與熙嬉古通用揚雄劇秦美新庶績咸熹則以喜通熙宋玉登徒子好色賦出咸陽熙邯鄲則以熙通嬉喜在

紙韻嬉在支韻支紙本三聲之通惟本篇心得所喜之喜當讀嬉

陳胤倩曰中多達語每單作一句往往生妻守此末榮下入暮秋烈風句甚妙景物悽慘動幾許思歸之心多爲少變蓋

謂不辭躬耕之勞身雖多爲心自少變也鑿石得火迸散忽滅比壽命語甚奇居代字亦新

漢魏樂府風箋卷七終

漢魏樂府風箋卷八

魏風

順德黃節箋釋

魏書稱太祖剏造大業文武並施御軍三十餘年手不釋書登高必賦及造新聲被之管絃皆成樂章觀其短歌行亟稱齊桓晉文之美而其自言曰誠令天下非孤不知幾人稱帝幾人稱王庶幾哉霸者之風也惟託喻周公吐哺而以周西伯昌自處則英雄欺人要其閔時悼亂歌以述志往往有焉朱止谿曰文帝慕通達天資狷薄其才則洋洋清綺明帝作法踰奢而聲情妍雅子建比興綺麗力追風雅之正宋書傳論曰曹氏基命三祖陳王咸蓄盛藻

是以大雅弘達同乎漢京而劉彥和乃云魏雖三調之正聲實鄭曲也豈達論哉然魏風有與漢異者漢武立樂府采歌謠所謂代趙之謳秦楚之風今所存者皆四方百姓之詩也魏辭自三祖陳思外若繆襲挽歌王粲從軍行左延年從軍行甄后塘上行嵇康秋胡行陳琳飲馬長城窟行阮瑀怨詩諸人所存者不過一篇而四方百姓之詩無有也樂府不采詩亡自魏始故魏風無由比之漢代今茲所錄三祖陳思及王粲諸人之篇其未入樂府者別爲魏雜曲歌詩其入樂府者爲相和歌辭

相和歌辭

宋書樂志曰相和漢舊歌也本一部魏明帝分爲二朱生宋識列

和等復合之此統言相和與三調非獨謂相和曲也漢風相和六引闕魏風得一引以次爲相和曲平調曲清調曲瑟調曲楚調曲若吟歎曲大曲漢風所有者魏無之

節案魏風之遜於漢者以樂府不采詩而四方百姓之情俗無由而著且無由而上聞也若魏武薤露蒿里念亂也對酒歌太平思治也陳思惟漢行君道也怨歌行臣道也置酒曲友道也義非不古儻亦庶幾矣

相和六引

吳競樂錄云技錄相和古有六引宮引角引二曲闕一曰箜篌二曰商引三曰徵引四曰羽引箜篌引歌瑟調東阿王辭

門有車馬客行置酒篇並晉宋齊奏之宋唯箜篌引有辭三引有歌聲而辭不傳據此則宮引角引旣闕商引徵引羽引有聲無辭故漢風相和無六引魏風六引錄箜篌引東阿王辭六引所用樂器數不傳此篇歌同瑟調

箜篌引

崔豹古今注箜篌引者霍里子高妻麗玉所作蓋感於公無渡河之曲而爲之說見漢風瑟調曲麗玉所爲箜篌引傳之鄰女麗容其辭已佚故郭茂倩樂府詩集此曲無古辭而東阿箜篌引郭氏據宋志列之瑟調曰野田黃雀行技錄曰門有車馬客行置酒篇是一篇而三名者也此箋從曹子建集及文選作箜篌引雖非古辭然實魏風所存相和六引之一也

置酒高殿上親交從我遊中廚辦豐膳烹羊宰肥牛秦箏何慷慨齊

瑟和且柔解一陽阿奏奇舞京洛出名謳樂飲過三爵緩帶傾庶羞主

稱千金壽賓奉萬年酬解二久要不可忘薄終義所尤謙謙君子德磬

折欲何求盛時不再來百年忽我遒解三驚風飄白日光景馳西流生

存華屋處零落歸山丘先民誰不死知命復何憂解四

李善注漢書曰過沛置酒沛宮又曰賢大夫有肯從我遊者吾能尊顯也鄭玄周禮注曰膳之言善今時美物曰珍羞類曰宰治也楚辭曰挾秦箏而彈徵史記蘇秦說齊王曰臨淄其民無不鼓瑟也漢書曰孝成趙皇后及壯屬陽阿主家學歌舞禮記曰君子之飲酒也一爵而色灑如也二爵而言言斯三爵而油油以退儀禮曰上大夫庶羞二十品史記曰平原君以千、金君為魯仲連壽毛詩曰君子萬年永錫祚胤論語曰久要不忘平生之言亦可以為成人矣列子曰或厚之於始或薄之於終周易曰謙謙君子卑以自牧尚書大傳曰諸侯來受命周公莫不磬折舞賦曰顯華屋而燎洞房古董逃行曰年命冉冉我遒零落下歸山丘毛萇詩傳曰遒終左氏傳曰子產曰人誰不死周易曰樂天知命故不憂也

節補箋文選本辭標題下李善注引漢書曰塞南越禱祠太一后土作坎侯坎聲也應劭曰使樂人侯調作之取其坎坎應節也因以其姓號名曰坎侯蘇林曰作箜篌朱蘭坡曰案所引漢書見郊祀志云作二十五絃及空侯不云坎侯也惟風俗通云箜篌一曰坎侯或曰空侯取其空中是坎侯之說實出應劭而段安節樂府錄云箜篌鄭衛之音以其亡國之聲故號空國之侯廣韻據釋名亦有是說則爲無據矣吳旦生曰楊升庵云空侯今作箜篌加竹贅矣其器只絲木二物與竹了不相干大樂部空侯二十三絃在樂器中最大且高凡琴瑟琵琶之屬絲木相去皆未寸許惟空侯絲與木相去遠聲自空出空侯之名或因此穀梁傳范注緩帶優游之稱也千金壽猶鹿鳴承筐是將之意詩先民有言詢於芻蕘鄭箋古之賢者

朱止谿曰晉樂野田黃雀行亦用之余考聲非瑟調也瑟調本辭高樹多悲風本集明其或疑篇四解非燕歌演世燕會牽吟挽歌其流風歟

方植之曰此不必拘樂府解題及詩內久要語指爲結交當有終始義也曾氏父子皆用樂府題自作詩耳

朱述之曰劉履云此蓋子建既封土之後燕享賓親而作案子建在文帝時雖膺王爵四節之會塊然獨處至明帝時始上疏求存問親戚恐無燕享賓親事然則此篇作於封平原臨菑侯時也

置酒高殿上親交從我遊中廚辦豐膳烹羊宰肥牛秦箏何慷慨齊瑟和且柔陽阿奏奇舞京洛出名謳樂飲過三爵緩帶傾庶羞主稱千金壽賓奉萬年酬久要不可忘薄終義所尤謙謙君子德磬折欲何求驚風飄白日光景馳西流盛時不可再百年忽我遒生存華屋處零落歸山丘先民誰不死知命亦何憂

節箋前曲皆樂所奏此曲本辭郭茂倩樂府詩集從宋書此曲分四解列瑟調曲野田黃雀行曹植二首之一

漢魏樂府風箋卷八終

漢魏樂府風箋卷九

順德黃節箋釋

魏風

相和歌辭

相和曲

氣出唱

宋書樂志氣出唱相和之一華陰山合歌一首次歌遊君山武帝辭

駕六龍乘風而行行四海外路下之八邦歷登高山臨谿谷乘雲而行行四海外東到泰山仙人玉女下來遨遊驂駕六龍飲玉漿河水盡不東流解愁腹飲玉漿奉持行東到蓬萊山上至天之門玉闕宋書

作關下引見得入赤松相對四面顧望視正焜煌開王心正興其氣百道至傳告無窮閉其口但當愛氣壽萬年東到海與天連神仙之道出窈入冥常當專之心恬澹無所惕欲閉門坐自守天與期氣願得神之人乘駕雲車驂駕白鹿上到天之門來賜神之藥跪受之敬神齊當如此道自來

節箋馬融長笛賦序吹笛爲氣出精列相和李善注引歌錄曰古相和歌十八曲氣出一精列二魏武帝集有氣出精列二古曲易時乘六龍以御天天莊子列子御風而行泠然善也四海見卷六王子喬箋路天路也漢武帝車子侯歌天路遠兮無期八邦猶八國也呂覽東夷八國韓非子飛龍乘雲集仙錄明星玉女者居華山服玉漿書禹貢導沈水東流爲濟河水盡不東流謂河水有時而竭喩年壽有時而盡也全篇言樂惟此句之下言愁蓬萊見卷六王子喬漢郊祀歌天門開訣蕩蕩張衡天象賦闕天牀於玉闕乃宴休之攸御史記張良傳願棄人間事從赤松子遊耳急就篇色焜煌注言其

光采盛也開歲星也史記天官書敦牂歲歲陰在午星居西以五月與胃昴畢晨出曰開明炎炎有光王天王星也心心
星也史記天官書東宮蒼龍房心心爲明堂大星天王前後星子屬廣韻偈貪也偈欲貪欲也論衡虎出有時猶龍見有
期也出應其氣氣動其類漢書封禪志文成言上卽欲與神通宮室被服非象神神物不至乃作書雲氣車吟歎曲王子
喬參駕白鹿雲中遨清調曲蕭逃行探取神藥若木端左傳杜注齊肅也
節釋音此曲分兩節東到海與天連以上爲一節則東庚江刪陽元先通蓋有入十七部之通也神仙之道以下爲一節
則屋沃藥霽泰通蓋去聲無入十三部合入聲十七部之通也東陽庚古通見卷一雞鳴刪先東古通見卷一烏生江陽
古通見卷二長歌行仙人篇陽庚元刪先古通見卷三蕭逃行此爲上一節之音史記龜筴傳有介之蟲置之谿谷收牧
人民爲之城郭則屋與樂通班固西都賦陵隥道而超西墉混建章而連外屬設璧門之鳳闕上觚稜而棲金爵則沃與
藥通齊一音劑在霽韻來讀賴在泰韻霽泰古一韻漢安世房中歌明德鄉治本約治本約澤弘大則藥與泰通此爲下
一節之音

朱止谿曰周詩燕歌樂只君子萬壽無期相和曲用以佑食有周雅之遺焉駕六龍言成王業者功德所本也古來神武蓋世未有不從內景幽閒而出是故其才全以全才應天下之變如矣愛氣者馴以致果氣即摧挫百折而不回焉恬濟無所惕欲不輕問鼎終守臣節天下知所歸矣朱柜堂曰氣先天純陽之祖氣也曰泰山曰蓬萊曰玉關隃三關也黃庭經曰三關之間精氣深子欲不死修崑崙魏伯眞靈寶章圖序曰從太元宮起火直透三關元宮起火修煉家謂之雷轟海底直透三關乃至天之門所謂海與天連也再加溫養至於駕雲車驂白鹿上到天門來賜神藥則金丹成矣其曰閉口愛氣則仙家積精累氣之功也其曰恬澹無所惕欲閉門坐自守則仙家溫養面壁之功也嗚呼魏武之心漢武之心也漢武求之外而失魏武求之內而亦失乾聞之陰氣不盡不成仙觀魏武一生其處心積慮皆陰氣也陰氣不盡而陽氣絕矣分香奏技瞻望西陵孰爲哀哉

華陰山自以爲大高百丈浮雲爲之蓋仙人欲來出隨風列之雨吹我洞簫鼓瑟琴何誾誾酒與歌戲今日相樂誠爲樂玉女起起儛移

數時鼓吹一何嘈嘈從西北來時仙道多駕烟乘雲駕龍鬱何務務
遨遊八極乃到崑崙之山西王母側神仙金止玉亭來者爲誰赤松
王喬乃德旋之門樂共飲食到黃昏多駕合坐萬歲長宜子孫

節箋漢書地理志京兆尹華陰縣注太華山在南關尹子其高無盖蓋覆也王褒洞簫賦李善注漢書音義如淳曰洞者通也簫之無底者故曰洞簫說文闇和悅也重言之曰闇闇玉女見卷六王子喬傳同舞莊子鼓歌以傳之王逸魯靈光殿賦耳嘈嘈以失聽李善注埤蒼曰嘈嘈聲衆也博雅務茂也重言之曰務務八極見卷六王子喬山海經赤水之後黑水之前有大山名曰崑崙之丘西王母見卷四步出夏門行廣韻止停也釋名亭停也赤松見卷四步出夏門行王喬見卷六王子喬漢書郊祀志有司皆曰陛下建漢家封禪天其報德星云注德星郎填星旋與璇同漢書律歷志佐助旋璣郎璇璣史記天官書北斗七星注春秋運斗極云斗第二璇謂北斗之第二星爲璇星也又其南北兩大星曰南門注門明則氏光賓門謂南門星也王引之曰乃猶且也之猶與也詩言來者謂所來之仙人爲王喬赤松且有德星璇星與門

星也

節釋音此曲泰爨爲一通賓支爲一通豪皓爲一通職青元爲一通蓋屬泰雨屬爨語爨古爲一韻劉向九歎烏獲戚而

驂乘兮燕公操於馬圉蒯瞶登于清府兮咨繇棄于野外則泰與爨通戲屬賓時屬支賓支通見卷四姊病行嗜屬豪務

屬皓詩鄭風清人在軸駟介陶陶左旋右抽中軍作好則豪與皓通極側屬職亭屬青門昏孫屬元職青通見卷六王子

喬青蒸古通故元可通蒸即可通青楚辭遠遊舒拼節以馳驚兮逴絕垠乎寒門軼迅風於清源兮從顓頊乎增冰則元

與青通

朱止谿曰歌華陰山言王國多士爲德來也夫西嶽能全其高大浮雲覆之神仙能自致其風雨故至德歸之至德無虧

是謂德旋之門節案止谿以德旋爲至德歸之亦又一說

遊君山甚爲真確磈砟硌爾自爲神乃到王母臺金階玉爲堂芝之草

生殿旁東西廂客滿堂主人當行觴坐者長壽遽何央長樂甫始宜

孫子當常一作願主人增年與天相守

節箋山海經中山經洞庭之山帝之二女居之水經注曰是山湘君之所遊處故曰君山漢武帝登之射蛟張衡南都賦峞崣巋嵬注埤蒼曰峞崣山不齊也說文曰巋嵬山石崔嵬高而不平也巋嵬或作峞崣碨磈峞崣或作砟硌水經注洞庭之山是多怪神狀如人而載蛇又西山經玉山是西王母所居也禮記命酌曰請行觴遽央見卷三長安有狹斜行玉篇甫始也董逃行陛下長與天相保守節釋音眞陽古通詩大雅有命自天命此文王于周于京續女維莘長子維行篤生武王則眞與陽通紙有古通見卷三董逃行此篇眞陽爲一通紙有爲一通朱止谿曰歌遊君山主人偏贊賓旅又賓旅報上之辭也朱秬堂曰張華博物志云君山上有美酒數斗得飲者不死節案據此篇觀之則其事所傳遠矣

精列

劉向九歎精越裂而衰耄王逸注裂分也案說文列分解也列爲裂之本字宋書樂志相和之二武帝辭

厥初生造化之陶物莫不有終期莫不有終期聖賢不能免何爲懷此憂顧螭龍之駕思想崐崙居思想崐崙居見期於迂怪志意在蓬萊志意在蓬萊周孔聖徂落會稽以墳丘會稽以墳丘陶陶誰能度君子以弗憂年之暮奈何時過時來微

節箋詩大雅厥初生民時維姜嫄後漢書郅惲上書王莽曰臣聞天地重其人惜其物故運機衡垂日月含元包一甄陶品類注甄也者陶人旋轉之輪也言天地造化品物如陶匠之成衆品者也古詩萬歲更相送聖賢莫能度楚辭駕兩龍兮驂螭山海經西山經崑崙之丘其神狀虎身而九尾人面而虎爪是多怪鳥獸史記騶衍乃深觀陰陽消息而作怪迂之變終始大聖之篇十餘萬言蓬萊見卷六王子喬書帝乃徂落爾雅徂落死也史記帝禹東巡狩至於會稽而崩因葬焉案墳丘言山陵也今會稽有禹陵詩王風君子陶陶毛傳陶陶和樂貌時來微謂來日無多也

節釋音支尤魚灰古通見卷四隴西行支微灰古通見卷四豔歌行南山篇

朱止谿曰精列感時也不成年往所以弗憂憂世不治故以時過增歎

朱柏堂曰列分解也言血肉之軀終必敝壞雖周孔不免今野見斯迂怪志意蓬萊然會稽墳丘誰復能度合前氣出篇

言神氣無時而亡精血有時而壞然則淮南之自刑可曰兵解魏武之七十二塚可曰蟬蛻也

陳胤倩曰仙人不可得學託之於不憂然年暮之感徘徊于心時過時來微玩景之悲造詣不近

度關山

樂府解題曰魏樂奏武帝辭言人君當自勤苦省方黜陟省刑薄賦也 武帝辭

天地間人爲貴立君牧民爲之軌則車轍馬迹經緯四極黜陟幽明
黎庶繁息於鑠賢聖總統邦域封建五爵井田刑獄有燔丹書無普
赦贖皋陶甫侯何有失職嗟哉後世改制易律勞民爲君役賦其力

舜漆食器畔者十國不及唐堯朵椽不斲世歎伯夷欲以厲俗侈惡之大儉爲共德許由推讓豈有訟曲兼愛尙同疏者爲戚

節箋左傳師曠曰天生民而立之君使司牧之勿使失性史記律書王者制事立法物度軌則壹稟于六律左傳穆王欲肆其心周行天下將皆必有車轍馬迹焉爾雅東至于泰遠西至于邠國南至于濮鉛北至于祝栗謂之四極書三載考績三考黜陟幽明詩周頌於鑠王師遵養時晦傳於歎辭鑠美也禮記王者之制爵祿公侯伯子男凡五等穀梁傳古者三百步爲里名曰井田井田者九百畝公田居一燔焚也左傳斐豹隸也著於丹書杜注犯罪沒入官丹書其罪也書呂刑墨辟疑赦其罰百鍰劓辟疑赦其罰惟倍剕辟疑赦其罰倍差宮辟疑赦其罰六百鍰大辟疑赦其罰千鍰案此呂刑之言贖刑也堯典金作贖刑所謂贖者鞭扑之刑爾若五刑則固未嘗贖也史記周本紀甫侯言於王作修刑辟即呂刑一篇呂侯即甫侯也禮記孝經皆作甫刑書堯典帝曰皋陶汝作士五刑有服案有燔丹書無書赦贖謂享焚丹書而廢刑無使赦贖而及於五刑其意蓋不足於五刑之贖也唐六典云魏文侯師李悝集諸國刑書造法經六篇商鞅傳之故

法爲律改制易律蓋謂此也說苑由余曰臣聞堯有天下飯於土塯啜於土瓶其地南至交趾北至幽都東西至日所出入莫不賓服堯釋天下舜受之作爲食器斬木而裁之銷銅鐵修其刃猶漆黑之以爲器諸侯侈國之不服者十有三生對始皇曰堯茅茨不剪采椽不斲土階三等而樂終身者以其文采之少而質素之多也孟子聞伯夷之風者頑夫廉儒夫有立志左傳先君有共德而君有大惡無乃不可乎史記堯讓天下於許由許由不受恥之逃隱象受尚同墨子篇名案墨子貴儉上賢此與上數句意貫孟子將使卑踰尊疏踰戚可不慎與節釋音職沃貸覺錫古通老子知其白守其黑爲天下式常德不忒復歸於無極知其榮守其辱爲天下谷爲天下谷常德乃足復歸於樸則職沃覺通漢費鳳碑體履柔和溫其如玉德修孝友于閨閫執忠謇於王室則沃職質通詩大雅誰能執熱逝不以濯其何能淑載胥及溺則覺與錫通朱止谿曰思復盛王之治也王者有改制無變道此其準歎魏祖有立國規模文帝嗣之逸豫失德美業不終悲夫朱桓堂曰度關山便想到陟方巡狩考候省農正刑等事而歸本於儉意在簡省輿從資糧之費可謂有志於民事者矣

故能芟刈羣雄幾平海內史稱操用法峻急有犯必戮或對之流涕終無所赦而雅性節儉不好華麗故於用刑持儉獨惓惓之言陳胤倩曰莽莽有古氣嗟哉四句造感慨然末語便欲寵蓋四衙孟德作用出申商有熠丹書言非功不贖舜漆食器一段言儉許由推讓句不與人訟曲也一以嚴毅行之兼尚同正是雖親者亦不假借耳其造國之大概盡此矣愛

十五

古今樂錄曰十五歌文帝辭後解歌瑟調西山一何高彭祖稱七百篇節案此即魏風瑟調之折楊柳行也朱柏堂樂府正義曰古辭有十五從軍征詩疑即此十五而魏文擬之也節案樂府詩集紫騮馬歌辭六曲中十五從軍征八十始得歸之四曲樂錄謂是古詩樂府詩集列橫吹曲辭梁鼓角橫吹曲中屬雅詩亦不名其爲漢雅文帝辭

登山而遠望谿谷多所有楩枏千餘尺衆草之一作芝盛茂華葉耀人目五色難可紀雉雊山雞鳴虎嘯谷風起號羆當我道狂顧動牙齒

節箋東方朔七諫登巒山而遠望兮司馬相如子虛賦其樹楩枬豫章馬融長笛賦山雞晨鳴野雉朝雊李善注雄雞之鳴爲雊淮南子虎嘯而谷風至爾雅熊如熊黄白文節釋音有宥古通詩鄭風叔于狩巷無飲酒則有與宥通有與紙通見卷三董逃行宥與紙亦通詩秦風遡洄從之道阻且右遡游從之宛在水中沚則宥與紙通朱止谿曰登高山而遠望美育材也有材如林經文緯武惟所用之或曰嚴嫉惡之辨也朱秬堂曰水經注魏文帝獵於大石山虎超乘輿孫禮拔劍投虎於是山山在洛陽南節案秬堂所引水經注似證此詩爲當時所作意蓋可從若其以雉雊雞鳴謂指丁儀丁廙楊脩之倫虎嘯指曹植則鑿矣

薤露

詩紀詩乘首句作二十世惟樂府詩集從宋志作二十二世樂府正義云考世系當從宋志但全詩五言句作二十世者亦舉成數未爲不可也

武帝辭

惟漢二十二世，所任誠不良。沐猴而冠帶，知小而謀彊。猶豫不敢斷，因狩執君王。白虹爲貫日，已亦先受殃。賊臣持（一作執）國柄，殺主滅宇京。蕩覆帝基業，宗廟以燔喪。播越西遷移，號泣而且行。瞻彼洛城郭，微子爲哀傷。

節箋前漢高惠文景武昭宣元成哀平後漢光武明章和殤安順沖質桓靈爲二十二世此篇作於漢獻時故不數獻帝也左傳祿勳合觀任良物官史記人言楚人沐猴而冠耳案毛詩疏楚人謂獮猴曰沐猴易德薄而位尊知小而謀大史記高帝紀諸呂老人猶豫未有所決注猶豫二獸名多疑故借以爲喻戰國策唐睢謂秦王曰聶政刺韓傀白虹貫日案後漢書獻帝紀初平元年二月白虹貫日漢書傳贊王莽更持國柄左傳震盪播越竄在荆蠻杜注播越遷踰也且行徂且行也詩出其東門匪我思且釋文且音徂王引之曰徂通作且故且亦通作徂書費誓徂茲淮夷徐戎並興徂讀爲且詩小雅瞻彼洛矣史記箕子朝周過故殷虛感宮室毀壞生禾黍箕子傷之欲哭則不可欲泣爲其近婦人乃作麥秀之詩

以歌詠之其詩曰麥秀漸漸兮禾黍油油彼狡童兮不與我
好兮所謂狡童者紂也案尚書大傳以此詩爲微子所作
節釋音陽庚古通見卷一東光京行字通陽韻於詩尤多大
雅皇矣依其在京侵自阮疆又文王有聲考卜維王宅是鎬
京鄘風定之方中望楚與堂景山與京降觀于桑京音居良
反邶風擊鼓其鏜踴躍用兵土國城漕我獨南行鄘風載馳
陟彼阿丘言采其蝱女子善懷亦各有行鄭風有女同車
有女同行顏如舜英將翱將翔佩玉將將行皆戶郎反
朱止谿曰歌惟漢閔亂也高帝開基光武
再造業何壯歟乃流焉朝歎公實傷之
朱柜堂曰前言何進猶豫不斷自貽害也後言董卓弑逆宗
社丘墟也後漢書何進拜大將軍謀誅宦官太后不從進外
收大名不能斷故召四方豪傑向京城以脅太后陳琳諫之
不聽遂召董卓屯關中謀洩張讓段珪等斬進於嘉德殿袁
術燒南宮欲討宦官珪等劫少帝陳留王夜出卓引兵急進
聞帝在北邙因往奉迎帝見卓恐怖涕泣卓與言不能辭對
與陳留王語及禍亂之事卓以爲賢遂廢少帝爲弘農王
立王爲天子是爲獻帝幷殺太后卓遷太尉領前將軍事聞
東方兵起乃鴆殺弘農王徙都長安洛陽數百萬口步騎驅
蹙更相蹈藉積尸盈路悉燒宮廟官府二百里內無復孑遺

陳胤倩曰禾黍之思不須摹寫而悲感塡胸

沈歸愚曰借古樂府寫時事始於曹公

薤露

郭茂倩樂府詩集樂府解題曰曹植擬薤露行爲天地宋志缺曹植辭

天地無窮極陰陽轉相因人居一世間忽若風吹塵願得展功勤輸力於明君懷此王佐才慷慨獨不羣鱗介尊神龍走獸宗麒麟蟲獸猶知德何況於士人孔氏刪詩書王業粲已分騁我徑寸翰流藻垂華芬

節箋後漢書段熲傳竇太后臨朝詔曰須東光壽定幷錄功勤左傳欒盈曰昔陪臣書能輸力于王室王施惠焉後漢書王允傳郭林宗常見允而奇之曰王生一日千里王佐才也說文龍鱗蟲之長大戴禮曰毛蟲三百六十而麟爲之長史

記孔子世家曰序書傳上紀唐虞之際下至秦繆編次其事又曰古者詩三千餘篇及至孔子去其重取其可施於禮義上采契后稷中述殷周之盛至幽厲之缺始於衽席班固東都賦襲行天罰應天順民斯乃湯武之所以昭王業也王業粲分者言自孔子刪詩書以來帝王之業已粲然分寄於文章已矣故我今日懷王佐之才而不能展亦欲馳騁寸輸以垂芬於後也

節釋音眞文古通詩王風緜緜葛藟在河之滸終遠兄弟謂它人昆謂它人昆亦莫我聞則眞與文通

朱止谿曰薤露歌天地思乘時立業也夫人進不能立功退無以立言可謂無業之人矣刪詩書所以明王道古人出處一致

陳胤倩曰非謂以翰墨為勳績將緣不得建功而託之於此也

張山來曰起二句說蓋一部易理自任不凡以天下讓者非縱酒疏狂人也

朱述之曰言人生如寄當及時立德服膺孔氏之詩書以垂不朽也

惟漢行

朱述之曹集考異曰郭茂倩樂府相和曲魏武帝薤露行曰惟漢二十二世所任誠不良曹植作惟漢行 曹植辭

太極定二儀，淸濁始以形。三光炤八極，天道甚著明。爲人立君長，欲以遂其生。行仁章以瑞，變故誠驕盈。神高而聽卑，報若響應聲。明主敬細微，三季瞢天經。二皇稱至化，盛哉唐虞庭。禹湯繼厥德，周亦致太平。在昔懷帝京一作時，日昃不敢寧。濟濟在公朝，萬載馳其名。

節箋易繫辭是故易有太極是生兩儀京房易傳天地淸濁陰薄陽消禮記經之以天地紀之以日月參之以三光政教之本也八極見卷六王子喬易繫辭縣象著明莫大乎日月史記天高聽卑漢書董仲舒對策曰夫善惡之相從如景響之應形聲也董仲舒士不遇賦生不丁三代之盛隆兮而丁三季之末俗左傳夫禮天之經也淮南子太古二皇得道之柄立於中央注二皇伏羲神農論語唐虞之際於斯爲盛帝京謂漢京也漢書董仲舒傳制曰蓋聞虞舜之時游於巖郎

之上垂拱無爲而天下太平周文王至於日昃不暇食而建內亦治詩大雅濟濟多士文王以寧毛傳濟濟多威儀也

節釋音庚青古通見卷二長歌行茗茗山上篇

朱止谿曰惟漢行歌太極明君道也天地曲臣道也置酒曲友道也燕樂不忘戒君子取風焉

朱述之曰此亦作於建安中

蒿里行

郭茂倩樂府詩集魏樂所奏武帝辭

關東有義士興兵討羣凶初期會盟津乃心在咸陽軍合力不齊躊躇而雁行勢利使人爭嗣還自相戕淮南弟稱號刻璽於北方鎧甲生蟣蝨萬姓以死亡白骨露於野千里無雞鳴生民百遺一念之斷人腸

閭人倓注通鑑初平元年春關東州郡皆起兵以討董卓推渤海太守袁紹爲盟主董卓在雒陽袁紹等諸軍皆畏其彊莫敢先進曹操曰舉義兵以誅暴亂大衆已合諸君何疑是時關東州郡務相兼幷以自彊大袁紹袁術亦自離貳術旣與紹有隙各立黨援以相圖謀術結公孫瓚而紹連劉表豪傑多附於紹術怒曰羣豎不吾從而從吾家奴乎建安二年術稱帝於壽春後漢書術有僭逆之謀聞孫堅得傳國璽遂拘堅妻奪之韓非子鎧甲不堅者傷乎體漢書嚴安傳介胄生蟣蝨說文蟣蝨子詩周餘黎民靡有子遺節補箋書大誓惟四月大子發上祭於畢下至于孟津水經注河南有鉤陳壘世傳武王伐紂八百諸侯所會處河水至斯曰盟津盟孟古通今河南孟津縣書乃心罔不在王室案初期會盟津乃心在咸陽卽沮授說紹所謂迎大駕於長安復宗廟於洛邑也戰國策韓之於秦也居爲隱蔽出爲雁行嗣猶言其繼也還晉旋漢書注轉旋言須臾之間也漢書地理志九江郡秦置高帝四年更名淮南國武帝元狩元年復故有壽春邑通鑑袁術稱帝於壽春後漢書云術以九江大守爲淮南尹蓋又改九江爲淮南治壽春也韋昭吳書漢室大亂天子北詣河上六璽不自隨掌璽者以投井中孫堅北

討董卓頓軍城南使人浚井得漢國玉璽故曰北方

節釋音冬陽庚古通易象傳鳴豫志窮凶也盱豫有悔位不當也豫大有得志大行也則冬陽庚通

朱止谿曰蒿里行歌關東有義士刺羣雄失策漢再亂也鍾惺曰漢末實錄眞詩史也亦道盡羣雄病根惟玄德伯符可免成敗鼎足、局自此定本初公路景升輩落其目中掌中久矣

方植之曰此言袁紹初意本在王室至軍合不齊始與孫堅等相爭而紹弟術別自異心鎧甲以下極言傷亂之慘眞樸雄闊遠大極矣此用樂府題叙漢末時事所以然者以所詠喪亡之哀足當挽歌也薤露哀君蒿里哀臣亦有次第

挽歌

風俗通京師殯婚嘉會酒酣之後續以挽歌晉書志新禮儀送終禮不宜以歌爲名摯虞議挽歌倡和而爲摧愴之聲所以感衆詩稱君子作歌惟以告哀則歌無所嫌樂苑云挽歌實始繆襲宋志闕繆襲歌辭

生時遊國都死沒棄中野朝發高堂上暮宿黃泉下白日入虞淵懸

車息駟馬造化雖神明安能復存我形容稍歇滅齒髮行當墮自古皆有然誰能離此者

李善注歸田賦曰遊都邑以永久周易曰古之葬者厚衣之以薪葬之中野論衡曰親之生也坐之高堂之上其死也葬之黃泉之下服虔左氏傳注曰天玄地黃泉在地中故言黃泉也淮南子曰日出湯谷至於悲泉爰息其馬是爲懸車至于虞淵是謂黃昏淮南子曰丈夫恬然無爲與造化逍遙高誘曰造化天地生存也穆天子傳七萃之士曰自古有死有生

節補箋選詩補注懸車驗日入之候說文稍出物有漸也韻會稍漸也選詩補注行從此文也

節釋音寄馬古通漢隴坻歌隴頭流水分離四下念我行役飄然曠野登高遠望涕零雙墮則寄與馬通

朱止谿曰挽歌禮之有終也死者人之終輓而和之所以導哀夕者日之終酒酣之後續以挽歌示節也飲食之道也

吳伯其曰首二句百年之事次二句一日之事生之事百年了却死之事一日了却然則百年無異一日耳苟非通乎晝

佼而知生死之故者焉能達此杜少陵玉華宮詩原本此篇

對酒

樂府解題曰對酒歌太平言王者德澤廣被政理人和萬物咸遂也魏樂所奏武帝辭

對酒歌太平時吏不呼門王者賢且明宰相股肱皆忠良咸禮讓民無所爭訟三年耕有九年儲倉穀滿盈班白不負戴雨澤如此百穀用成却走馬以糞其土田爵公侯伯子男咸愛其民以黜陟幽明子養有若父與兄犯禮法輕重隨其刑路無拾遺之私囹圄空虛冬節不斷人耄耋皆得以壽終恩德廣及草木昆蟲

節箋書元首明哉股肱良哉禮記王制三年耕必有一年之食九年耕必有三年之食又曰國無九年之蓄曰不足孟子班白者不負戴於道路矣書歲月日時無易百穀用成老子天下有道却走馬以糞王弼注天下有道知足知止無求於

外各修其內而已故却走馬以治田糞也孟子公侯伯子男凡五等黜陟幽明見同卷度關山史記孔子與聞國政三月
塗不拾遺漢書董仲舒傳至于成康之隆囹圄空虛四十餘糸大戴禮曰季冬聽獄論刑者所以正法案古者季冬論刑
謝承後漢書曰會稽盛吉為廷尉每至冬節罪囚當斷垂泣而決其罪此言囹圄空虛即冬節論刑之時亦無罪人可斷
也說文年九十曰耄年八十曰耋禮記孟春之月禁止伐木毋覆巢毋殺孩蟲胎夭飛鳥毋麛毋卵此所謂恩德廣及草
木昆蟲也
節釋音庚元陽先真青東古通庚真元先通見卷三董逃行庚青通見卷二長歌行若若山上篇東陽庚通見卷一雞鳴
真東通見卷一鳥生元青通見同卷氣出唱華陰篇訟从言公故公亦聲或音公史記呂后紀未敢訟言誅之韋昭曰訟
猶公也本篇民無所爭訟當讀公
朱止谿曰對酒歌太平思治也孟德撫今追昔盛王之思內多慾外施仁義其言抑何雅似
朱秬堂曰魏武樂府好為有道之言不言文王周公便言齊桓晉文不言唐堯虞舜便言許由伯夷其意不過欲自粉飾

爲漢征西張本留湯武太公爲子丕地耳其處心積慮實在於此對酒歌太平得樂民之樂意不嫌假借

陳胤倩曰序述太平景象極盡形容須知反言之並以哀世也

平陵東

曹植辭

閶闔開天衢通被我羽衣乘飛龍乘飛龍與仙期東上蓬萊採靈芝

靈芝採之可服食年若王父無終極

節箋離騷吾令帝閽開關兮倚閶闔而望予王逸注閶闔天門也易何天之衢漢書郊祀志五利將軍衣羽衣立白茅上

莊子貌姑射之山有神人焉乘雲氣御飛龍而遊乎四海之外蓬萊見卷六王子喬班固靈芝歌因露寢兮產靈芝象三

德兮應瑞圖延壽命兮光此都王父見卷四步出夏門行

節釋音此篇東冬一音支一音職一音東冬古通詩邶風我有旨蓄亦以御冬宴爾新昏以我御窮則東與冬通

朱止谿曰平陵東歌闔闓燕樂之歌作於明帝踐祚時論之法廼王父者武帝也朱秬堂曰言神仙事非言神仙也言翟公當亂世不恃其死若闔闓開天衢通則君子得時行道之日君臣相保年若王父也故亦以平陵東題之朱述之曰樂府命題不必盡用本義秬堂之說附會難通

陌上桑 二曲

樂府詩集晉樂所奏技錄此曲不載武帝辭

駕虹蜺乘赤雲登彼九疑歷玉門濟天漢至崑崙見西王毋謁東君交赤松及羨門受要秘道愛精神食芝英飲醴泉拄杖桂枝佩秋蘭絕人事遊渾元若疾風遊欻飄翩一作飄又作飆景未移行數千壽如南山不忘愆

節箋王褒九懷乘虹驂蜺兮載雲變化又吾乃逝兮南娭道幽路兮九疑漢書武帝紀注九疑山半在蒼梧半在零陵其

山九峯形勢相似故曰九疑山後漢書班超傳注玉門關屬燉煌郡今沙州也去長安三千六百里詩維天有漢監亦有
光毛傳漢天河也離騷邅吾道夫崑崙兮路修遠以周流西王母見卷四步出夏門行史記封禪書晉巫祠五帝東君雲
中司命之屬注東君日也赤松見卷四步出夏門行宋玉高唐賦有方之士羨門高谿史記封禪書宋毋忌正伯僑充尚
羨門子高皆燕人爲方仙道漢叢逃行遙望五嶽端黃金爲闕班琫但見芝草落葉紛紛史記大宛傳河出崑崙其高二
千五百餘里上有醴泉瑤池楚辭結桂枝兮延佇離騷紉秋蘭以爲佩班固幽通賦渾元運物注曹大家曰渾大也元氣
述轉也說文欻有所吹起也許勿切音颮欻飄颻言風之疾也景日光也詩小雅如南山之壽又大雅不愆不忘率由舊
章
節释昔文元貫先寒古通見卷三董逃行
朱止谿曰陌上桑歌駕虹蜺魏宮夜宿歌也季春之月虹始見夏月天子乃駕赤驕服赤玉是月也陰陽爭死生分君子
節耆欲定心氣以定晏陰之所成夏小正七月漢案戶又迎秋也愛精神不忘愆宜爲房中又秋之燕曲

陳胤倩曰若疾風遊上句連下句法變宕語亦飄忽筆古無倫言

陌上桑

樂府詩集晉樂所奏文帝辭

棄故鄉離室宅遠從軍旅萬里客披荊棘求阡陌側足獨窘步路局笮虎豹嘷動雞驚禽失羣鳴相索登南山奈何蹈盤石樹木叢生鬱差錯寢蒿草蔭松柏涕泣雨面霑枕席伴旅單稍稍日零落惆悵竊自憐相痛惜

節箋後漢書馮異傳異朝京師帝謂公卿曰是吾起兵時主簿也為吾披荊棘定關中離騷何桀紂之披猖兮夫惟捷徑以窘步說文局促也窄篆本作笮說文笮迫也楚辭招隱士猨狖羣嘯兮虎豹嘷詩小雅節彼南山維石巖巖宋玉高唐賦盤石險峻傾崎崖隤雨讀去聲稍漸也重言之曰稍稍戰國策蘇秦說趙王曰秦之攻韓魏也稍稍蠶食之楚辭九辯

惆悵兮而私自憐

節釋音樂陌古通詩大雅行葦肆筵設席授几有緝御或獻或酢洗爵奠斝醓醢以薦或燔或炙嘉殽脾臄或歌或咢則

樂與陌通

朱止谿曰陌上桑歌樂故鄉征行曲也

朱柘堂曰登南山下耆奈何二字以紆其聲

陳胤倩曰極傲孟德荒荒蒼蒼其情苦悲稍稍句佳足知從軍之久

漢魏樂府風箋卷九終

漢魏樂府風箋卷十

順德黃節箋釋

魏風

相和歌辭

平調曲

短歌行

樂府詩集晉樂所奏武帝辭

周西伯昌懷此聖德三分天下而有其二脩奉貢獻臣節不墜崇侯讒之是以拘繫一解後見赦原賜之斧鉞得使征伐爲仲尼所稱達及德行猶奉事殷論叙其美二解齊桓之功爲霸之首九合諸侯一匡天

下一匡天下不以兵車正而不譎其德傳稱解三孔子所歎幷稱夷吾民受其恩賜與廟胙命無下拜小白不敢爾天威在顏咫尺解四晉文亦霸躬奉天王受賜珪瓚秬鬯彤弓盧弓矢千虎賁三百人解五威服諸侯師之者尊八方聞之名亞齊桓河陽之會詐稱周王是以其名紛葩解六

節箋史記周本紀公季卒子昌立是爲西伯孔穎達曰殷之州長曰伯謂爲雍州伯也論語三分天下有其二以服事殷周之德可謂至德也已矣鄭玄詩譜紂又命文王典治南國江漢汝墳之諸侯於時三分天下有其二以服事般故雍梁荊豫徐揚之人咸被其德而從之孔穎達曰九州而有其六其餘冀青兖屬紂是爲三分有其二也史記周本紀崇侯虎譖西伯於殷紂曰西伯積善累德諸侯皆嚮之將不利於帝紂乃囚西伯於羑里閎夭之徒患之乃求有莘氏美女驪戎之文馬有熊九駟他奇怪物因殷嬖臣費仲而獻之紂紂大說曰此一物足以釋西伯況其多乎乃赦西伯賜之弓矢斧

鉞使西伯得征伐論語曰管仲相桓公霸諸侯一匡天下民到於今受其賜馬融曰匡正也鄭玄曰霸者把也把持王者
之政教故其字或作伯或作霸也論語曰桓公九合諸侯不以兵車管仲之力也又子曰晉文公譎而不正齊桓公正而
不譎馬融曰伐楚以公義責苞茅之貢不入問昭王南征不還是正而不譎也史記管仲夷吾者潁上人也左傳僖公九
年王使宰孔賜齊侯胙曰天子有事于文武使孔賜伯舅胙齊侯將下拜孔曰且有後命天子使孔曰以伯舅耋老加勞
賜一級無下拜對曰天威不違顏咫尺小白余敢貪天子之命無下拜恐隕越于下遺天子羞敢不下拜下拜登受史記
晉世家五月丁未獻楚俘於周駟介百乘徒兵千天子使王子虎命晉侯爲伯賜大輅彤弓矢百玈弓矢千秬鬯一卣珪
瓚虎賁三百人晉侯三辭然後稽首受之左傳杜注彤赤弓玈黑弓玈音盧秬黑黍鬯香酒所以降神卣器名孔穎達曰
國語天子有虎賁晉武訓左傳僖公二十八年冬會于溫是會也晉侯召王以諸侯見且使王狩仲尼曰以臣召君不可
以訓故書曰天王狩于河陽言非其地也且明德也孔穎達曰晉侯命王假稱出狩若言王自出狩諸侯因會遇王遂共
朝王此所謂詐稱周王也馬融長笛賦紛葩爛漫李善注紛葩盛多貌節案魏志裴注引建安十五年十二月魏武令曰

齊桓晉文所以垂稱至今者以其兵勢廣大猶能奉事周室也論語云三分天下有其二以服事殷周之德其可謂至德

奚夫能以大事小者也又曰願我萬年之後欲令傳道我心使他人皆知之孤此言皆肝鬲之要也又十八年策命為魏

公詔曰君秉國之鈞正色處中纖毫之惡靡不抑退是用錫君虎賁之士三百人君龍驤虎視旁眺八維掩討逆節折衝

四海是用錫君彤弓一彤矢百玈弓十玈矢千君以溫恭為表孝友為德明允篤誠感於朕思是用錫君秬鬯一卣圭瓚

副焉以魏志證之然則此篇所由作也

節釋音一解德在寘韻禮記立容德徐邈曰讀作齎集韻曰竹利切寘濟古通詩小雅大田彼有不穫穉此有不斂穧彼

有遺秉此有滯穗伊寡婦之利則寘與霽通二解原稱為元與蒸鉞伐為月般美為袗與紙各通楚辭遠遊並節以馳

騖兮逴絕垠乎寒門軼迅風於清源兮從顓頊乎層冰則元與蒸通般一音於謹切揚雄羽獵賦般兮般從袗顓袗頊李善注般音

隰與袗叶美在紙韻紙袗古叶詩小雅甫田曾孫來止以其婦子饁彼南畝田畯至喜曾孫不怒農夫克敏則袗與紙叶

三解肯下為有與馬通車稱為魚與蒸叶馬有古通易象傳陽在下也德施普也反復道也進无咎也大人造也不可久

也不可爲首也則馬與有通魚虞御遇古一音庚蒸古一音離騷百神翳其備降兮九嶷紛其並迎皋剡剡其揚靈兮告余以吉故遇可叶庚則魚亦可叶蒸四解歎恩爲寒與元通拜尺爲卦與陌通寒元通見卷五飲馬長城窟行卦陌古通詩商頌殷武天命多辟設都于禹之績歲事來辟勿予禍適稼穡匪解則卦與陌通五解王弓人爲陽東與通陽東古通見卷一雞鳴陽眞古通見卷九氣出唱遊君山篇東眞古通見卷一烏生六解尊桓王能爲元寒陽麻通見卷三董逃行

朱止谿曰短歌行歌周西伯述王業之本也魏稱神器之心終已不露誠建安之桓文也

朱秬堂曰建安二十四年曹操表孫權爲荊州牧封南昌侯權上書稱臣於操稱說天下操以示外曰是兒欲踞吾著爐火上耶陳羣等皆曰漢祚已終宜正大位操曰若天命在吾吾爲周文王矣此詩意也尹起莘曰操十八年自立爲魏公加九錫建社稷宗廟置尚書等官次年進位諸侯王上二十一年進爵爲王二十二年遂用天子車服出入警蹕已全用天子之制矣使操不死則廢帝爲山陽公豈待出於五官將之手操躬自篡漢之寶昭昭若此其姦詐之心果可以欺天下後世乎

短歌行

樂府詩集晉樂所奏　武帝辭

對酒當歌，人生幾何。譬如朝露，去日苦多。解一慨當以慷，憂思難忘。以何解愁，唯有杜康。解二青青子衿，悠悠我心。但爲君故，沈吟至今。解三明明如月，何時可輟。文選作掇憂從中來，不可斷絕。解四呦呦鹿鳴，食野之苹。我有嘉賓，鼓瑟吹笙。解五山不厭高，水不厭深。周公吐哺，天下歸心。解六

李善注：左氏傳曰：俟河之清，人壽幾何。漢書李陵謂蘇武曰：人生如朝露。毛詩曰：微我無酒，以敖以遨。博物志：杜康作酒。王著與杜康絕交書曰：康字仲寧，或云黃帝時宰人，號酒泉太守。漢書東方朔曰：臣聞消憂者莫若酒也。古詩：馳情整中帶，沈吟聊躑躅。明明如月，言月之不可掇，由憂之不可絕也。說文：掇，拾取也。豬劣切。呦呦鹿鳴，毛詩小雅文也。苹，萍也。鹿得萍草，呦呦然而鳴，相呼而食，以興喜樂賓客，相招以盛禮也。鄭玄云：苹，賴蕭也。管子曰：海不辭水，故能成其大；山不

辭士故能成其高明主不厭人故能成其衆韓詩外傳曰周公踐天子之位七年成王封伯禽於魯周公誡之曰無以魯
國驕士吾文王之子武王之弟成王之叔父也又相天下吾於天下亦不輕矣然一沐三握髮一飯三吐哺猶恐失天下
之士也論語素王受命識曰河授圖天下歸心
節補箋史記項羽紀于是項王悲歌忼慨謂歌聲激昂不平也忼慨間隔用猶詩言亂亡曰亂況斯削言嘅嘆曰嘅其嘆
矣詩鄭風青青子衿悠悠我心
節釋音月解古通見卷五白如吟
朱止谿曰短歌行歌對酒燕雅也魏公一生心事吞吐往復滿口道不出末四句略盡昔人嘗言但爲君故沈吟至今明
明如月何時可掇蓋謂孔文舉持清議一輩人或橋太尉許子將雅負鑒略者當時神器歸其俯仰能自降抑難矣魏志
稱公矯情任算不念舊惡眞姦人之雄哉
朱柜堂曰按國語宋人殺昭公趙宣子請師于靈公以伐宋宣子曰吾備鐘鼓爲君故也爲君故三字本此

對酒當歌人生幾何譬如朝露去日苦多慨當以慷憂思難忘何以解憂唯有杜康青青子衿悠悠我心但爲君故沈吟至今呦呦鹿鳴食野之苹我有嘉賓鼓瑟吹笙明明如月何時可掇憂從中來不可斷絶越陌度阡枉用相存契闊談讌心念舊恩月明星稀烏鵲南飛繞樹三匝何枝可依山不厭高海不厭深周公吐哺天下歸心

李善注應劭風俗通曰里語云越陌度阡更爲客主長門賦曰孔雀集而相存毛詩曰死生契闊漢書曰張賀思念舊恩

月明己見上句喩客子無所依託也

節補箋上篇晉樂所奏此篇本辭但爲君故沈吟至今郭茂倩樂府詩集無此二句胡克家文選考異云袁本茶陵本有

校語云善無此二句案所見非也此詩四句一換韻今與心協不容善獨無之蓋亦脫正文共注一節耳今據五臣注補

正云朱珔文選集釋云說文巾部帚下云古者少康初作箕帚秫酒少康杜康也葬長垣段氏謂嫌即夏少康故釋之酒

下又云儀狄作酒醪杜康作秫酒見世本在博物志前而注失引若王著語則段云以文爲戲未可爲典要是已

文選六臣注呂向曰杜康古之造酒者在此篇以爲酒名未知孰是張銑曰月明星稀以喻大賢出而小人斷削以忠信之

士游行當擇其棲託之便矣

朱止谿曰按樂曲較本辭逸數語復以明明如月接沈吟至今不特歌調釋闕并易文勢之崢嶸爲古穆矣

朱秬堂曰意在延攬英雄以圖天下情之汲汲見於眉宇月明烏鵲言烏能擇木喩賢者亦當擇主

吳伯其曰一日之間未必皆對酒之時較古詩今日良宴會境界更偪時光更促而口中飲酒耳中聽歌心中作想皆是

對酒當歌一時一片意思越陌度阡乃嘉賓之來而慰吾憂思者

陳太初曰此即漢高大風歌思猛士之旨也人生幾何發端蓋傳所謂古之王者知壽命之不長故並建聖哲以貽後嗣

次引青衿鹿鳴二詩一則求之不得而沈吟憂思一則求之既得而笙簧酒醴雝然鳥則擇木木豈能擇鳥天下三分士

不北走則南馳耳分奔蜀吳棲皇未定若非吐哺折節何以來之山不厭土故能成其高海不厭水故能成其深王者不

厭士故天下歸心說者不察乃謂孟德禪奪己萌而沈吟未決畏人譏嫌感歲月之如流恐進退之失據試問篇中子衿鹿鳴之詩契闊燕談之語當作何解且孟德吐握懷賢之日猶王莽謙恭下士之初豈肯直吐鄙懷公言篡逆者乎其謬甚矣

短歌行

樂府詩集古今樂錄曰王僧虔技錄云短歌行仰瞻一曲魏氏遺令使節朔奏樂魏文製此辭自撫箏和歌辭製最美辭不可入宴樂魏樂所奏文帝辭

仰瞻帷幕俯察几筵其物如故其人不存解一神靈倏忽棄我遐遷靡瞻靡恃泣涕連連解二呦呦遊鹿草草鳴麑翩翩飛鳥挾子巢棲解三我獨孤煢懷此百離憂心孔疚莫我能知解四人亦有言憂令人老嗟我白髮生一何早解五長吟永歎懷我聖考曰仁者壽胡不是保解六

節箋：周禮天官幕人掌帷幕之事，鄭注：在旁曰帷，在上曰幕。又司几筵掌五几五席之名物。楚辭九歌：東風飄兮神靈雨。詩：靡瞻匪父，靡依匪母。又：無父何怙，無母何恃。楚辭九歎：涕流交集兮，泣下漣漣。連省文。吻吻見上篇。說文：麑，鹿子。離古通罹。見卷七滿歌行。詩：憂心孔疚，我行不來。我心傷悲，莫知我哀。又：假寐永歎，維憂用老。釋名：父死曰考。漢書揚雄傳：茫茫天道，在昔聖考。論語：仁者壽。

朱止谿曰：短歌行歌瞻仰孝思，可風焉。

朱秬堂曰：雅有蓼莪，為孝子不得終養；頌有閔予小子，為成王除喪朝廟。魏氏節朔奏樂，非古也，然其情詞惻悱，則去三百篇遠矣。

陳胤倩曰：思親之作，哀情徘徊，用鳴鹿飛鳥比體，甚切。一意承接，異於孟德者矣。

王船山曰：銜恤詩極不易下筆，子桓斯篇乃欲與蓼莪並峙，靜約故也。悲者形必靜，哀者聲必約。

短歌行

翩翩春燕端集余堂陰匿陽顯節運自常厥貌淑美玄衣素裳歸仁服德雌雄頡頏執志精專絜行馴良銜土繕巢有式宮房不規自圜無矩而方

明帝辭

節箋詩魯頌泮水毛傳翩飛貌重言之則曰翩翩漢樂府瑟調豔歌行翩翩堂前燕冬藏夏來見詩邶風燕燕于飛頡之頏之毛傳飛而上曰頡飛而下曰頏陳奐謂傳文當是頡頏二字之互訛凡鳥飛必仰上而後注下故傳先釋頏之飛而上曰頏再釋頡之飛而下曰頡古詩思爲雙飛燕銜泥巢君屋廣雅曰式法也

朱止谿曰短歌行歌春燕王業初造也其志正其聲康

朱柏堂曰魏明帝於夫婦之倫反覆不終爲平原王時既立虞氏爲妃及即帝位又黜虞氏而立毛氏爲后後郭夫人有寵又殺毛后而立郭何其忍也讀長歌哀失羣之孤燕知其有悔心讀短歌喜翩翩之雙燕知其變心

長歌行

明帝辭

靜夜不能寐，耳聽衆禽鳴。大城育孤兔，高墉多鳥聲。壞宇何寥廓，宿屋邪草生。中心感時物，撫劍下前庭。翔佯於階際，景星一何明。仰首觀靈宿，北辰奮休榮。哀彼失羣燕，喪偶獨煢煢。單心誰與侶，造房孰與成。徒然喟有和，悲慘傷人情。余情偏易感，懷罔（往一作）增憤盈。吐吟音不徹，泣涕沾羅纓。

節篋易公用射隼于高墉之上廣雅宿舍也王念孫曰宿爲舍止之介周禮地官三十里有宿宿有路室佯徉古通詩齊風載驅毛傳翺翔猶彷徉也釋名翔佯也史記天官書天精而見景星其狀無常常出於有道之國釋名宿宿也星各止宿其所也爾雅北極謂之北辰廣韻煢獨也竇玄妻古怨歌煢煢白兔東走西顧衣不如新人不如故說文喟太息也爾

雅徒吹謂之和獨嘆獨鳴也有語助詞王引之曰一字不成詞則加有字以配之如書盤庚曰無弱孤有幼是也楚辭九章悶芒芒之無紀王逸注悶悶然蔡琰悲憤詩心吐思兮胸憤盈欲舒氣兮恐彼驚朱止谿曰長歌行歌靜夜思保治也高明神矚之其憂何長或曰其聲慘懔不忍卒讀豈其値毋后之膺而被讒時耶陳胤倩曰應感毋氏之屏居故愴深孤燕不能自己邪草應卽昔邪瓦松也

鰕䱇篇

樂府解題曹植擬長歌行爲鰕䱇一曰鰕䱇篇曹植辭

鰕䱇游潢潦不知江海流燕雀戲藩柴安識鴻鵠遊世事此誠明大德固無儔駕言登五岳然後小陵丘俯觀上路人勢利惟是謀讎高念皇家曹集攷異云吳志宗從宋本郭樂府改作高念翼皇家遠懷柔九州撫劍而雷音猛氣縱橫浮泛泊徒嗷嗷誰知壯士憂

節箋說文鰕魵也又魵魚名出薉邪頭國魚豢魏略濊國出斑魚皮薉邪頭國疑即濊國魵通作斑通典濊朝鮮地東窮大海西至樂浪其海出斑魚皮據此則鰕非小魚爾雅釋魚魵鰕即說文所謂鰕魵也然爾雅又曰鰝大鰕郭注鰕大者出海中長二三丈鬚長數尺又曰鯢大者謂之鰕郭注大者長八九尺爾雅說文所言鰕凡三皆非小魚與遊潢潦者無涉惟據爾雅鰕亦鯢也楚辭宋玉對楚王問尺澤之鯢豈能與之量江海之大莊子尋常之溝巨魚無所還其體而鯢鰌爲之制注鯢鰌謂小魚然則此篇所言鰕即宋玉莊子所言之鯢也或曰鯨鯢蝦通山海經灌河之水其中多鮑玉篇鮑魚似蛇同鱓聞人俠注左傳潢汙行潦之水史記燕雀安知鴻鵠之志哉按聞柴去聲與呰同說文柴瀦落也史記索隱鴻鵠是一鳥若鳳凰然非鴻雁與黃鵠也節補箋誠明謂誠能明乎上之所云則遊江海而不遊潢潦爲鴻鵠而不爲燕雀德大無與匹也詩邶風旄丘言出遊五嶽見卷六王子喬爾雅大阜曰陵廣雅小陵曰丘聞人俠注瀆書校乘傳游曲臺臨上路玉篇蹤對也節補箋高謂五嶽皐家指魏聞人俠注尚書柔遠能邇節補史記中國名曰赤縣神州赤縣神州內自有九州禹之序九州是也聞人俠注莊子雷聲而淵默說文汎浮貌韻會汎泊止也說文嗷衆口愁也節補箋汎泊言氣之

浮泊也噭噭承上雷音言詩小雅哀鳴噭噭

朱止谿曰長歌行歌飯飽懷王室也求自試表曰慈父不能愛無益之子仁者不能畜無用之臣長歌正激烈聞者壯之

一曰此文帝時作子建求嗣魏公以驕縱見疎有用世之思爲文帝所絀然文帝溺燕安而忘遠圖亦可見矣

陳胤倩曰子建自以宗臣每懷憂國傷人不識是時宗藩奉身寡過祿爵而已起語浩然抒此壯慨

方植之曰汎泊噭噭古今流俗凡夫皆若是思之可歎劉邵人物志稱爲風人與此同義言隨風轉逐不能自止立也

猛虎行

文帝辭

與君媾新歡託配於二儀充列於紫微升降焉可知梧桐攀鳳翼雲雨散洪池

節箋說文媾重婚也二儀見卷九惟漢行七略王者禮天而行明堂之制內有太室象紫微宮書道有升降詩大雅鳳皇

鳴矣于彼高岡梧桐生矣于彼朝陽又曰鳳皇于飛翽翽其羽亦傅于天藹藹王多吉人維君子命媚於庶人李光地曰鳳皇非梧桐不棲賢士非明君不附其高飛也如賢之升用而惠澤下於民矣此用詩義殆文帝爲五官中郎將時與陳徐應劉諸人之詩魏略云太祖不時立太子太子自疑故有升降焉可知之言歟應瑒侍五官中郎將建章臺集詩云欲因雲雨會濯翼陵高梯似亦和此篇之意張衡東京賦於東則洪池清籞薛綜注洪池在洛陽東三十里朱止谿曰曲辭似別有寄託梧桐二句與古辭猛虎野雀與比辭略同倒結升降焉可知意絕奇王船山曰端際密窅微情正爾勤人於藝苑詎不稱聖

猛虎行

明帝辭

雙桐生空井枝葉自相加通泉浸其根玄雲潤其柯上有雙棲鳥交頸鳴相和何意行路者秉丸彈是窠

節籤淮南子桐木生雲注取十石甕滿以水置桐其中三四日間氣似雲作

節釋音歌麻古通見卷四孤兒行

朱止谿曰猛虎行歌雙桐感事也事變難期情隨事遷矣此綏調不類文帝急弦高張耳魏家兩世廢后二曲何其多懷也

節案魏志裴松之注引魏略曰文帝以郭后無子詔使子養帝帝以母不以道終意甚不平後不獲已乃敬事郭后帝嘗從文帝獵見子母鹿文帝射殺鹿母使帝射鹿子帝不從曰陛下已殺其母臣不忍復殺其子因涕泣然則此篇殆有感而發歟

燕歌行

樂府廣題曰燕地名言良人從役於燕而爲此曲樂府正義曰燕歌行與齊謳行吳趨行會吟行俱以各地聲音爲主後世聲音失傳於是但賦風土而燕自漢末魏初遼東西爲慕容所居地遼勢偏征戍不絕故爲此者往往作離

別之辭與齊謳諸行又自不同庾信所謂燕歌遠別悲不自勝者也文帝辭

秋風蕭瑟天氣涼草木搖落露爲霜解一羣燕辭歸鵠文選作雁南翔念君

客游多思文選作思斷腸腸解二慊慊思歸戀故鄉君何文選作何爲淹留寄他方

解三賤妾煢煢守空房憂來思君不敢忘解四不覺淚下霑衣裳援琴鳴

絃發清商解五短歌微吟不能長明月皎皎照我牀解六星漢西流夜未

央牽牛織女遙相望爾獨何辜限河梁解七

李善注楚辭曰悲哉秋之爲氣也蕭瑟兮莫木搖落而變衰毛詩曰蒹葭蒼蒼白露爲霜禮記曰仲秋之月鴻鴈來玄鳥

歸鄭玄曰玄鳥燕也楚辭曰燕翩翩其辭歸又曰雁雍雍而南遊鄭玄禮記注曰慊恨不滿之貌也口簟切煢單也古詩

曰淚下霑衣裳宋玉風賦曰臣援琴而鼓之宋玉笛賦曰吟清商追流徵古詩曰明月何皎皎照我羅牀帷毛詩曰夜如

何其夜未央史記曰牽牛爲犧牲其北織女織女天女孫也曹植九詠注曰牽牛爲夫織女爲婦織女牽牛之星各處一

旁七月七日得一會同矣

節補箋劉履選詩補注曰此豈帝爲中將時北征在外代述閨中之意而作歟其曰慊慊思歸者意其必然之詞何爲淹留者又怪而問之之詞也援引也爾指女牛辜猶故也文選六臣注張銑曰婦人自恨與夫離絕問此星何辜復如此也

吳伯其曰天氣涼即月令所云涼風至也草木搖落即月令所云草木黃落也露爲霜即月令所云白露降也燕辭歸即月令所云玄鳥歸也雁南翔即月令所云鴻雁來也運用月令五事不見堆砌之痕歌不能長者爲琴所限也琴弦僅七而有四調曰慢宮曰慢角曰緊羽曰清商清商節極短促音極纖微故云不能長也

王船山曰傾情傾度傾色傾聲古今無兩從明月皎皎入第七解一徑酣適殆天授非人力

別日何易會日難山川悠遠路漫漫 解一 鬱陶思君未敢言寄書浮雲往不還 解二 涕零雨面毀形顏誰能懷憂獨不歎 解三 耿耿伏枕不能眠披衣出戶步東西 解四 展詩清歌聊自寬樂往哀來摧心肝悲風清厲

秋氣寒羅帷徐動經秦軒解五仰戴星月觀雲間飛鳥鳴晨聲可憐留連顧懷不自存解六節箋楚辭九辯豈不鬱陶而思君兮君之門以九重王逸注憤念蓄積盈胸臆也古詩浮雲蔽白日遊子不顧反雨讀去聲集韻自上而下曰雨張衡思玄賦懼樂往而哀來詩衛風耿耿不寐秦上軒蓋西軒也杜預曰秦本在西戎汧隴之西以秦代西猶清商曲而曰清商西曲耳李善曰軒長廊之有窻也爾雅存省察也節釋音寒元刪先古通見卷三董逃行西叶先見卷一烏生朱止谿曰燕歌行歌秋風別日閔征戍也王者遣率勞還賦室家離索以道其懷或云帝爲中郎將北征時作

別日何易會日難山川悠遠路漫漫鬱陶思君未敢言寄聲浮雲往不還涕零雨面毀容顏誰能懷憂獨不歎展詩清歌聊自寬樂往哀來摧肺肝耿耿伏枕不能眠披衣出戶步東西仰看星月觀雲間飛

鶬晨鳴聲可憐留連顧懷不能存

節箋上曲晉樂所奏此篇本辭詩小雅我心憂傷惄焉如擣假寐永歎維憂用老展詩蓋謂展是詩也爾雅鶬麋鴰郭注今呼鶬鴰正字通云山東呼爲鶬鴰關西呼爲鴰鹿南人呼爲鶬雞江人呼爲麥鷄大如鶴青蒼色亦有灰色者長頸高脚頂無丹而頰紅案楚辭大招鵾鴻羣晨雜鶖鶬只王逸注云鶖鶬鶂鶖也則以鶬爲鶖然考鶖頂紅而鶬則無丹當非一物又有以爲九頭鳥者亦另一物

朱止谿曰魏詩七言創體也逐句聯接却逐句轉換士衡輩苦直敘矣

朱秬堂曰燕趙古多感慨悲歌今所存者荆軻易水晉節慷慨秋風別日二曲猶易水之意也晉宋作者仍之自梁而後

七言間韻與大概歌行體同失其聲音而專詠土風樂府之末造也

王船山曰所思爲何者終篇求之不得乃三百篇之妙用蓋抒情在已弗待於物也

陳胤倩曰此七言一句一韻體與栢梁不同栢梁一句一意此則連綿相承也

燕歌行

明帝辭

白日晼晼忽西傾霜露慘悽塗階庭秋草捲葉摧枝莖翩翩飛蓬常獨征有似遊子不安寧

節箋楚辭莊忌哀時命白日晼晚其將入兮王逸注言日月西流晼晚而沒又劉向九歎白日溶紛紛以塗塗兮王逸注塗

厚貌說苑秋蓬惡於根本而美於枝葉秋風一起根且拔矣

節釋音庚青古通見卷二長歌行苕苕山上篇

朱止谿曰燕歌行白日悲遊子也似有闕文

從軍行

文選李善曰魏志建安二十年三月公西征張魯魯及五子降十二月至自南鄭是行也侍中王粲作五言詩以美

其事。節案善注此言第一首也其第二首注曰魏志建安二十一年粲從征吳作此四篇則自第二至第五乃從征吳作也樂府作從軍行列平調曲王粲辭

從軍有苦樂但問所從誰所從神且武焉得久勞師相公征關右赫怒震天威一舉滅獯虜再舉服羌夷西收邊地賊忽若俯拾遺陳賞越丘山酒肉踰川坻軍中多飫饒人馬皆溢肥徒行兼乘還空出有餘貲拓地三千里往返一作反一如一作若飛歌舞入鄴城所願獲無違晝一作畫日獻一作處大朝日暮薄言歸外參時明政內不廢家私禽獸憚爲犧良苗實已揮竊慕負鼎翁願厲朽鈍姿不能效沮溺相隨把鋤犁孰覽夫子詩信知所言非

李善注漢書曰李廣程不識爲名將程不識擊刁斗吏治軍簿至明軍不得自便李將軍極簡易其士亦佚樂然士卒多

樂從廣而苦程不識班固漢書高祖紀述曰寔天生德聰明神武左氏傳蹇叔曰勞師以襲遠非所聞也周易曰古之神武不殺者夫曹操為丞相故曰相公也毛詩曰王赫斯怒陸賈新語曰聖人承天威承天功興之爭功豈不難哉左氏傳齊侯對宰孔曰天威不違顏咫尺漢書曰熏鬻虞老獸心服虔曰獯鬻堯時何奴號也漢書梅福上書曰高祖舉秦如鴻毛取楚如拾遺六韜曰賞如高山罰如深溪左氏傳晉侯投壺穆子曰有酒如淮有肉如坻寡君中此為諸侯師杜預左氏傳注曰飫厭也說文曰饒飽也論語孔子曰吾從大夫之後不可徒行也虎丘詩王驃騎論功曰拓地萬里海內晏然毛詩曰王旅嘽嘽如飛如翰毛萇曰疾如飛也漢書曰魏邢有鄭縣家語孔子曰無聲之樂所願志從之毛詩曰溥言旋歸左氏傳曰賓孟適郊見雄雞自斷其尾問之侍者曰自憚其為犧也遽歸告王且曰雞其憚為人用乎異於是矣良苗殺也國語曰秦伯將饗公子如饗國君之禮使子餘相公子賦黍苗子餘曰重耳之仰君也若黍苗之仰陰雨也若君實庇蔭膏澤之使能成嘉穀熟在宗廟君之力也賈逵曰在宗廟為祭主也揮當為輝崔駰七依曰諂若膏雨之潤良苗論語曰長沮桀溺耦而耕孔叢子曰趙簡子使聘夫子夫子將至及河聞鳴犢與竇犨之見殺廻輿而趣為操曰翺翔於

衛復我舊居從吾所好其樂只且然夫子欲從所好而隱居仲宣欲屬節而求仕有異夫子之志故以所言爲非也節補箋魏志張魯據巴漢垂三十年即續漢志益州之漢中巴郡今陝西漢中府及四川保寧府地故曰關右魏志建安十二年公北征三郡烏丸引軍出盧龍塞外登白狼山斬蹋頓及名王以下胡漢降者二十餘萬口所謂一舉滅獫虜也此是追溯之詞二十年西征張魯至陳倉將自武都入氐至河池氐王竇茂衆萬餘人恃險不服公攻屠之所謂再舉服羌夷也此言當時之事魏志裴松之注引魏書云軍自武都山行千里升降險阻軍人勞苦公於是大饗莫不忘其勞陳賞四句蓋指此文選六臣注劉良曰徒步也乘騎也說文兼幷也謂西征之師徒步而去並騎而歸也左傳出因其資魏志裴松之注楊暨表曰武皇帝始征張魯以十萬之衆身親臨履指授方略因就民麥以爲軍糧故云空出有餘資也劉淵林魏都賦注曹操都鄴六臣注呂延濟曰獲盡也易象傳是以康侯用錫馬蕃庶晝日三接也呂向曰大朝天子朝也張銑曰粲言我雖有雄雞憚犧之心亦欲不爲人用而沐曹公之德如陰雨之庇黍苗是以復願仕也竊慕二句文選李善注本無漢書東方朔傳伊尹蒙恥辱負鼎俎和五味以干湯

節釋音支徵古通見卷二長歌行青青園中篇

吳伯其曰外參時明政內不廢家私只是外攬權內營私非古大臣國而忘家公而忘私之義從來以仲宣此詩爲頌美者余獨以爲不然也。

涼一作源風厲秋節司典告詳刑我君順時發桓桓東南征汎舟蓋長川陳卒被隰坰征夫懷親戚誰能無此一作戀情拊衿一作襟倚舟檣眷言思鄴城哀彼東山人喟然感鸛鳴日月不安處人誰獲恆一作常寧昔人從公旦一徂輒三齡今我神武師蹔一作暫往必速平棄余親睦恩輸力竭忠貞懼無一夫用報我素餐誠夙夜自恲性思逝若抽縈將秉先登羽豈敢聽金聲

李善注禮記孟秋之月涼風至用始行戮天子乃命將帥選士厲兵以征不義尚書王曰有邦有土告爾詳刑魏志曰建

安二十一年粲從征吳作此四篇穀梁傳曰葬我君桓公順時應秋以征也禮記曰舉事必順其時東南謂吳也毛詩曰

桓桓于征逖彼東南國語曰秦汎舟於河爾雅曰林外曰坰漢書公孫獵曰累足撫襟埤蒼曰檣帆柱曰檣韓詩曰眷眷

懷顧毛詩曰我徂東山慆慆不歸我來自東零雨其濛鸛鳴于垤婦嘆于室毛萇曰垤蟻冢也鄭玄曰鸛水鳥也將陰雨

而鳴行於陰雨尤苦婦人則歎於室垤徒顧切國語姜氏謂晉公子曰日月不處人誰獲安毛詩序曰周公東征三年

而歸左氏傳欒盈曰陪臣書能輸力於王室又曰苟息曰公家之事知無不為忠也送往事居偶俱無猜貞也毛詩曰彼

君子兮不素餐兮廣雅曰併抗慨也普耕切東觀漢記曰賈復擊青犢於射犬被羽先登所向皆靡仲宣從軍詩曰被羽

在先登甘心除國疾秉羽被羽其義同也孫卿子曰鬪鼓聲而進聞金聲而退

節補箋書呂刑主曰嗟四方司政典獄又曰有邦有土告爾祥刑祥鄭玄注刑作詳後漢書劉愷傳注引鄭玄注云詳審察

之也詩毛傳桓桓威武貌蓋掩也公羊傳下平曰隰左傳苟息曰臣竭其股肱之力繼之以忠貞後漢書馮異傳異曰異

一夫之用不足為強弱文選六臣注李周翰曰折性歎息也逝往也後漢書注被納負也析羽為旌旗將軍所執先登先

赴敵也

節釋晉庚青古通見卷二長歌行岧岧山上篇

吳伯其曰周公東征猶煩三年況才未必過周公者乎曰暫往必速平蓋譏孟德有輕敵之意

從軍征遐路討彼東南夷方舟順廣川薄暮未安坻白日半西山桑梓有餘暉蟋蟀夾岸鳴孤鳥翩翩飛征夫心兩（一作多）懷（一作惻）悽愴令吾悲下船登高防草露霑（一作沾）我衣迴身赴牀寢此愁當告誰身服干戈事豈得念所私即戎有授命茲理不可違

李善注史記曰春申君曰廣川大水山林谿谷古步出夏門行曰行行復行行白日薄西山桑梓二木名也餘暉言將夕也毛詩曰七月在野鄭玄曰蟋蟀也禮記曰霜露既降君子履之必有悽愴之心說文曰防隄也春秋元命苞曰露所以潤草說苑曰孺子不覺露之沾衣楚辭曰居愁期誰告古詩曰愁思當告誰孔安國尙書傳曰戈戟干盾也所私情所

親也。論語子曰善人教民七年亦可以即戎矣。又曰見危授命亦可以爲成人矣。

節補箋文選六臣注呂延濟曰謂採權爲夾者務顧毀敵爾雅注方舟併兩船張衡思玄賦舊注坻所以止船也六臣注張銑曰安坻謂繫舟於岸詩小雅維桑與梓毛傳父之所樹此言桑梓有餘暉謂日落處乃父母之邦與上首棄余親睦恩相應劉良曰高防謂成守之地

節釋音支微古通見卷二長歌行青青園中篇

朱柜堂曰傳曰無私恩非孝子也無公義非忠臣也方舟順廣川以下所以念其私恩身服干戈事以下所以發其公義

朝發鄴都橋，暮濟白馬津。逍遙河隄上，左右望我軍。連舫踰萬艘，帶甲千萬人。率彼東南路，將定一舉勳。籌策運帷幄，一由我聖君。恨（一作限）我無時謀，譬諸具官臣。鬻軀中堅內，微畫無所陳。許歷爲完士，一言猶（一作獨）敗秦。我有素餐責，誠愧伐檀人。雖無鉛刀用，庶幾奮薄身。

李善注漢書酈食其曰塞白馬之津毛詩曰河上乎逍遙六韜曰武王伐紂出於河呂尚爲右將以四十七艘舫踰於河國語曰吳王帶甲三萬人也說文曰舫併舟也又曰艘船總名也毛詩曰率彼曠野戰國策張儀謂秦王曰一舉而伯王之名可成也漢書高祖曰夫運籌策於帷幄之中吾不如子房范睢後漢書光武詔曰將軍鄧禹與朕謀謨帷幄之中論語季子然問仲由冉求可謂大臣與孔子對曰今由與求也可謂具臣矣論語入公門鞠躬如也東觀漢記曰光武賜陳俊絳衣三百領以衣中堅同心之士也史記曰秦伐韓趙使趙奢救之令軍中曰有以軍事諫者死許歷請以軍事諫趙奢曰內之許歷曰秦人不意趙師至此其來氣盛將軍必厚集其陳以待之不然必敗趙奢曰謹受令許歷曰請就鈇鑕之誅趙奢曰有後令邯鄲許歷請復諫曰先據北山上者勝後至者敗趙奢許諾即發萬人赴之秦兵後至爭山不得上趙奢、縱兵擊之大敗秦軍完謂全具也言非有奇也論衡曰西門豹董安于誠爲完具之人能納韋弦之教也毛詩曰坎坎伐檀兮寘之河之干兮彼君子兮不素餐兮漢書平當曰吾己負素餐責矣東觀漢記班超曰冀立鉛刀一割之力班孟堅荅賓戲曰搦朽摩鈍鉛刀皆能一斷節補箋朱蘭坡曰方輿紀要云今大名府滑縣本漢白馬縣有白馬山縣以山名津去山可二十里許即大河渡處水經注津在白馬城西北因名余謂如紀要所載今之魏縣與滑皆大名所屬魏縣至臨漳僅五十里臨漳即鄴都也白馬津亦在滑縣西普泰三年爾朱兆攻高歡於鄴敗走滑臺知其接壤矣故詩言朝發鄴都而暮即濟此津也孟子以左右望

朱浮與彭寵書蓋聞智者順時而謀後漢書光武紀衡其中堅注凡軍事中軍將最尊者居中以堅銳自輔故曰中堅魏志曹眞傳拜中堅將軍又以許褚爲中堅將軍則爲官名矣史記齊人田生以畫干營陵侯澤注服虔曰以計畫干之也漢

書高祖紀聽劭注輕罪不至於髡完其耏鬢史記索隱引江遂曰漢令稱完而不髡曰耐說文耏下云罪不至髡也耏之重文爲耐段氏云髡者鬄髮也不鬄其髮僅去須鬢曰耐亦曰完謂之完者言完其髮也漢書刑法志完者使守積又漢舊儀云秦制凡有罪男髡鉗爲城旦女爲舂皆五歲完四歲則完刑不始自漢據此蓋許歷曾罪至完故云完士一言猶

敗秦言罪人猶如此也善注非六臣注張銑曰完士猶凡士亦非

節釋音眞文古通見卷三叢逃行

悠悠涉荒路靡靡我心愁四望無煙火但見林與丘城郭生榛棘蹊

徑無所由雚焦一作蒲竟廣澤葭葦夾長流日夕涼風發翩翩漂吾舟

寒蟬在樹鳴鸛鵠摩天遊游一作客子多悲傷淚下不可收朝入譙郡

界曠然消人憂雞鳴達四境黍稷盈原疇館宅充廛鄽一作里女士一作士女

滿莊馗一作馗自非聖賢國誰能享斯休詩人美樂土雖客猶願留

吳伯其曰運巒一山聖君見魏武不聽人言其云恨無所陳乃是謙詞觀許歷云云當時仲宣定有所陳魏武不能用之耳

李善注、毛詩曰悠悠南行又曰行邁靡靡中心搖搖東觀記曰北夷作寇千里無火煙高誘淮南子注曰聚木曰榛禮記曰孟秋寒蟬鳴古烏生八九子歌曰黃鵠摩天極高飛魏志曰武皇帝譙人也孟子曰齊有其地矣雞鳴狗吠相聞而達乎四境也說文曰疇耕治之田也韓詩曰肅肅兎罝施于中馗爾雅曰六達謂之莊辥君曰馗九交之道也孔安國尚書傳曰享當也毛詩曰逝將去汝適彼樂土鄭玄曰樂土有德之國也節補箋爾雅釋草雚芄蘭陸璣云一名羅藦幽州人謂之雀瓠胡紹煐曰善鸛字無注按此興上喟然感鸛鳴之鸛別是一鳥穆天子傳鸛雞飛八百里郭注鸛雞即鵾雞鵠屬楚辭大招鵾鴻羣晨鴻即鵠亦二鳥並舉鸛爲鵠屬故鸛鵠連文若水鳥之鸛不得云摩天飛矣節案淮南子覽冥訓云軼鶤雞於姑餘高誘注鶤雞鳳皇之屬廣韻鶤王問切音運鶤古玩切音貫鸛鸛同音爾雅郭注鸛音獄唐韻鶤古渾切音昆則又鸛鵾鶤同音皆一物也續漢郡國志豫州沛國譙郡案卽今安徽亳州治魏志建安二十一年冬十月治兵征孫權十一月至譙蓋其時也詩鄭風士與女殷其盈矣節釋音文選五臣本馗作逵非毛詩施于中逵韓詩逵作馗廣韻馗渠鳩切音求吳棫韻補馗列十八尤朱止谿曰從軍行從公征討凱樂也軍禮歌采微以遣之出車勞還杕杜勸歸復凱以入禮也朱秬堂曰師之所處荊棘生焉至於四望無煙火城郭生榛棘仁人於此尚忍言兵哉區區一譙郡縱黍稷盈疇館宅充斥何以爲治不幸而處亂世讀此篇可傷已 嚴滄浪曰劉公幹贈五官中郎將詩昔我從元后整駕至南鄉過彼豐沛

都與君共翱翔元后蓋指曹操也至南鄉謂伐劉表之時豐沛都喻操進鄴也王仲宣從軍詩云籌策運帷幄一由我聖君與君亦指曹操也又曰竊慕負鼎翁願厲朽鈍姿是欲效伊尹負鼎於湯以伐桀也是時漢帝尚存而二子之言如此正與荀彧比曹操爲高光同科

從軍行

樂府王僧虔云荀錄所載左延年苦哉一篇今不傳節案樂府廣序從初學記詩紀錄出左延年辭

苦哉邊地人一歲三從軍三子到燉煌二子詣隴西五子遠鬭去五婦皆懷身闕□□□□□□□□□□□□□□□□□□□□從軍何等樂一驅乘雙駁鞍馬炤人白龍驤自動作

節箋漢書武帝紀元鼎六年分武威酒泉地置張掖敦煌郡隴西見卷四隴西行詩大雅大任有身毛傳身重也鄭箋重爲懷孕也說文策馬謂之騮詩皇駁其馬毛傳騂白曰駁又赤身黑鬣曰騂陳奐曰騂爲赤馬以騂馬而發白色者是謂

之駁傳毅舞賦龍驤橫舉說文驤馬之低昂也

節釋音文先眞爲一通西叶先通文漢郊祀歌象載瑜白集西食廿露飲榮泉赤雁集六紛員殊翁雜五采文則先與文

通西與身叶爲眞先通見卷一烏生覽藥陌自爲一通漢莋都夷歌荒服之外土地磽确吏譯傳風大漢安樂父子同賜

懷抱匹帛則覽藥陌通

朱止谿曰從軍行歌苦哉邊地人怨曲也晉書樂志黃初中左延年以新聲被寵魏樂奏之爲新聲者歟

漢魏樂府風箋卷十終

漢魏樂府風箋卷十一

順德黃節箋釋

魏風

相和歌辭

清調曲

苦寒行

歌錄曰苦寒行古辭樂府解題曰晉樂奏魏武帝北上篇宋志同藝文類聚作文帝辭誤　武帝蓋

北上太行山艱哉何巍巍太行山艱哉何巍巍羊腸坂詰屈車輪爲之摧解一樹木何蕭瑟北風聲正悲何蕭瑟北風聲正悲熊羆對我蹲虎豹夾道啼解二谿谷少人民雪落何霏霏少人民雪落何霏霏延頸

長歎息遠行多所懷三解 我心何怫鬱思欲一東歸水深橋梁絕中道正徘徊四解 迷惑失徑路暝無所宿棲失徑路暝無所宿棲行行日以遠人馬同時飢五解 擔囊行取薪斧冰持作糜擔囊行取薪斧冰持作糜悲彼東山詩悠悠使我哀六解

節箋篇中疊句皆據宋書樂志此蓋晉宋樂之異乎魏者韻逗曲折非原製也

北上太行山艱哉何巍巍羊腸坂詰屈車輪爲之摧樹木何蕭瑟北風聲正悲熊羆對我蹲虎豹夾路啼谿谷少人民雪落何霏霏延頸長歎息遠行多所懷我心何怫鬱思欲一東歸水深橋梁絕中路正徘徊迷惑失故路薄莫無宿棲行行日已遠人馬同時飢擔囊行取薪斧冰持作糜悲彼東山詩悠悠令我哀

李善注呂氏春秋曰天地之間上有九山何謂九山曰太行羊腸高誘曰太行山在河內野王縣北也羊腸其山盤紆如羊腸在太原晉陽北高誘注淮南子曰羊腸坂是太行孟門之限然則坂在太行山在晉陽也毛詩曰雨雪霏霏呂氏春秋曰天下莫不延頸舉踵也楚辭曰怫鬱兮不陳東歸言望舊鄉也揚雄琴情英曰當道獨居暮無所宿莊子曰擔囊而趨毛詩曰我徂東山慆慆不歸

節補箋上篇晉樂所奏此節本辭漢書地理志河內郡山陽下云東太行山在西北埜王下云太行山在西北案山陽今河內懷慶府修武縣西北三十里埜王今河南懷慶府河內縣治山陽在埜王之東故曰東太行蓋太行之支峰也漢志上黨郡壺關下云有羊腸坂而太原郡晉陽下無之據讀史方輿紀要羊腸坂有三一在太原西北九十里即晉陽之羊腸坂李善引高誘淮南子注是也一在潞安府壺關縣東南百六里漢志所言壺關之羊腸坂是也一在懷澤間即太行坂道括地志云河內縣北有羊腸坂道元和志云太行陘在懷州北闊三步長四十里羊腸所經瀑布懸流實爲險隘李善引高誘呂覽太行山在河內野王縣北則羊腸坂當即懷澤間之太行坂括地元和兩志所舉是也然李注又云坂在

太行山在晉陽則是以太原之羊腸坂當之誤矣何義門以此詩爲征高幹時作張雲璈據魏志建安十年高幹以幷州
復叛執上黨太守舉兵守壺關口公征幹圍壺關拔之謂詩中所言羊腸坂宜指壺關則又與太行不合竊謂此蓋征高
幹時從河內以窺上黨取道懷澤閒所上者河內之太行所經者河內之羊腸也劉履選詩補注怫鬱憂滯也東歸指譙
郡而言薄迫也糜粥也東山詩周公既東征迹其往來之勞在外之久以勞歸士者也
節釋音支微齊古通見卷二長歌行青青園中篇支微灰古通見卷四豔歌行南山篇支微齊與佳古通詩小雅出車春
日遲遲卉木萋萋倉庚喈喈采蘩祁祁執訊獲醜薄言還歸赫赫南仲玁狁于夷則支微齊與佳通佳灰古通詩邶風終
風曀曀其陰虺虺其靁寤言不寐願言則懷則佳與灰通
朱止谿曰苦寒行歌北上志王業之艱難也或曰獻帝初平之元公舉義兵與董卓戰於滎陽不克還屯河內是詩蓋作
於其時耶
朱秬堂曰魏武北上擬東山作也魏武善用兵今觀其言與士卒同甘苦如此使能以周公之心爲心則此詩何遽出東

山下哉

吳伯其曰北上二字已伏下東歸山居趁坳澤居趁突曰谿谷少人民則冀無人民矣已伏下薄暮無宿棲延頸者望所懷也水深云云東歸不得仍舊北上故曰行行日遠而人馬同時饑矣此苦實過東山

苦寒行

宋書樂志清調之六晉樂所奏明帝辭

悠悠發洛都丼我征東行悠悠發洛都丼我征東行征行彌二旬屯吹龍陂城一解顧觀故壘處皇祖之所營故壘處皇祖之所營屋室若平昔棟宇無邪傾二解奈何我皇祖潛德隱聖形我皇祖潛德隱聖形雖沒而不朽書貴垂休名三解光光我皇祖軒曜同其榮我皇祖軒曜同其榮遺化布四海八表以肅清四解雖有吳蜀寇春秋足耀兵徒悲

我皇祖不永享百齡賦詩以寫懷伏軾淚霑纓　解五

節箋說文幷作幷并當是幷之誤廣韻幷專也說文十日爲旬屯聚也吹謂騎吹也宋書樂志漢有短簫鐃歌三曲凡二
十二篇軍中謂之騎吹魏志明帝青龍元年正月青龍見郟之摩陂井中二月幸摩陂觀龍於是改年改摩陂爲龍陂水
經注摩陂在郟縱廣可十五里漢書地理志潁川郡郟縣郎今河南汝州郟縣治也魏志青龍二年七月帝東征孫權
此詩蓋屯兵龍陂時作也魏志建安二十四年王自洛陽南征關羽未至羽走王軍摩陂詩所言故壘即武帝王軍摩陂時
之故壘皇祖武帝也詩周頌念茲皇祖易文言傳初九曰潛龍勿用何謂也子曰龍德而隱者也左傳穆叔如晉范宣子
逆之間焉曰古人有言死而不朽何謂也穆叔曰大上有立德其次有立功其次有立言雖久不廢此之謂不朽書惟王
受命無彊惟休揚雄侍中箴光光常伯文選李善注謝朓齊敬皇后哀策文軒曜懷光引淮南子高誘注曰軒轅星也劉
猷有曜歷易林德被八表鐙爽率服魏志黃初七年明帝即位後始書吳寇襄陽太和三年始書蜀寇邊關禮大司馬之
職中春敎振旅中秋敎治兵注凡師出曰治兵入曰振旅皆習戰也揚雄幷州牧箴太上耀德其次耀兵魏志建安二十

二一四

四年冬武帝軍蹕陂陂二十五年春正月還洛陽崩綜其生平最後陳兵乃在摩陂明帝重經其他追懷乃祖所以有不永百齡之歎楚辭九辯涕潺湲兮下霑軾說文軾車前也節釋音庚青古通見卷二長歌行岧岧山上篇朱止谿曰苦寒行歌悠悠繩祖武以靖四方也

吁嗟篇

魏志表注錄此篇云植常爲瑟調歌辭御覽類聚皆作瑟調歌樂府解題曰曹植擬苦寒行爲吁嗟郭茂倩樂府詩集之列於清調據曹植辭

吁嗟北轉蓬居世何獨然長去本根逝夙夜無休閒東西經七陌南北越九阡卒遇回風起吹我入雲間自謂終天路忽然下沉淵驚飈接我出故歸彼中田當南而更北謂東而反西宕宕當何依忽亡而

復存飄颻周八澤連翩歷五山流轉無恆處誰知吾苦艱願爲中林草秋隨野火燔糜滅豈不痛願與根荄一作林葉連

節箋轉蓬見卷十燕歌行風俗通南北曰阡東西曰陌爾雅迴風爲飄郭注旋風也古詩迴風動地起仲長子昌言蕩蕩平若昇天路而不知其所登史記余讀離騷天問招魂哀郢適長沙觀屈原所自沈淵未嘗不垂涕想見其爲人爾雅扶搖謂之猋郭注暴風從下上猋通作颻詩小雅中田有廬鄭箋中田田中也宕與蕩通宕宕猶蕩蕩也爾雅十藪疏說文云大澤也漢書嚴助傳八藪爲圃注師古曰八藪謂魯有大野晉有大陸秦有楊汙宋有孟諸楚有雲夢吳越之間有具區齊有海隅鄭有圃田史記武帝紀中國華山首山太室泰山東萊者黃帝之所常遊與神會又後漢書馮衍傳注五山即五嶽也詩周南肅肅兔罝施于中林毛傳中林林中賈山至言霜露之所擊萬鈞之所壓無不糜滅者爾雅荄根疏釋曰凡草根一名荄

節釋晉先刪元古通見卷三蕭逃行西叶先見卷一烏生

朱止谿曰苦寒行歌吁嗟刺時也葛藟能蔽其本根豐草樂共本而茂風人美之魏失親親之誼矣世之不競宜哉

朱秬堂曰衆建親戚所以屏藩屛亡則齒寒親族離則國寒所以爲苦寒行也

沈歸愚曰還轉之痛至願歸隳滅情事有不忍言者矣此而不怨是愈疏也陳思之怨爲獨得其正云

朱述之曰按子建藩國屢遷求試不用願入侍左右終不能得發憤而作願爲中林草四句卽表所云使臣得一散所懷

據舒蘊積死不恨矣之意無如明帝迄不用而陳王發病薨追明帝顧命將以燕王字爲大將軍又納劉放孫資之奸說

改命曹爽司馬懿爽遂爲懿所殺魏室英賢誅鋤殆盡而國祚遂移於典午矣陳王此詩及陳審舉表蓋已預知之焉裘

松之采入志注大有史識昭明不入文選不無遺憾此詩具仁人孝子之詞可續三百篇者定推此種

丁儉卿曰魏志陳思王植傳十一年中而三徙都常汲汲無歡此詩當感徙都而作收兩語痛心之言傷同根而見滅也

豫章行 二曲

王僧虔曰荀錄所載豫章行古白楊一篇今不傳解題植擬豫章爲窮達

曹植辭

窮達難豫圖禍福信亦然虞舜不逢堯耕耘處中田太公未遭文漁釣終渭川不見魯孔丘窮困陳蔡間周公下白屋天下稱其賢

節箋漢書地理志豫章郡高帝置水經贛水注曰高祖始命陳嬰以爲豫章郡治城之南門曰松陽門內有樟樹高七丈五尺大二十五圍枝葉扶疏垂蔭數畝應劭漢官儀曰豫章樟樹生庭中故以名郡矣禮斗威儀曰君政訟平豫樟常爲生古辭白楊初生時乃在豫章山亦託樹爲言又曰身在洛陽宮根在豫章山多謝枝與葉何時復相連陳思此二篇所由託也史記舜耕歷山歷山之人皆讓畔漁雷澤雷澤上人皆讓居陶河濱河濱器皆不苦窳堯乃知舜之足授天下使舜攝行天子政中田見上吁嗟篇史記太公望呂尙者東海上人呂尙窮困年老矣以漁釣奸周西伯西伯獵遇太公於渭之陽與語大說載與俱歸立爲師又陳蔡大夫謀曰孔子賢者今者久留陳蔡之間諸大夫所設行皆非仲尼之意今楚大國也來聘孔子孔子用於楚則陳蔡用事大夫危矣於是乃相與發徒役圍孔子於野不得行絕糧從者病莫能興子路慍見曰君子亦有窮乎孔子曰君子固窮小人窮斯濫矣家語周公居冢宰之尊制天下之政而猶下白屋之士

（日見者百七十人漢書注師古曰白屋謂白蓋之屋以茅覆之賤人所居　節釋音先刪古通見卷一江南　朱桓堂曰古辭會爲舟船艫材大而小用此大匠之過也與南山松之爲宮殿梁者巽矣子建踵之爲窮達篇即其求自　試表意也　朱述之曰此詩亦陳審舉表之意）

鴛鴦自用親不若比翼連他人雖同盟骨肉天性然周公穆康叔管蔡則流言子臧讓千乘季札慕（一作稱）其賢

（節箋爾、雅南方有比翼鳥焉不比不飛其名謂之鶼鶼郭注似鳥青赤色一目一翼相得乃飛孝經父子之道天性也史記魯周公世家武王既封紂子武庚祿父使管叔蔡叔傳之以績般祀其後武王崩成王少在强葆之中周公乃踐阼代成王攝行政當國管叔及其羣弟流言於國曰周公將不利於成王管蔡武庚等率淮夷而反周公乃奉成王命興師東）

伐遂誅管叔殺武庚放蔡叔收殷餘民以封康叔於衛叉吳太伯世家諸樊己除喪讓位季札季札謝曰曹宣公之卒也
諸侯與曹人不義曹君將立子臧子臧去之以成曹君君子曰能守節矣君義嗣誰敢干君有國非吾節也札雖不材願
附於臧之義吳人固立季札季札棄其室而耕乃舍之
節釋音元先古通見眷三董逃行
朱止谿曰豫章行其歌窮達貴守道以侯時也夫遇合何嘗禍福乖反君子不枉其材以待用焉虞呂耕釣命不終窮孔耽
禮樂命不終達周公管蔡播其流言不謂禍也子臧季札脫屣千乘不謂福也此繼古辭而作以爲後世規
陳胤倩曰首章八句四事喜其變宕有驅策之方讀次章始知首章是與意非所重二章相合賓主反正使覽者可悟而
不可罪起二句託興聲切成名言
丁儉卿曰末二句自明其心文中子謂陳思以天下讓而人莫知其旨哉言乎
朱述之曰他人雖同盟骨肉天性然即陳審舉表所云苟吉專其位凶離其患者異姓之臣也欲國之安祈家之貴存共

其榮沒同其禍者公族之臣也周公穆康叔管蔡則流言亦即所云三監之覺臣自當之二南之輔求不必遠也子臧讓千乘季札稱其賢即求習業表所云使解璽釋紱居子臧之廬宅延陵之室也

塘上行

歌錄塘上行古辭或云甄皇后造樂府解題曰前志云晉樂奏魏武帝蒲生篇而諸錄皆言其辭文帝甄后所作歎以讒訴見棄猶幸得新好不遺故惡焉節案解題固以爲甄后作也郭茂倩樂府從宋書以爲武帝辭左克明古樂府亦然朱秬堂樂府正義曰據王僧虔技錄清調有六曲一苦寒行二豫章行三董逃行四相逢狹路間行五塘上行六秋胡行惟豫章董逃相逢狹路間爲古辭至蒲生篇並無塘上字知非塘上本辭而或以爲魏武帝作者凡魏武樂府諸詩皆借題寓意於已必有所爲而蒲生篇則但爲棄婦之詞與魏武無當也知其非魏武作矣惟鄴都故事稱甄后賜死臨終詩近之但其詞氣從容不似臨終所作今定以爲甄后被廢之詩蓋古塘上行而甄后擬之爲蒲生也歌錄云塘上行古辭必別有詩而不可得矣甄后辭

蒲生我池中蒲生我池中其葉何離離傍能行人儀莫能縷自知衆口鑠黃金使君生別離 解一 念君去我時念君去我時獨愁常苦悲想見君顏色感結傷心脾今悉夜夜愁不寐 解二 莫用豪賢故莫用豪賢故棄捐素所愛莫用魚肉貴棄捐葱與薤莫用麻枲賤棄捐菅與蒯 解三 倍恩者苦枯倍恩者苦枯蹶船常苦沒教君安息定愼莫致倉卒念與君一共離別亦當何時共坐復相對 解四 出亦復苦愁出亦復苦愁入亦復苦愁邊地多悲風樹木何蕭蕭今日樂相樂延年壽千秋 解五

節箋聞人倓注毛詩其實離離傳離離垂也節補箋方言儀來也廣雅曰儀招來也言池中之蒲其傍能使行人來也縷覶縷也玉篇覶縷委曲也謂莫能委曲而陳其所自知之意也吳兆宜注史記張儀傳衆口鑠金積毀消骨節補箋楚辭

九歌悲莫悲兮生別離聞人倓注王逸琴思楚歌憂懷感結重歎噫節補箋禮內則膾春用蔥又曰脂用蔥薌用薤魚肉謂魚膾臭兆宜注左傳君子曰雖有絲麻無棄菅蒯雖有姬姜無棄蕉萃注菅似茅滑澤無毛筋宜為索西京賦葴莎菅蒯注蒯草中為索節補箋說文枲麻也倍補妹切音背說文倍反也方言苦快也枯指蒲說文蹶僵也楊慎曰蹶船即說文艘船著不行也詩小雅無恒安息毛傳息猶處也古辭豔歌何嘗行今日樂相樂延年萬歲期節釋音支寘卦隊月尤古通支寘通見卷四婦病行詩大雅行葦黃耆台背以引以翼壽考維祺以介景福則支與隊通秦始皇瑯琊刻石日月所照舟車所載皆終其命莫不得意則寘與隊通荀卿賦篇功立而身廢事成而家敗則隊與卦通詩召南蔽芾甘棠勿翦勿伐召伯所茇蔽芾甘棠勿翦勿敗召伯所憩則卦與月通揚雄羽獵賦於是玄冬季月天地隆烈萬物權輿於內徂落於外則隊與月通詩周南參差荇菜左右流之窈窕淑女寤寐求之參差荇菜左右采之窈窕淑女琴瑟友之則隊與尤通蕭蕭一作椶椶玉臺作脩脩蕭亦叶颸楚辭九歌風颯颯兮木蕭蕭思公子兮徒離憂朱止谿曰塘上行歌蒲生傷見棄也甄后受郭貴嬪之讒守正見斥而作變雅也其聲怨而不傷諷之用賢蓺非不遺焉

凡聽言之法以爲豪賢乎素愛不可棄也以爲貴乎賤不可却以爲賤乎賤不可忽王者之用人道莫備於此唐山夫人安世歌云大海蕩蕩水所歸高賢愉愉民所懷明規則一四解較本辭添蹶船常苦沒一段比義絕似漢人手陳胤倩曰合樂者增損本辭以諧節奏此第四解是晉樂人所加亦復婉轉獨絕

蒲生我池中其葉何離離傍能行仁義莫若妾自知衆口鑠黃金使君生別離念君去我時獨愁常苦悲想見君顏色感結傷心脾念君常苦悲夜夜不能寐莫以豪賢故棄捐素所愛莫以魚肉賤棄捐葱與薤莫以麻枲賤棄捐菅與蒯出亦復苦愁入亦復苦愁邊地多悲風樹木何脩脩從君一作軍致獨樂延年壽千秋

節箋上曲晉樂所奏此曲本辭古詩青蒲綠蒂生我池中傍能行仁義蓋即詩大雅敦彼行葦牛羊勿踐履方苞方體維葉泥泥義毛傳所謂仁及草木也詩以蒲自喻謂蒲生池中傍人以爲能行仁義於蒲然不若蒲之自知也自知爲何即

衆口鑠金使君之仁義不能施及於蒲也古歌秋風蕭蕭愁殺人出亦愁入亦愁故地多飈風樹木何脩脩致極也

朱秬堂曰怨苦之中猶不忘君忠厚之至也

陳胤倩曰淋漓惻傷情至之語不忍多讀

王船山曰但寫情不傍事求之此有餘不勞更求之彼矣

蒲生行浮萍篇

玉臺新詠作浮萍篇藝文類聚樂部樂府云蒲生行郭茂倩樂府詩集相和歌辭清調曲云蒲生行浮萍篇左克明古樂府同之王世貞藝苑巵言謂子建以蒲生當塘上直以此爲和甄后作朱乾樂府正義亦曰此擬甄后作也和甄之說皆緣此篇冠以蒲生行三字而起朱緒曾曹集攷異曰子建於黃初二年甄后賜死之日卽灌均希旨之時文帝日以殺植爲事敢和甄詩以速禍耶又曰詩云結髮辭嚴親更與甄氏先嫁袁熙後爲文帝所納不類矣方植之以爲塘上行疑當作塘上行蒲生篇蓋舊誤以蒲生行三字冠子建此篇耳今仍郭氏樂府舊題曹植辭

浮萍寄清水隨風東西流結髮辭嚴親來爲君子仇恪勤在朝夕無端獲罪尤在昔蒙恩惠和樂如瑟琴何意今摧頽曠若商與參茱萸自有芳不若桂與蘭新人雖可愛無若故所歡行雲有返期君恩儻中還慊慊仰天歎愁心將何愬日月不恆處人生忽若寓悲風來入懷淚下如垂露發篋造裳衣裁縫紈與素

節箋聞人倓注周禮注萍之草無根而浮蘇武詩結髮爲夫妻說文仇匹也毛詩妻子好合如鼓瑟琴兄弟既翕和樂且耽吳兆宜注古樂府羽毛日摧頽節補箋蘇武詩今爲參與辰案左傳昔高辛氏有二子曰閼伯曰實沈居於曠林不相能也日尋干戈以相征討后帝不臧遷閼伯於商邱主辰商人是因故辰爲商星遷實沈於大夏主參唐人是因以服事夏商其季世曰唐叔故參爲晉星是子産以辰爲商星參爲晉星自鄭司農說星土引春秋傳曰參爲晉星商爲大火始改左氏本文爲參商並稱吳兆宜注說文樧似茱萸出淮南又蘭香草也聞人倓注說文桂江南木節補箋古詩新

人雖言好未若故人姝又念子棄我去新心有所歡結志青雲上何時復來還禮記鄭玄注慊恨不滿足之貌重言之曰慊慊紈素見卷五怨歌行

節釋音此篇尤爲一音侵爲一音寒删爲一音遇爲一音寒删古通見卷一烏生

朱止谿曰蒲生行歌浮萍諷君志也書曰任賢勿貳初終罔間焉文帝褊中無帝王之度使骨肉愛讒乃爾君恩儻中還寄情何厚

陳胤倩曰應是自記思戀之懷故慨然於年命之不侯也纏綿悱惻行雲二句忠厚之思

秋胡行

郭茂倩樂府詩集西京雜記曰魯人秋胡娶妻三月而遊宦三年休還家其婦採桑於郊胡至郊而不識其妻也見而悅之乃遺黃金一鎰妻曰妾有夫遊宦不返幽閨獨處三年于茲未有被辱於今日也採桑不顧胡慚而退至家問妻何在曰行採桑於郊未返既歸還乃向所挑之婦也夫妻並慚妻赴沂水而死列女傳曰魯秋潔婦者秋胡之

妻也既納之五日去而宦於陳五年乃歸未至其家見路傍有美婦人方採桑而說之下車謂曰力田不如逢豐年力桑不如見國卿今吾有金願以與夫人婦曰採桑力作紡績織紝以供衣食奉二親養夫子已矣不願人之金秋胡遂去歸至家奉金遺母使人呼其婦婦至乃嚮採桑婦也婦汙其行去而東走自投於河而死樂府解題曰後人哀而賦之爲秋胡行朱乾樂府正義曰鄭樵云秋胡行亦曰在昔然則在昔疑是本辭惜不可見矣朱止谿曰案樂府備絃誦存鑑戒焉義或繫於本事者或繫於殊事者繫於本事者如江南平陵東銅雀妓從軍行是也繫於殊事者如陌上桑豫章行猛虎行餖鉅篇秋胡行之類是也武帝辭

晨上散關山此道當何難晨上散關山此道當何難牛頓不起車墮谷間坐盤石之上彈五弦之琴作爲清角韻意中迷煩歌以言志晨上散關山一解有何三老公卒來在我傍有何三老公卒來在我傍負揜被裘似非恆人謂卿云何困苦以自怨徨徨所欲來到此間歌以

言志有何三老公解二我居崑崙山所謂者眞人我居崑崙山所謂者眞人道深有可得名山歷觀遨遊八極枕石漱流飲泉沉吟不決遂上升天歌以言志我居崑崙山解三去去不可追長恨相牽攀去去不可追長恨相牽攀夜夜安得寐惆悵以自憐正而不譎辭賦依因經傳所過西來所傳歌以言志去去不可追解四

節箋魏志建安二十年三月公西征張魯至陳倉夏四月公自陳倉以出散關讀史方輿紀要散關在鳳翔府寶雞縣西南五十二里漢中府鳳縣東北百二十里有大散嶺置關嶺上亦曰大散關爲秦蜀之咽喉南山自監田而西至此方盡又西則隴首突起汧渭縈流關當山川之會扼南北之交北不得此無以啟梁益南不得此無以圖關中蓋自禹迹以來散關恒爲孔道矣當何難言不難也釋名頓偃也後漢志注散關故城在陳倉縣南十里有散谷水因名稱天子傳天子北征至于胡觴天子於盤石之上禮記舜作五絃之琴以歌南風韓子曰師曠對晉平公曰昔黃帝作爲淸角今君德

薄不足以聽之高誘淮南子注清角絃急其聲清也王充云
白雪與清角同曲而異名清角木音也尚書詩言志歌永言
有何言何故也漢文有此句例漢鐃歌艾而張羅夷于何謂
何地也漢書酷吏傳武帝問言何謂何事也史記漢王南渡
平陰津至洛陽新城三老董公遮說漢王應劭漢官儀曰三
老五更代所爲也三者道成於天地人老者久也舊也漢書
壺關三老茂水經濁漳水注作壺關三老公詩用此蓋取三
老董公說漢王伐項羽之意也卒倉卒也禮玉藻長中繼捽
尺鄭玄注曰其爲長衣中衣則繼袂捽一尺若今褒矣孔穎
達曰長衣捽必用素中衣或布或素負捽被裘卽玉藻所言
褐裘也孔穎達曰裘之褐者謂裘上加褐衣漢書項羽傳注
卿時人相褒爲之詞詔卿云何困苦以自怨徨徨所欲來到
此間皆述三老公之言也崑崙山見卷九氣出唱華陰篇文
子曰得天地之道故謂之眞人也八極見卷六王子喬沈吟
見卷十短歌行解三乃三老公之言正而不譎見卷十短歌
行謂齊桓也淮南子甯戚擊牛角而疾商歌桓公聞之曰異
哉非常人也命後車載之因授以政離騷曰甯戚之謳歌兮
齊桓聞以該輔宋玉九辯曰甯戚謳於車下兮桓公聞而知
之東方朔七諫曰甯戚飯牛而商歌兮桓公聞而弗置所謂
辭賦依因也詩言三老非恒人又曰歌以言志我居崑崙山

蓋以甯戚比三老而自比齊桓也去去不可追歎三老之不爲用也魏志建安十九年十二月乙未令曰有行之士未必能進取進取之士未必能有行陳平豈篤行蘇秦豈守信耶而陳平定漢業蘇秦濟弱燕由此言之士有偏短庸可廢乎有司明思此義則士無遺滯官無廢業矣此詩作於二十年三月蓋有求賢之意史記桓公稱曰寡人西伐大夏涉流沙東馬懸車登太行至卑耳山而還所謂經傳所過西來所傳也過謂過去之迹也節釋音一解寒删元通二解陽眞元删通三解眞寒先通四解删先眞通並見卷三蓋逃行支叶先見卷四孤兒行

願登泰華山神人共遠遊願登泰華山神人共遠遊經歷崑崙山到蓬萊飄颻八極與神人俱思得神藥萬歲爲期歌以言志願登泰華山一解天地何長久人道居之短天地何長久人道居之短世言伯陽殊不知老赤松王喬亦云得道得之未聞庶以壽考歌以言志天地何長久二解明明日月光何所不光昭明明日月光何所不光昭二儀

合聖化貴者獨人不萬國率土莫非王臣仁義爲名禮樂爲榮歌以言志明明日月光解三四時更逝去晝夜以成歲四時更逝去晝夜以成歲大人先天而天弗違不戚年往憂世不治存亡有命慮之爲蚩歌以言志四時更逝去解四戚戚欲何念歡笑意所之戚戚欲何念歡笑意所之壯盛智慧殊不再來愛時進趣將以惠誰汎汎放逸亦同何爲歌以言志戚戚欲何念解五

節箋泰華山崑崙山並見卷九氣出唱華陰蒿蓬萊八極並見卷六王子喬神樂見卷三董逃行老子天長地久天地所以能長且久者以其不自生故能長生史記周本紀周太史伯陽案河上公云老子名重耳字伯陽赤松見卷四步出夏門行王喬見卷四善哉行詩明明上天照臨下土二儀見卷九惟漢行易夫大人者與天地合其德孝經天地之性人爲貴不讀如幫鋪切相和曲古辭陌上桑使君謝羅敷還可共載不不者語詞言天地之間獨不以人爲貴乎不貴貴也猶

詩云不顯顯也詩率土之濱莫非王臣書期三百有六旬有六日以閏月定四時成歲易先天而天弗違並無知之貌趣取也兩字互用見卷四孤兒行說文惠仁也惠誰言將施惠於誰也說文誰何也互訓何誰也亦同何為言亦同誰為也蓋言進趣將惠及於誰放逸亦無與於誰也詩二子乘舟汎汎其景毛傳汎汎然迅疾而不礙也節釋音一解尤灰虞支通見卷四隴西行二解久老道為有皓通短字不為韻蓋首句入韻如詩大雅緜緜瓜瓞民之初生自土沮漆古公亶父陶復陶穴未有家室第二第四句不為韻而以第三第六句應首句也有皓古通詩齊風子之茂兮遭我乎猺之道兮並驅從兩牡兮揖我謂我好兮則有與皓通三解音在第四字光人臣榮為陽真庚通如詩大雅如彼歲旱草不潰茂如彼棲苴我相此邦無不潰止以第三字為韻是也陽真庚古通見卷三董逃行四解彝微真支古通詩小雅有渰萋萋興雨祁祁雨我公田遂及我私彼有不穫穉此有不斂穧彼有遺秉此有滯穗則彝微真支通五解支灰通見卷四隴西行

朱止谿曰秋胡行歌晨上思治也武帝有大一統之志爾時三分之業已定自苦年力不逮是其遺恨讀去去不可追長

恨相牽攀愛時進趣將以惠誰寄託益遠矣抑聞之聖王之治也本仁以聚之陳義以種之言而履之禮也行而樂之樂也安天下之略具是矣武帝以仁義爲名禮樂爲榮終是霸心不掩

陳胤倩曰孟德天分甚高因緣所至成此功業疑畏之念既阻於中懷性命之理未達於究竟遊仙遠想實係思心人生本可超然上智定懷此願但沉吟不決終戀世途淪陷之端多因事故及其徬墮下鬼茫茫介在幾希深可憫慘進趣誰惠於已何歎再世膺圖忽焉已往孟德非不慨然而位居騎虎勢近黏天入世出世不能自劌累形歌咏並出至情秋胡行一首戒然興感生此傷徨意亦自歎沉吟之累升天難期蓋決絕始能蹈遐沉吟不免縈絆遂上之云情知近誣故定期愛動名歸於霸業齊桓自擬己矣終焉二首浩然遠懷始信旋疑猝恐難至得之未聞且復上感前哲庶以壽考聊復乍顧今茲因寶身貴人慕名戚世年往勿顧覺以樹建爲期而永念後來歲過奄忽幾何壯盛終用縈情故首章自昇仙而歸於時業次章自時業而悼於人生會昧其旨總歸沉吟不決四言而已序述回曲轉變反覆循環不窮若不究其思端殊類雜集引緒觀之一意淒楚成佳構矣筆古無俟言獨惜孟德如此曠懷一間未達決裂以後曲拔苦何期悠悠人生

胡不可識

秋胡行

文帝辭

堯任舜禹當復何爲百獸率舞鳳凰來儀得人則安失人則危唯賢知賢人不易知歌以詠言誠不易移鳴條之役萬舉必全明德通靈降福自天

節箋案尚書堯崩而舜始任禹平水土此言堯任者蓋據史記禹皋陶契后稷伯夷夔龍倕益彭祖自堯時而皆舉用未有分職之說也論語無爲而治者其舜也與當復何爲言無爲也尚書堯典帝曰夔命汝典樂詩言志歌永言聲依永律和聲夔曰於予擊石拊石百獸率舞皋陶謨夔曰簫韶九成鳳皇來儀帝答孟達詔曰蕭何薦韓信鄧禹進吳漢惟賢知賢也史記范睢傳曰人固未易知知人亦未易也皋陶謨搏拊琴瑟以詠說文誠信也唯賢知賢人不易知釋堯任舜禹

歌以詠言。誠不易移。釋：獸舞鳳儀、鳴條，見卷四折楊柳行。謂自禹而後，桀不任賢，殺其大夫關龍逢，遂有鳴條之戰。湯之伐桀見之。湯誓：格爾衆庶，悉聽朕言，非台小子敢行稱亂，有夏多罪，天命殛之。所謂萬舉必全，是以明德通靈而自天降福也。漢書伍被傳：聽者聽於無聲，明者見於未形，故聖人萬舉萬全。詩：保右命之，自天申之。節，釋音先叶支。見卷四孤兒行。朱止谿曰：秋胡行歌堯任舜禹，文帝襲封魏王時，風示天下也，避征誅之實而居禪讓之名者耶。魏志稱帝好矯情自飾，御之以術者。陳胤倩曰：言志稍類孟德。

朝與佳人期日夕殊不來嘉肴不嘗旨酒停杯寄言飛鳥告余不能
俛折蘭英仰結桂枝佳人不在結之何爲從爾何所之乃在大海隅
靈若道言貽爾明珠企予望之步立踟躕佳人不來何得何（一作斯）須

節籛楚辭九歌與佳期兮夕張九章瀕寄言於浮雲兮過豐隆而不將因歸鳥而致辭兮羌宿高而難當漢書趙充國傳瀆馬不能冬師古曰能讀曰耐又天文志注蘇林曰能音台台耐三聲通告余不能謂寄言與所期之人以不耐也爾謂佳人也佳人不在而欲從之乃在海隅靈謂海神猶九歌雲中君靈皇皇王逸注謂雲神也明珠出於海者故海神所貽詩跂予望之又愛而不見搔首踟躕何誰也佳人不來則明珠誰得之而靈又誰須之也九歌君誰須兮雲之際節釋音灰支虞魚通見卷四隴西行楚辭九章思美人登高吾不說兮入下吾不能固朕形之不服兮然容與而狐疑則為能叶支朱止谿曰秋胡行歌朝與佳人期豈鄭風懷賢之詠歎帝善哉行慊慊下白屋吐握不可失同意朱柜堂曰若海若也神之故曰靈若明珠喙道此魏文思賢之詩也

汎汎淥一作綠池中有浮萍寄身流波隨風靡傾芙蓉含芳菡萏垂榮朝采其實夕佩其英采之遺誰所思在庭雙魚比目鴛鴦交頸有美

一人婉如清揚知音識曲善爲樂方

節箋離騷集芙蓉以爲裳詩陳風彼澤之陂有蒲菡萏孔穎達曰未開曰菡萏已發曰芙蕖古詩采之欲遺誰所思在遠道爾雅東方有比目魚焉不比不行其名謂之鰈列異傳宋康王埋韓憑夫妻宿夕文梓生有鴛鴦雌雄各一恒棲樹上晨夕交頸音聲感人詩鄭風有美一人婉如清揚毛傳清揚眉目之間婉然美也傳毅舞賦動朱脣紆清揚亢音高歌爲樂方李善注杜預左氏傳注曰方法也節釋音庚青陽古通揚雄趙充國頌營平守節屢奏封章料敵制勝威謀靡亢遂克西戎還師于京鬼方賓服罔有不庭則庚青陽通梗爲庚之三聲與庚青陽古通王褒九懷驂玄蟜兮北征絕吾路兮葱嶺連五宿兮建旌揚氛氣兮爲旌歷廣漠兮馳騖覽中國兮冥冥玄武步兮水母與吾期兮南榮登華蓋兮乘陽聊逍遙兮播光則梗與庚青陽通朱止谿曰秋胡行歌汎汎淥池樂乘賢之來輔也詩云中心好之曷飲食之朱柏堂曰胡秋古辭已亡故前人於此題多假借之詞本其陷溺慾海則爲求仙之說所謂眞人何有於路旁美婦晨上

散關山是也本其偷歡瞬息則爲神仙長久功名不朽之說壯盛不再進趣放逸忽然朽腐願登泰華山是也本其夫婦兩不相識則爲人不易知之說尹躬暨湯咸有一德而此夫婦貳心堯任舜禹是也若朝與佳人期與汎汎淥池二首一則海隅莫致一則在庭可遺皆非路旁亂擲而折蘭結桂采實佩英則又見投金之可鄙皆反秋胡之意而爲之說也魏晉而後辭繁不殺義蘊絕矣

秋胡行

嵇康辭郭茂倩樂府詩集列傳玄陸機之後以之屬晉今從詩紀改正

富貴尊榮憂患諒獨多富貴尊榮憂患諒獨多古人所懼豐屋蔀家

人害其上獸惡網羅惟有貧賤可以無它歌以言之富貴憂患多

節箋易豐其屋蔀其家闚其戶闃其无人三歲不覿凶左傳盜憎主人民怨其上

節釋音歌厤古通見卷四孤兒行

陳胤倩曰既稱逢者之言乃未知貧賤亦能致患語特古

貧賤易居貴盛難爲工貧賤易居貴盛難爲工恥佞直言與禍相逢變故萬端俾吉作凶思牽黃犬其莫之從歌以言之貴盛難爲工

節箋左傳伯宗每朝其妻戒之曰子好直言必及於難史記李斯曰詬莫大於卑賤而悲莫甚於窮困乃西說秦爲丞相二世在甘泉方作觳抵優俳之觀李斯不得見因上書言趙高之短於是二世以李斯屬郎中令趙高案治李斯榜掠千餘不勝痛自誣服具斯五刑論腰斬咸陽市斯出獄與其中子俱執顧謂其中子曰吾欲與若復牽黃犬俱出上蔡東門逐狡兔豈可得乎

節釋晉東冬古通見卷九平陵東

陳胤倩曰此又昔人目睫之喻也

勞謙有一作寡悔忠信可久安勞謙有一作寡悔忠信可久安天道害盈

好勝者殘彊梁致災多招禍患欲得安樂獨有無慾歌以言之忠信可久安

節箋易勞之九三曰勞謙君子有終吉又象傳勞謙君子萬民服也又彖傳天道虧盈而益謙鬼神害盈而福謙老子彊梁者不得其死莊子從其彊梁隨其曲傳郭注彊梁多力也書鑒於先王成憲其永無愆節釋音寒删先古通見卷一鳥生患音環賈誼鵩鳥賦忽然爲人兮何足控摶化爲異物兮又何足患漢書注師古曰患合音環

役神者弊極欲疾枯役神者弊極欲疾枯顏回短折不及童烏縱體淫慾莫不早徂酒色何物今自不辜歌以言之酒色令人枯

節箋莊子平易恬淡則憂患不能入邪氣不能襲故其德全而神不虧形勞而不休則弊精用而不已則勞純素之道惟神是守守而勿失與神爲一禮記飲食男女人之大欲存焉詩大雅昊天疾威毛傳疾猶急也此言疾枯亦急也說文枯

稾也康苔難養生論欲勝則身枯論語有顏回者好學不幸短命死矣吳志孫登臨終疏云顏回有上智之才而尚夭折法言育而不苗者吾家之童烏乎九齡而與我玄文李軌柳宗元注童烏子雲之子也仲尼悼顏淵苗而不秀子雲傷童烏育而不苗顏淵弱冠而與仲尼言易童烏九齡而與揚子論玄書酒誥云亦罔非酒惟辜酒色何物今自不辜謂人至縱恣早徂仍不悟酒色之爲何物而不以爲罪也康養生云飲食不節以生百病好色不倦以致乏絕此篇末語意論陳胤倩曰童烏之殀乃緣賦命今有顏子之智假令以極欲自戕因致短折則不及童烏矣意蓋如此 節案叔夜苔難養生論云顏子短折蓋謂穀食而不求上樂者雖智如顏子亦且短折也至於童烏之年短於顏子乃由天命不關養生是顏子味於養生而短折不如童烏之委於天命也原本斯意較陳說爲良

絕智棄學遊心於玄默絕智棄學遊心於玄默遇過而悔當不自得

垂釣一壑所樂一國被髮行歌和者四塞歌以言之遊心於玄默

節箋老子曰絕聖棄智又曰絕學無憂揚雄長楊賦人君以玄默爲神李善注玄默謂幽玄恬默也莊子文王觀於臧見

一丈人釣而其釣莫釣非持其釣有釣者也常釣也文王遂迎臧丈人而授之政典法無更偏令無出三年文王觀於國則列士壞植散羣長官者不成德斔斛不敢入於四境列士壞植散羣則尙同也長官者不成德則同務也斔斛不敢入於四竟則諸侯無二心也文王於是焉以為太師北面而問曰政可以及天下乎臧丈人昧然而不應泛然而辭朝令而夜遁終身無聞史記屈原至於江濱被髮行吟澤畔顏色憔悴形容枯槁乃作懷沙之賦自投汨羅以死屈原既死之後楚有宋玉唐勒景差之徒者皆好辭而以賦見稱皆祖屈原之從容辭令後百有餘年漢有賈生為長沙王太傅過湘水投書以弔屈原節纂詩用臧丈人屈原以釋過過而悔臧丈人之受政屈原之直諫是不能絕智棄學遊心玄默所謂過也及其夜遁及其自沈所謂悔也皆不自得也陳胤倩曰過過而悔當不自得名言也言縱使可悔已不自得矣

思與王喬乘雲遊八極思與王喬乘雲遊八極凌厲五岳忽行萬億授我神藥自生羽翼呼吸太和鍊形易色歌以言之思行遊八極

節箋王喬八極五岳並見卷六王子喬神藥見卷三董逸行黃庭經口爲玉池太和宮

陳胤倩曰終不能諧俗無逢故有離世之思

徘徊鍾山息駕於層城徘徊鍾山息駕於層城上蔭華蓋下采若英受道王母遂升紫庭逍遥天衢千載長生歌以言之徘徊於層城

節箋淮南子曰昔若鍾山之玉許慎曰鍾山北陸無日之地又淮南子曰崑崙山有層城九重水經注崑崙之山三級下曰樊桐一名板松二曰玄圃一名閬風上曰層城一名天庭是謂太帝之居王逸魯靈光殿賦高徑華蓋仰看天庭古今注華蓋黃帝所作也與蚩尤戰於涿鹿之野常有五色雲氣金枝玉葉止於帝上故因而作華蓋也楚辭九歌浴蘭湯兮沐芳華采衣兮若英王逸注若杜若也王母見卷四步出夏門行天衢見卷九平陵東

節釋音庚青古通見卷二長歌行岧岧山上篇

朱止谿曰秋胡行歌富貴思寡過也

朱桓堂曰人未有不生於憂患而死於安樂多金者昏志耽色者伐性皆此五年不宦隊心嬴氣盈之所致也故篇中以富貴貧賤發端以極欲枯爲戒而歎脫然於財色之不如神仙也
陳胤倩曰秋胡行別爲一體貴取快意此猶有魏武遺風

漢魏樂府風箋卷十一終

漢魏樂府風箋卷十二

順德黃節箋釋

魏風

相和歌辭

瑟調曲

善哉行

魏晉樂所奏　武帝辭

古公亶甫積德垂仁思弘一道哲王於豳一解太伯仲雍王德之仁行施百世斷髮文身二解伯夷叔齊古之遺賢讓國不用餓殂首山三解智哉山甫相彼宣王何用杜伯累我聖賢四解齊桓之霸賴得仲父後任

豎刁蟲流出戶 解五 晏子平仲積德兼仁與世沈德未必思命 解六 仲尼之世王國爲君隨制飲酒揚波使官 解七

節箋史記周本紀古公亶父復修后稷公劉之業積德行義國人皆戴之薰育戎狄攻之欲得財物予之已復攻欲得地與民民皆怒欲戰古公曰有民立君將以利之今戎狄所爲攻戰以吾地與民民之在我與其在彼何異民欲以我故戰殺人父子而君之予不忍爲乃與私屬遂去豳渡漆沮踰梁山止於岐下豳人擧國扶老携弱盡復歸古公於岐下漢書董仲舒傳曰是以禹繼舜舜繼堯三聖相受而守一道周本紀云公劉復修后稷之業古公亶父復修后稷公劉之業所謂思弘一道也詩下武惟周世有哲王周本紀古公有長子曰太伯次曰虞仲太姜生少子季歷季歷取太任皆賢婦人生昌有聖瑞古公曰我世當有興者其在昌乎長子太伯虞仲知古公欲立季歷以傳昌乃二人亡如荊蠻文身斷髮以讓季歷論語泰伯其可謂至德也已矣史記伯夷列傳伯夷叔齊孤竹君之二子也父欲立叔齊及父卒叔齊讓伯夷伯夷曰父命也遂逃去叔齊亦不肯立而逃之國人立其中子於是伯夷叔齊聞西伯昌善養老盍往歸焉及至西伯卒武

王東伐紂伯夷叔齊叩馬而諫曰父死不葬爰及干戈可謂孝乎以臣弒君可謂仁乎左右欲兵之太公曰此義人也扶而去之武王已平殷亂天下宗周而伯夷叔齊恥之義不食周粟隱於首陽山采薇而食之遂餓死於首陽山詩大雅烝民肅肅王命仲山甫將之邦國若否仲山甫明之既明且哲以保其身夙夜匪解以事一人毛傳曰美宣王也任賢使能周宣中興焉仲山甫樊侯也竹書紀年周宣之四十三年王殺大夫杜伯其子隰叔出奔晉墨子云周宣王殺其臣杜伯而不辜其後三年王合諸侯田於圃田日中杜伯乘白馬朱衣冠射王中心折脊而殪史記齊太公世家桓公既得管仲與鮑叔隰朋高徯修齊國政連五家之兵設輕重魚鹽之利以贍貧窮祿賢能齊人皆說七年桓公於是始霸焉管仲病桓公問曰羣臣誰可相者管仲曰知臣莫如君公曰易牙如何對曰殺子以適君非人情不可公曰開方如何對曰倍親以適君非人情難近豎刁如何對曰自宮以適君非人情難親管仲死而桓公不用管仲言卒近用三子三子專權四十二年桓公卒易牙豎刁因內寵殺羣吏而立公子無詭爲君太子昭奔宋桓公病五公子各樹黨爭立及桓公卒遂相攻以故宮中空莫敢棺桓公尸在牀上六十七日尸蟲出于戶史記晏平仲嬰者萊之夷維人也事齊靈公莊公景公以節

儉力行重於齊既相齊食不重肉妾不衣帛在其朝君語及之卽危言語不及之卽危行國有道卽順命無道即衡命以
此三世顯名於諸侯越石父賢在縲絏中晏子出遭之塗解左驂贖之此所謂積德纍仁也與世沈德世謂三世也沈德
猶潛德謂其事齊三世與有潛德是以不憂命也晏子春秋崔杼弒莊公封諸將軍大夫及顯士庶人令無得不盟者次
及晏子晏子奉杯血仰天歎曰嗚呼崔子爲無道而弒其君不與公室而與崔慶者受此不祥俛而飲血崔杼將殺之或
曰不可遂舍之晏子出授綏而乘其僕將馳晏子撫其手曰徐之鹿生于野其命縣于廚嬰命有繫矣按之成節而後去
詩曰彼己之子舍命不渝晏子之謂也王國爲君謂王室卑而等於列國之君也史記周本紀顯王四十年秦惠王稱王
其後諸侯皆爲王左傳僖公十二年冬齊侯使管夷吾平戎於王王以上卿之禮饗管仲管仲辭曰臣賤有司也有天子
之二守國高在若節春秋來承王命何以禮焉陪臣敢辭王曰舅氏余嘉乃勳應乃懿德謂督不忘往踐乃職無逆朕命
管仲受下卿之禮而還君子曰管氏之世祀也宜哉讓不忘其上詩曰愷悌君子神所勞矣制天子之命也飲酒即饗也
說文饗飲酒也波疑彼字之譌

節釋音三解先刪通四解陽先通並見卷三董逃行六解眞讀若先說文闕以眞得聲鄭氏詩注云古者塡篪同音顔師
古急就章注亦云古者田陳聲近故陳後爲田六解仁屬眞讀若先與敬通詩小雅節南山不弔昊天亂靡有定式月斯
生俾民不寧憂心如醒誰秉國成不自爲政卒勞百姓則眞讀若先與敬通七解文寒通亦見卷三董逃行
朱止谿曰善哉行歌古公王者無常師主善爲師明有法也備列名德直敍中有軒輊
朱柏堂曰此篇隱然以太王纂基王跡自居以太伯仲雍伯夷叔齊讓國爲法而責山甫管仲之不能任賢平仲之不能
討賊末以孔子之進退隨時結之皆非第二等人語也魏志稱操少機警有權數而任俠放蕩不治行業飲酒揚波其亦
自道乎節案柏堂以惟酒無量釋隨制飲酒以嘗爲委吏釋揚波使官謂揚波即浮沈也此釋未見典確責平仲之不
能討賊以語氣尋之亦恐未是魏志董卓廢帝爲弘農王而立獻帝京都大亂卓表太祖爲驍騎校尉欲與計事太祖乃
變易姓名間行東歸出關過中牟爲亭長所疑執詣縣邑中或竊識之爲請得解此與平仲過崔杯之亂相間蓋以自比
也山甫管仲不能任賢即雍露篇意末引仲尼春秋之義示尊王也

自惜身薄祜夙賤罹孤苦既無三徙教不聞過庭語 解一 其窮如抽裂

自以思所怙雖懷一介志是時其能與 解二 守窮者貧賤惋歎淚如雨

泣涕於悲夫乞活安能覩 解三 我願於天窮琅邪傾側左雖欲竭忠誠

欣公歸其楚 解四 快人由爲歎抱情不得敍顯行天教人誰知莫不緒

解五 我願何時隨此歎亦難處今我將何照於光曜釋銜不如雨 解六

節箋說文祜福也漢書文帝紀注罹遭也列女傳孟母舍近墓孟子嬉戲爲墓間之事孟母曰此非所以居子處也乃去舍市旁其子嬉戲爲賈衒孟母又曰此非所以居子處也乃舍學宮之旁其子嬉戲乃設俎豆進退揖讓孟母曰此眞可以居子矣遂居之及孟子長學六藝卒成大儒論語鯉趨而過庭詩小雅無父何怙無母何恃孟子非其義也非其道也一介不以與人一介不以取諸人詩泣涕如雨安能覩謂父不及覩已之窮也天窮疑天穹之誤魏志太祖父嵩去官後還譙董卓之亂避難琅邪爲陶謙所害篇中過庭所怙皆思父之言琅邪謂嵩被殺處願天傾側之蓋琅邪左傾則入於

海矣恨辭也父死不赦而欲蓋忠於君公歸其楚指興平二年長安亂天子東遷明年還洛陽也春秋襄公二十九年公至自楚穀梁傳曰喜之也致君者殆其往而喜其反說文欣喜也王引之曰其語助也說文快喜也快人謂天子還洛陽而人爲之喜也然雖喜而猶有歎由猶也春秋莊公十四年左傳猶有妖乎孔穎達曰古者由猶二字義得通用釋名敘抒也情不得敘謂不得抒其情於天子也魏志建安元年正月太祖將迎天子諸將或疑乃遣曹洪將兵西迎秋七月楊奉韓暹以天子還洛陽則當時奉暹挾天子而操不得抒其情之證顯明也天子敎謂天子之敎令也廣雅緒末也莊子讓王篇陸氏釋文引司馬李云緒者殘也謂殘餘也廣韻隨從也順也顧謂琅邪左傾之顧歎謂抱情不敘之歎照對也光曜日月也詩小雅無父何怙無母何恃出則銜恤入則靡至銜令也恤憂也釋銜謂釋所銜之憂也不如雨謂雨有己時而憂、無已時也節釋音語鹽盬古通詩唐風肅肅鴇羽集于苞栩王事靡盬不能蓺稷黍父母何怙悠悠蒼天曷其有所則語鹽通張衡大司農鮑德誄業業學徒童蒙求我舍厥往著去風卽雅濟濟京河實爲西魯則鹽與盬通

朱止谿曰善哉行歌自惜王業爲艱詔後王也英雄失路自叙却異不貴不成英雄

朱秬堂曰內痛父死外悲君難君父至情忠孝至性安得疑其有僞只是初心不守奪於利欲後遂無所不至耳故聖賢

因憂患而德性固奸雄因憂患而機械深此周召操莽之分而王道之必本于誠意也

善哉行

郭茂倩樂府詩集作武帝辭今從宋志及詩紀改正文帝辭

朝日樂相樂酣飲不知醉悲絃激新聲長笛吹清氣解一絃歌感人腸四坐皆歡悅家家高堂上涼風入我室解二持滿如不盈有德者能卒君子多苦心所愁不但一解三慊慊下白屋吐握不可失衆賓飽滿歸主人苦不悉解四比翼翔雲漢羅者安所羈冲靜得自然榮華何足爲解五

節箋初學記引此篇第一解題云于講堂作馬融長笛賦序吹笛爲氣出精列相和融去京師踰年暫聞甚悲而樂之孝
經節制護度滿而不盈老子持而盈之不如其已論語有始有卒者其唯聖人乎慊慊謙謙也慊謙古通用大學此之謂
自謙讀爲慊易謙謙君子白屋見卷十一豫章行窮達篇吐握見卷十短歌行對酒篇悉盡也比翼見卷十豫章行鴛鴦
篇詩偉彼雲漢爲章于天司馬相如難蜀父老猶鷦鵬已翔乎寥廓之宇而羅者猶覩乎藪澤老子道冲而用之或不盈
又曰致虛極守靜篤又曰人法地地法天天法道道法自然離騷及榮華之未落兮相下女之可貽
節釋音寘未質屑支古通楚辭九章世溷濁莫吾知人心不可謂兮明告君子吾將以爲類兮則寘與未通寘屑通見卷
五白頭吟本辭詩小雅出則銜恤入則靡至則寘與質通寘支通見卷四婦病行
朱止谿、曰善哉行歌朝日燕賓客之作文帝辭嘽緩是曲一閒正始
朱秬堂曰地危勢逼心多憂懼不如脫然物外之爲善也然曰衆賓飽滿歸主人若不悉則所謂吐握不可失者不得已
焉耳沖靜自然豈其情哉朝日相樂恐不及也飲不知醉樂無知也

王船山曰悲愉酬酢俱用始情一入爛漫即屏去之引氣如此那得不清

上山採薇，薄暮苦飢。溪谷多風，霜露沾衣。一解 野雉羣雊，猿猴相追。還望故鄉，鬱何壘壘。二解 高山有崖，林木有枝。憂來無方，人莫之知。三解 人生如寄，多憂何爲。今我不樂，歲月其馳。四解 湯湯川流，中有行舟。隨波轉薄李善作迴轉，有似客遊。五解 策我良馬，被我輕裘。載馳載驅，聊以忘憂。六解

李善注毛詩曰陟彼南山言采其薇楚辭曰薄暮雷電歸何憂古豔歌居貧衣單薄腸中常苦飢說苑曰孺子不覺露之沾衣毛詩曰雉之朝雊廣雅曰壘重也言高山之有崖林木之有枝愚智同知之今憂來仍無定方而人皆莫能知之說苑曰莊辛謂襄成君曰昔越人之歌曰山有木兮木有枝心說君兮君不知尸子曰老萊子曰人生天地之間寄也寄者固歸楚辭曰傷楚國之多憂毛詩曰今我不樂日月其除毛詩曰良馬四之論語子曰赤之適齊也乘肥馬衣輕裘毛詩

曰載馳載驅歸唁衛侯楚辭曰聊媮娛以忘憂又毛詩曰駕言出游以寫我憂
文選六臣注李周翰曰壘壘山重貌
劉履選詩補注雉雊求匹之聲詩云雉之朝雊尙求其雌鬱何壘壘皆指高山林木而言故下文因以起興湯湯川流以
下三語亦申言歲月如馳人生如寄之意此文帝因征行勞苦感物憂傷而歌以自娛也託言上山采薇既不足以療飢
而徙爲風霜所侵且物之擧動者倘各求其匹侶我何獨遠離所親而勞於征役乎於是遐望故鄉則鬱然壘壘者又爲
隔絕使不可見故其發感之懷反復興歎而不能己焉
節補箋詩小雅采薇采薇薇亦作止曰歸曰歸歲亦莫止又憂心烈烈載飢載渴又我心悲傷莫知我哀本篇用意用字
似出此詩序所云遣戍役也若善注引召南草蟲之采薇則大夫妻能以禮自守非本篇義矣說文薇菜也似藿雉雊見
卷九十五玉篇猨似猴而大能嘯詩秦風毛傳鬱積也壘同櫐櫐或作纍莊子庚桑楚篇北居畏壘之山釋文壘崔本作櫐
史記老子韓非傳作畏纍壘壘與櫐櫐纍纍同諸葛亮梁甫吟纍纍正相似張載七哀詩北邙何壘壘皆一也詩齊風汶

水湯湯毛傳湯湯大貌司馬相如上林賦奄薄水渚李善注郭璞曰薄猶集也詩鄘風鄭箋載之言則也

節釋音支微尤古通支微通見卷二長歌行青青園中篇支尤通見卷四西門行左傳伯姬繇車脫其輻火焚其旆不利行師敗于宗丘則微與尤通

朱止谿曰善哉行歌山上悲行役也王者常節游畋閔于役申之以勞歌君子蓋無譏焉

陳胤倩曰客行之感言之酸楚發端四句情在景事之中變來無方言發始深意中有一事可發便能舉以示人變有域也惟不能示人之變戚戚自知究乃并已亦不自知其何故觸目接耳無非感傷是之謂無方

王船山曰子桓論文云氣之清濁有體不可力強而致其獨至之清從可知已此篇微風遠韻映帶人心哀樂非子桓其孰得哉

朝遊高臺觀夕宴華池陰大酋奉甘醪狩人獻嘉禽 解一 齊倡發東舞

秦箏奏西音有客從南來爲我彈清琴 解二 五音紛繁會拊者激微吟

淫魚乘波聽踴躍自浮沉節箋：藝文類聚引此篇作銅雀園詩。張載魏都賦注：文昌殿西有銅爵園，園中有魚池。銅雀園西有三臺，中央銅爵臺，南金虎臺，北冰石臺。節案：文帝芙蓉池詩所謂「逍遙步西園」，即銅爵臺園也。鄴中記：西臺高六十七丈。禮記：仲冬之月，乃命大酋，秫稻必齊。鄭注：大酋者，酒官之長。說文：醪，汁滓酒也。周禮：獸人及弊田，令禽注於虞中。鄭注：獸人主令田衆得禽者，置虞人所立虞旗之中，當以給四時社廟之祭，故春獻禽以祭社，夏獻禽以享禴，秋獻禽以祀祊，冬獻禽以享烝。狩人比周之獸人也。邊讓章華賦：齊倡列，趙女羅，秦箏見卷八箜篌。引周禮大祭祀，師瞽登歌，令奏擊拊。鄭注：擊拊，瞽乃歌拊形如鼓，以革爲之，著之以糠。賈疏：拊所以導引歌者，故先擊拊，瞽乃歌也。淮南子說山訓：瓠巴鼓瑟而淫魚出聽。詩秦風：駟彼晨風，鬱彼北林。毛傳：北林，林名。漢武帝秋風辭：懽樂極兮哀情多，少壯幾時兮奈老何。寥亮，聲清徹也。謂五音。韓子：師解三飛鳥翻翔舞悲鳴集北林樂極哀情來寥亮摧肝心解四清角豈不妙德薄所不任大哉子野言弭弦且自禁解五曠為晉平公奏清徵之音平公曰音莫悲於清徵乎師曠曰不如清角平公曰清角可得聞乎師曠曰恐主君德薄不足以聽之一奏雲從西北來再奏大風雨裂帷幙破俎豆隳廊瓦左傳叔向曰子野之言君子哉杜注子野師曠字

朱止谿曰善哉行歌朝遊燕樂之得節者夫哀樂得節情之正也樂極而哀來漢武秋風辭並此兩見

朱秬堂曰昔魏文侯廢太子擊而立訢其傅倉唐為誦晨風之詩而中山君得復以為嗣悲鳴北林正文帝為太子時危心處與朝日篇同意

陳胤倩曰東西南三字亦已變宕出之又伏一北字於淫魚飛鳥之下何其故作態度若此雖非一篇中所重末為佳處

然正是有意為之藏排比字面於中而使人不覺識者覽之作一笑也於何知之於其用南字知之介

有美一人婉如清揚妍姿巧笑和媚心腸知音識曲善為樂方哀弦
微妙清氣含芳流鄭激楚度宮中商感心動耳綺麗難忘離鳥夕宿
在彼中洲延頸鼓翼悲鳴相求眷然顧之使我心愁嗟爾昔人何以

忘憂

節箋有美一人婉如清揚知音識曲善爲樂方見卷十一秋
胡行文帝辭汎汎淥池篇詩巧笑倩兮淮南子揚鄭衛之浩
樂結激楚之遺風楚辭九歌蹇誰留兮中洲王逸注中洲洲
中也詩小雅嚶其鳴矣求其友聲相彼鳥矣猶求友聲矧伊
人矣不
求友生
節釋音陽尤不相通此乃兩音之轉
如楚九章抽思以傷長轉浮慢也
朱止谿曰善哉行歌有美新聲進也時左
延年以新聲協律宜鹿鳴四詩亡逸過半
朱柜堂曰魏文荅繁欽書云守土孫世有女曰瑣年十五素
顏玄髮皓齒丹脣善歌舞芳聲清激可謂聲協鐘石氣應風
律吾鍊色和聲雅應此選讓卜良日納之間房詩當指此離
鳥夕宿以下乃其納之間房之意歟節案此篇以詩義言
之當是求賢之什謂開篇即鄭風蕚草思遇時篇後即小雅
伐木自天子至於庶人須友以成如詩序所言本無不可第
文帝好聲伎見之繁欽與帝牋如左驥史妠審姐皆當時名
倡辭訪車子年十四能喉囀引聲興笳同音抃以上聞欽牋

所云宴喜之樂蓋亦無量者也桓堂之論未爲無見

陳胤倩曰即秋胡行次首之旨而申暢言之離鳥六句言愁深至詩所以貴比興者質言之不足則比興言之則宛轉詳盡

延頸鼓翼寫展轉反側之狀至矣

王船山曰嗟爾昔人何以忘憂謂古來有之

善哉行

樂苑六解下有云權實豎子備則亡虜假氣游魂魚鳥爲伍宋書樂志無此四句郭茂倩樂府詩集同　明帝辭

我徂我征伐彼蠻虜練師簡卒爰正其旅解一輕舟竟川初鴻依浦桓桓猛毅如羆如虎解二發砲若雷吐氣成雨旄旍指麾進退應矩解三百馬齊轡御由造父休休六軍咸同斯武解四兼塗星邁亮兹行阻行行日遠西背京許解五遊弗淹旬遂屆揚土奔寇震懼莫敢當御解六虎臣

列將怫鬱充怒淮泗肅清奮揚微所解七運德耀威惟鎮惟撫反旆言歸告入皇祖解八

節箋詩大雅王赫斯怒爰整其旅毛傳旅師也書牧誓尚桓桓如虎如貔如熊如熊鄭玄曰桓桓威武貌後漢書袁紹傳操乃發石車擊紹樓皆破軍中呼曰霹靂車注以其發石聲震烈故爲霹靂即今之拋車也拋音普孝反惠棟曰說文云旝發石也賈逵左傳注云旝發石一曰飛石范蠡兵法云飛石重十二斤爲機發行三百步擽此則詩所云發砲即飛石也其來甚古李善云礮石今之拋石拋礮同音俗作砲廣韻旆同旌張衡西京賦百馬同轡騁足並馳韓詩外傳造父天下之善御者矣史記造父以善御幸於周穆王班固陽陵侯傳寬銘休休將軍如虎如熊左傳天子之軍周爲六軍京鄰京也許許昌也魏志青龍二年五月孫權入居巢湖口向合肥新城又遣將陸議孫韶各將萬餘人入淮泗七月帝親御龍舟東征權攻新城將軍張穎等拒守力戰帝軍未至數百里權遁走吳在禹貢揚州城故曰揚土詩矯矯虎臣後漢書耿純傳臣備位列將爵爲通侯東方朔七諫心怫鬱而內傷漢書師古注怫鬱憂不樂也書禹貢淮海惟揚州沿于江

海達于淮泗徼所猶無所也書無逸鄭注所猶處也皇祖謂武帝

節釋音語夔御古通詩大雅柔亦不茹剛亦不吐不侮矜寡不畏彊禦則語夔御通

赫赫大魏王師徂征冒暑討亂振曜威靈解一汎舟黃河隨波潺湲通渠回越行路綿綿解二綵旄蔽日旌旗翳天淫魚瀺灂遊嬉深淵解三唯塘泊一作泊從如流不爲單握揚楚心惆悵歌採薇心綿綿在淮肥願君速捷一作節早旋歸解四

節箋詩赫赫宗周書惟時有苗弗率汝徂征班固漢書敘傳柔遠能邇燀燿威靈史記河渠書於吳則通渠三江五湖回越猶河渠書所云回遠也淫魚見文帝辭朝遊篇宋玉高唐賦巨石溺溺之瀺灂兮李善曰瀺灂出沒貌泊猶澤也水所鍾也水經注鄖澤俗謂之鄖城泊吳地多水故曰塘泊詩大雅其軍三單毛傳三單相襲也鄭箋大國三軍以其餘卒爲羨今公劉遷于豳民始從之丁夫適滿三軍之數單者無羨卒也不爲單者蓋止用正卒爲軍不及其羨不欲盡民力也

握揚楚謂捡握揚楚之地指合肥言讀史方輿紀要合肥在禹貢爲揚州之域戰國時屬楚自大江而北得合肥則可以西間申蔡北向徐壽而爭勝於中原魏主敘曰先帝東置合肥南守襄陽西固祁山賊來輒破於三城之下者地有所必爭也終吳之世曾不能得淮南尺寸地以合肥爲魏守也故曰握揚楚故曰在淮肥采徽見文帝辭上山篇淮肥言淮沔合肥見上曲箋

節釋音一解庚青古通見卷二長歌行茗茗山上篇二三解元先古通見卷三蒸迭行四解尤語微古通尤微通見上善哉行文帝辭上山篇語鑾古爲一韻詩大雅敦弓既句既挾四鍭四鍭如樹序賓以不侮則尤與語通

朱止谿曰善哉行歌我徂赫赫美東征也兵凶德故列瑟調

朱柜堂曰前篇當是自將凱旋之作後篇乃是遣將之作

當來日大難

樂府解題曰曹植擬善哉行爲日苦短樂府正義曰當代也以此代來日大難也節案古辭善哉行來日大難見卷

日苦短樂有餘乃置玉樽辦東廚廣情故心相於閶門置酒和樂欣

欣遊馬後來轅車解輪今日同堂出門異鄉別易會難各盡杯觴

四曹植辭

節箋史記天官書張素爲廚主觴客張西方之星也廚主殺牲故張爲廚廚主養生東方萬物之所生也故廚在東廣讀爲曠荀子王霸篇人主胡不廣焉楊注廣開泰貌故舊也孔融與韋休甫書岸幘廣坐舉杯相於閭門置酒有豈伊異人兄弟匪他之意詩兄弟既具和樂且孺說文後遲也車前曲木鉤衡以縶馬者謂之轅亦曰轅節釋音魚廣一音文異陽一音魚廣古通見卷一陌上桑文異陽古通見卷三叢逃行

朱止谿曰千秋人聚散歎哀了不殊眼前一席地

朱秬堂曰植取古辭今日相會皆當喜歡意爲當來日大難

陳胤倩曰今日八字情至懇惻千古送別之懷不能外此二語詩至此性情至到何必多言

王船山曰於景得景易於事得景難於情得景尤難遊馬後來轅車解輪事之景也今日同堂出門異鄉情之景也子建而長如此即許之天才流麗可矣

陳太初曰此即聖皇篇白馬王篇之旨也今日同堂出門異鄉骨肉分離手足胡越所謂涕泣而道之也詩曰儐爾籩豆飲酒之飫兄弟既具和樂且孺又曰死喪之無日無幾相見樂酒今夕君子維宴其別易會難之謂乎

步出夏門行

王僧虔技錄云隴西行歌武帝碣石文帝夏門二篇節案宋書樂志大曲之八曰碣石步出夏門行武帝詞二十二曰夏門步出夏門行一曰隴西行明帝詞不云文帝郭茂倩樂府詩集因之武帝辭

雲行雨步超越九江之皋臨觀異同心意懷遊豫不知當復何從經過至我碣石心惆悵我東海以上為豔

節箋易雲行雨施朱秬堂樂府正義曰水經注大夏門故夏門也門內東側際城有魏文帝所起景陽山山之東舊有九

江時袁熙袁尙奔烏桓諸將欲南擊劉表郭嘉曰袁紹有恩於民夷而尙兄弟生存今舍而南征尙因烏桓之資招其死主之臣以生蹋頓之心恐青冀非已之有也表坐談客耳自知才不足以御備雖虛國遠征公無憂矣操從之所謂異同者即諸將之異同所謂遊豫何從者即斟酌於南北之用兵也書禹貢夾石碣石入于河說文碣特立之石東海有碣石山

節釋音步豫爲遇御通爲詩小雅風雨攸除鳥鼠攸去君子攸芊則遇與御通同從爲東冬通見卷九平陵東海音接下一解

東臨碣石以觀滄海水何澹澹山島竦峙樹木叢生百草豐茂秋風蕭瑟洪波湧起日月之行若出其中星漢粲爛若出其裏幸甚至哉歌以詠志解一

節箋漢書武帝紀元封元年十月自泰山復東巡海上至碣石注文穎曰在遼西絫縣絫縣今罷屬臨渝節考漢地理志

右北平郡驪成縣大碣石山在縣西南遼西郡絫縣有碣石水無碣石山然則驪成之碣石山與絫縣之碣石水顯分兩地班志甚明水經注既宗文潁以為碣石在絫縣又引驪成大碣石以證之若以其山為跨二縣之境也者朱柜堂樂府正義取之今按水經注濡水從塞外來東南流逕樂安亭南東與新河故瀆合又東南至絫縣碣石山而南入于海樂安亭蓋即今樂亭縣東北之樂安故城絫縣在其南驪成在其西據濡水歷亭南而東又東南至碣石則碣石在亭之東南與驪成之大碣石相去隔絕安得連為一山郭璞注山海經曰碣石在臨渝或云在驪成蓋兩存之惟此詩之碣石當是驪成無關絫縣魏志興平十二年夏五月公至無終秋七月大水傍海道不通田疇請為鄉導公從之引軍出盧龍塞外塹山堙谷五百餘里經白檀歷平剛八月登白狼山與虜遇公登高望虜陣不整乃縱兵擊之漢志白檀屬漁陽郡臨碣石以觀滄海當是至無終經白檀歷平剛登白狼之時故謂碣石者驪成之大碣石也讀史方輿紀要撫寧縣漢驪成縣地昌黎縣有絫縣城據漢王璜云碣石淪於海水蓋指驪成之碣石言故後人第知有絫縣之碣石讀史方輿紀要昌黎縣有碣石山而撫寧無之此其故也然觀此詩臨碣石以觀海則是魏時山猶未盡淪於海水也澹與淡通宋玉高唐賦

濆淡淡而並入李善注淡安流平瀾貌

節釋音所謂伊人在水之涘遡洄從之道阻且右遡游從之宛在水中沚則賄紙宥古通詩秦風蒹葭采采白露未已

紙宥通

王船山曰不言所悲而充塞八極無非悲者孟德於樂府殆欲踞第一位置惟此不易步耳不知者但謂之霸心

孟冬十月北風徘徊天氣肅清繁霜霏霏鵾雞晨鳴鴻鴈南飛鷙鳥潛藏熊羆窟棲錢鎛停置農收積場逆旅整設以通賈商幸甚至哉歌以詠志 解二

節箋詩小雅正月繁霜毛傳繁多也又雨雪霏霏毛傳霏霏其也鵾鴻見卷十月從軍行悠悠篇夏小正九月玄鳥蟄禮記

月令玄鳥歸鄭玄注曰歸謂去蟄也說文熊獸似豕山居冬蟄羆如熊黃白文易通卦驗小雪熊羆入穴詩周頌庤乃錢

鎛毛傳錢銚鎛鎒也說文錢銚也古田器鎛一曰田器積資四切音恣聚也詩大雅迺積迺倉豳風九月築場圃禮記月

令仲秋乃命有司趣民收斂多積聚是月也易關市來商旅納貨賄以便民事

節釋音徊霏飛棲置爲一音則灰微齊寘通濟鳴藏埸商爲一音則庚陽通灰微通見卷四豔歌行南山篇微齊通見卷

二長歌行詩小雅有渰萋萋興雨祁祁雨我公田遂及我私彼有不穫穉此有不斂穧彼有遺秉此有滯穗伊寡婦之利

則齊與寘通庚陽通見卷一東光

朱柏堂曰多十月敘其途路所經天時物候又自秋經冬雖當軍行而不忘民事也

鄉土不同河朔隆寒流澌浮漂舟船行難錐不入地豐藾深奥水竭不流冰堅可蹈士隱者貧勇俠輕非心常歎怨戚戚多悲幸甚至哉歌以詠志 解三

節箋爾雅朔北方也後漢書荀彧傳袁紹既兼河朔之地有驕氣風俗通冰流曰澌冰解曰泮說文漂浮也方言蘴蕘蕪

菁也爾雅萃藾蕭深奥之地蘴藾生焉蓋無餘地可容錐言田畝荒蕪蘴藾滿目禾稼不生也易履霜堅冰至魏志裴注

引曹瞞傳曰時寒且旱二百里無復水軍又乏食鑿地入三十餘丈乃得水所謂水竭不流冰堅可蹈也詩邶風如有隱憂毛傳隱痛也史記俠以武犯禁輕非謂輕於為非法之事也河朔士氣好勇疾貧賤為亂階歎怨多悲魏武憂念及之也

節釋音寒為一音號為一音徵支為一、音徵支古通見卷二長歌行青青園中篇

神龜雖壽猶有竟時騰蛇乘霧終爲土灰驥老伏櫪志在千里烈士暮年壯心不已盈縮之期不但在天養怡之福可得永年幸甚至哉歌以詠志 解四

節箋爾雅一曰神龜郭注龜之最神明淮南子龜三千歲騰當作螣爾雅螣螣蛇郭注龍類也能興雲霧而遊其中淮南子騰蛇遊霧而動說文驥千里馬漢書李尋上王根書曰馬不伏歷不可以趨道師古曰伏歷謂伏槽歷而秣之也櫪省作歷廣韻櫪馬櫪也史記天官書歲星嬴縮以其趨舍而前曰嬴退舍曰縮嬴盈通不但在天言人命亦有盈縮也說文怡

和也荀子明主必謹養其和朱桓堂樂府正義曰魏武烏桓之伐履危蹈險殊非怡養之福軍返之日科間前諫者皆厚賞之曰孤前行乘危以徼倖不可以為常諸君之諫萬安之計是以相賞永年之云皆驚心於事定也節釋音支灰為一音紙為一音先為一音支灰通見卷四隴西行朱止谿曰隴西行歌碣石魏公北征烏桓時作觀滄海自序其功德之廣大也山不厭高水不厭深此志也失冬十月務序農通商立國規模略見土不同得士又為致王之本古今治亂之數闕隴尤宜加意毋為敵資龜雖壽愛時進趨壯思難任書曰歌永言長言之不足不知手之舞之足之蹈之故晉代因為舞樂朱桓堂曰隴西行多憂國之辭又曰步出夏門行魏武征烏桓時獻帝己都許而題曰步出夏門者京許猶京洛也

步出夏門行

明帝辭

步出夏門東登首陽山嗟哉夷叔仲尼稱賢君子退讓小人爭先惟

斯二子于今稱傳林鐘受謝節改時遷日月不居誰得久存善哉殊復善弦歌樂情解一商風夕起悲彼秋蟬變形易色隨風東西乃眷西顧雲霧相連丹霞蔽日彩虹帶天弱水潺潺葉落翩翩孤禽失羣悲鳴其間善哉殊復善悲鳴在其間解二朝遊清冷日暮嗟歸朝遊北此為豔蹙迫日暮烏鵲南飛繞樹三匝何枝可依卒逢風雨樹折枝摧雄來驚雌雌獨愁棲夜失羣侶悲鳴徘徊芃芃荆棘葛生綿綿感彼風人惆悵自憐月盈則冲華不再繁古來之說嗟哉一言蹙迫下為趨

節箋夏門見卷四步出夏門行首陽山夷叔見同卷善哉行武帝辭禮月令律中林鐘鄭玄注季夏氣至則林鐘之律應楚辭大招青春受謝白日昭只王逸注謝去也國語文姜曰日月不居人誰不安詩乃眷西顧禮月令季春虹始見孟冬日虹藏不見夏秋乃虹見時周禮春官眡祲掌十煇之法七曰彌鄭注彌白虹彌天也書禹貢弱水既西山海經豐山神耕

父鷹之常遊清冷之淵注清冷水在西號鄂縣山上烏鵲南飛見卷之十短歌行武帝辭詩唐風葛生蒙棘又大雅芃芃棫樸薪之槱之濟濟辟王左右趣之毛傳芃芃木盛貌槱積也山木茂盛萬民得而薪之賢人衆多國家得用蕃興詩王風綿綿葛藟在河之滸終遠兄弟謂他人父謂他人父亦莫我顧毛傳綿綿長不絕之貌兄弟之道已相遠矣此用詩義感彼風人惆悵自憐謂賢人難得而兄弟日遠也老子大盈若沖節釋音一二解以下删先元古通見卷三董逃行西叶先見卷一鳥生朝遊以下徵齊灰古通見卷十一苦寒行行武帝辭芃芃以下微灰叶元詩小雅戎車嘽嘽嘽嘽焞焞如霆如雷顯允方叔征伐玁狁蠻荊來威則徵灰叶元朱止谿曰步出夏門行謂諫也骨肉見猜哀感之音淒然欲絕首稱夷叔退讓當時母后被誅封平原王家君之位疑有動搖故也白日欲明丹霞蔽之詩亦諷體朱柜堂曰帝母甄后爲郭氏譖死帝爲嫡嗣三封外藩變不得立此亦明帝小弁之作也王勉夫野客叢談云首陽山有三一蒲坂二隴西三洛陽論語注以蒲坂爲夷齊所餓之地以僕考之洛陽者爲是阮瑀弔伯夷曰適彼洛師瞻彼首陽

敬弔伯夷論語注謂蒲坂非也此篇章法頗難踪跡大概雜集而成丹霞蔽日六句月盈則沖四句則魏文丹霞蔽日行也烏鵲南飛四句則魏武短歌行也詩本二解而以朝遊清冷以下為趨別為一首緣二解已畢而奏樂音節未覺以朝遊清泠二句足其聲故舊本註云朝遊止此為豔節案水經注云河水逕平縣北南對首陽山上有夷齊廟讀史方輿紀要云首陽山在偃師縣西北二十里杜佑曰夷齊葬于此然考河南舊志云首陽山即邙山最高處日出先照故名以舊志考之然則以其名同首陽故立夷齊廟遙又謂夷齊葬於此耳夏門為洛陽城門詩云東登首陽山固知洛陽之首陽有夷齊廟處阮瑀文所云亦同斯義不必夷齊餓處也

陳胤倩曰卒逢以下情追辭哀枝無枝可依不勝平陂之異非境有異感必不能為是語

丹霞蔽日行

文帝辭

丹霞蔽日采虹垂天谷水潺潺木落翩翩孤禽失羣悲鳴雲間月盈

則冲華不再繁古來有之嗟我何言

節箋見上篇

節釋音見上篇

朱止谿曰丹霞蔽日刺主鑒失也發虧鑒衰之感可以絃歌黼座

王船山曰謀篇之潔蔑以加矣

丹霞蔽日行

曹植辭

紂爲昏亂殘忠虐正周室何隆一門三聖牧野致功天亦革命漢祖之興階秦之衰雖有南面王道陵夷炎光再幽忽滅無遺

節箋史記殷本紀紂愈淫亂不止微子數諫不聽乃與太師少師謀遂去比干曰爲人臣者不得不以死爭迺強諫紂紂

怒曰吾聞聖人心有七竅剖比干觀其心箕子懼乃詳狂爲
奴紂又囚之周武王於是遂率諸侯伐紂紂亦發兵距之牧
野甲子日紂兵敗登鹿臺衣其寶玉衣赴火而死一門三聖
謂文武周公也易天地革而四時成湯武革命順乎天而應
乎人史記高祖本紀秦政不改反酷刑法漢興承敝易變使
人不倦得天統矣易聖人南面而聽天下嚮明而治史記高
祖功臣侯年表始未嘗不欲固其根本而枝葉稍陵夷衰微
也漢書注師古曰陵夷言漸穨替也漢書高帝紀贊斷蛇著
符旗幟上赤協于火
德炎光謂火德也
節釋音敬支本不通惟相叶詩大雅柔桑國步蔑資天不我
將靡所止疑云徂何往君子實維秉心無競誰生厲階至今
爲梗則
敬支叶
朱止谿曰周銘云殷鑒不遠視
爾所代炎光再幽魏之殷鑒也
朱柜堂曰此詩有徵詞焉言以紂之無道周之鑒德雖行放
伐而天亦革命享國長久不必禪讓也漢無文武之德不過
階秦之衰雖名正言順南面稱帝而終之四百年炎光再幽
蓋悲漢之亡也而魏祚之不永於言外見之嗟乎植其賢矣

魏志蘇則傳禪代事起子建發服悲泣按此言故漢獻非紂之昏亂何爲不可輔助而謀禪代也

節案此篇以紂之殘虐宗原擬魏之誅夷公族美周之一門三姓而痛漢之枝葉陵夷也徒云殷鑒又云悲漢之亡未足

蓋子建此篇之意。

折楊柳行

宋書樂志大曲十五四曰西山折楊柳行古樂府作長歌行今從郭本文帝辭

西山一何高高高殊無極上有兩仙僮不飲亦不食與我一丸藥光耀有五色解一服藥四五日身體生羽翼輕舉乘浮雲倏忽行萬億流覽觀四海茫茫非所識解二彭祖稱七百悠悠安可原老聃適西戎于今竟不還王喬假虛辭赤松垂空言解三達人識眞僞愚夫好妄傳追念往古事憒憒千萬端百家多迂怪聖道我所觀解四

節箋魏志袁尚傳尚聞鄴急將兵萬餘人還救之依西山來東至陽平亭去鄴十七里案括地志云臨漳縣西有平陽故城卽陽平亭也西山當在陽平之西樂府正義曰任昉述異記云相州棲霞谷昔有橋順二子於此得仙服飛龍一丸十年不饑故魏文詩云西山有仙童不飲亦不食卽此也呂氏春秋彭祖以壽終高誘注彭祖殷賢大夫治性益壽七百爾雅釋言原再也史記老子居周久之見周之衰迺遂去至關關令尹喜曰子將隱矣彊爲我著書於是老子迺著書上下篇言道德之意五千餘言而去莫知其所終案關秦函谷關也西戎謂秦也左傳秦穆公伐晉還遂霸西戎王喬見卷六王子喬赤松見卷四步出夏門行史記五帝紀贊尚書獨載堯以來而百家言黃帝其文不雅馴薦紳先生難言之節釋音古今樂錄曰十五歌文帝辭後解歌西山一何高彭祖稱七百篇則西山彭祖原分二篇一二解爲西山篇職一音三四解爲彭祖篇元刪先寒古通見卷三叢逸行朱止谿曰折楊柳歌西山明王道也道術之廣崇不止求長生一事可破秦皇之惑漢武之悔矣朱秬堂曰西山篇之爲折楊柳也言非得仙人鑑藥經舉浮雲倏忽萬億何以免別離之苦願此必無之事也追念往事

憒憒萬端神仙之說俱爲迂怪惟有觀我聖道順之命而行而已

陳胤倩曰茫茫非所識正使果爾亦復何歎此意含蓄下文所辨尤深子桓言神仙則妄言也疑神仙則但疑也不似孟德實有沈吟之心

却東西門行

節案尚書考靈曜曰冬至日月在牽牛一度求昏中者取六頃加三旁蠡順除之鄭玄注云蠡行十二頃中正而分之左右各六頃也蠡猶羅也昏中在日前故言順數也明中在日後故言却也據此則旁羅乃測天度之器如今之日晷地羅也昏明主時猶晝夜也中者如某星始見某星已中某星今沒之中也六頃分之左右爲十二頃即十二時也左右六頃加三則三十六頃爲一晝夜之數也却回也東西日所出沒日却東西門有回車反禍之意古今樂錄曰王僧虔技錄云却東西門行荀錄所載武帝鴻雁一篇

武帝辭

鴻雁出塞北乃在無人鄉舉翅萬餘里行止自成行冬節食南稻春

日復北朔田中有轉蓬隨風遠飄揚長與故根絕萬歲不相當奈何此征夫安得去四方戎馬不解鞍鎧甲不離傍冉冉老將至何時反故鄉神龍藏深泉猛獸步高岡狐死歸首丘故鄉安可忘

節箋樂府臨歌何嘗行羅列成行轉蓬見卷十一吁嗟篇說文當田相值也安得猶荀子勸學篇所言安特也楊倞注語助或方言耳楚辭老冉冉其將至兮恐修名之不立又鳥飛反故鄉兮狐死必首邱

朱止谿曰卻東西門行歌鴻雁征戍曲也道將士離索之悲以勸勞之

陳胤倩曰狐死句用比意切而以神龍二句爲興與狐相排法變

飲馬長城窟行

文帝辭

浮舟橫大江討彼犯荆虜武將齊貫甲征人伐金鼓長戟十萬隊幽

冀百石弩發機若雷電一發連四五

節箋魏志黄初三年五月以荆揚江表八郡爲荆州孫權領牧故也荆州江北諸郡爲郢州十月孫權復叛復郢州爲荆州六年三月帝爲舟師東征八月帝遂以舟師自譙循渦入淮十月行幸廣陵故城臨江觀兵戎卒十餘萬旌旗數百里此篇蓋其時作也犯荆虜指孫權蔡邕論幽冀二州疏云幽州突騎冀州强弩爲天下精兵國家瞻仗四方有事軍師奮攻未嘗不取辦於二州也發機見上善哉行明帝辭徂征篇

朱秬堂曰此以大江當長城以浮舟當飲馬備言兵士危險而家人之思自在言外

飲馬長城窟行

陳琳辭

飲馬長城窟水寒傷馬骨往謂長城吏愼莫稽留太原卒官作自有程舉築諧汝聲男兒寧當格鬬死何能怫鬱築長城長城何連連連

連三千里邊城多健少內舍多寡婦作書與內舍便嫁莫留往善事新姑嫜時時念我故夫子報書往邊地君今出語一何鄙身在禍難中何爲稽留他家子生男慎莫舉生女哺用脯君獨不見長城下死人骸骨相撐拄結髮行事君慊慊心意關一作間邊地苦玉臺邊地上有明知二字賤妾何能久自全

節箋古辭見卷四樂府解題曰陳琳云飲馬長城窟水寒傷馬骨言秦人苦長城之役也往謂者卒謂之也風俗通秦始皇遣蒙恬築長城徒士犯罪止依鮮卑山後遂繁依止猶稽留也漢書地理志太原郡秦置太原卒卒自謂而并謂同成之人也廣韻程期也限也淮南子舉大木者前呼邪許後亦應之此舉重勸力之歌也官作自有程二語長城吏謂卒之言西門行古辭何能愁怫鬱苟子議兵篇格者不赦又曰使天下之民所以要利於上者非圖無由也楊倞注格謂相距捍者男兒二語卒答吏之言越絕書獨婦山者句踐將伐吳徙寡婦獨山上以爲死士示得專一作書卒與之也爾雅婦

稱夫之父曰舅稱夫之母曰姑釋名俗或謂舅曰章通婞古詩上山採蘼蕪下山逢故夫報書婦報之也楊泉物理論曰秦築長城死者相屬民歌曰生男慎勿舉生女哺用餔不見長城下尸骸相支柱與兆宜注左傳子同生以太子生之禮舉之廣韻哺食在口也周禮腊人注薄切曰脯節箋蘇武詩結髮爲夫妻李善注結髮始成人也謂男年二十女年十五時取笄冠爲義也慊慊見卷十燕歌行文帝辭秋風篇節釋音此篇月爲一音庚爲一音紙有過語夔爲一音鵩先爲一音紙有古通見卷三董逃行有夔古通見卷一烏生遇語夔古通見上善哉行明帝辭相征篇刪先古通見卷一江南朱止谿曰一曲章分四節一節言邊地苦寒二節言築城之役三四節言寡人之妻獨人之父所謂室家不完老幼失養而天下亂矣寡婦孤男或分叙或合叙章分錯綜朱秬堂曰報書以下妻以死自誓之詞也他家子即所云故夫子也身在禍難一身生死不保子於何有本已子而云云他家怨毒之至亦見子之將謂他人父也末以之死靡他矢之

王船山曰意幾盡矣而其安頓之浹洽生動洗濯之亭泓蕭放遂與伯喈一辭星月交清張蔭嘉曰往謂六句設爲卒往告吏求歸吏惟飭卒急築卒再與吏折辯往復之詞長城四句言如此工程寧有盡日將來夫妻相聚眞絕望矣作書六句第一番寄苔去書但囑便嫁來書但責何鄙不忍直言必死邊地也身在至末十句第二番寄苔寄辭六句以在禍難說明所以不忍稽留之故復言生男不如生女用古辭語以見己之必死邊城苔辭四句表白已之亦當從死而夫之死終不忍言只以苦字代之得體節案蔭嘉說本之沈歸愚與相堂不同然極委曲有理從蔭嘉說則他家子者當指其妻古人謂女亦曰子詩衛風齊侯之子衛侯之妻是也何爲稽留即上文莫留住意

上留田行

文帝辭

居世一何不同上留田富人食稻與粱上留田貧子食糟與糠上留田貧賤亦何傷上留田祿命懸在蒼天上留田今爾歎息將欲誰怨

上留田

節箋一句之下著上留田體如詩陳風胡爲乎株林從夏南匪適株林從夏南及漢董逃歌之每句著以董逃是也

節釋音東陽先元古通見卷九氣出唱武帝辭駕六龍篇

朱止谿曰魏文視諸弟衰薄作此弭謗

大牆上蒿行

古今樂錄曰王僧虔技錄有大牆上蒿行今不歌文帝辭

陽春無不長成草木羣類隨大風起零落若何翩翩中心獨立一何煢四時舍我驅馳今我隱約欲何爲人生居天壤間忽如飛鳥棲枯枝我今隱約欲何爲適君身體所服何不恣君口腹所嘗冬被貂鼲溫暖夏當服綺羅輕涼行力自苦我將欲何爲不及君少壯之時乘

堅車策肥馬良上有倉浪之天今我難得久來視下有蠕蠕之地今我難得久來履何不恣意遨遊從君所喜帶我寶劍今爾何爲自低卬悲麗平壯觀白如積雪利若秋霜駮犀標首玉琢中央帝王所服辟除凶殃御左右奈何致福祥吳之辟閭越之步光楚之龍泉韓有墨陽苗山之鋋羊頭之鋼知名前代咸自謂麗且美曾不知君劍良綺難忘冠青雲之崔嵬纖羅爲纓飾以翠翰既美且輕表容儀俯仰垂光榮宋之章甫齊之高冠亦自謂美蓋何足觀排金鋪坐玉堂風塵不起天氣清涼奏桓瑟舞趙倡女娥長歌聲協宮商感心動耳蕩氣回腸酌桂酒鱠鯉魴與佳人期爲樂康前奉玉卮爲我行觴今日樂不可忘樂未央爲樂常苦遲歲月逝忽若飛何爲自苦使我心悲

節箋孟子詩云哿以富人哀此煢獨後漢書趙典傳篤行隱約注隱猶靜也約儉也後漢書鮮卑傳有貂豽鼲子皮毛柔

蝡故天下以爲名裘漢書食貨志乘堅策肥履絲曳縞倉浪天見卷四東門行蠕同蝡而兗切說文勤也重言之曰蠕蠕

麗羅古通用說文羅心憂也悲悲悲憂也廣韻平正也平壯正壯也猶正午曰平午也觀自觀也猶周易觀我生之觀謂壯

我何爲低卬而悲憂於正壯之時以自觀也平壯與上少壯相應淮南子實劍之色如秋霜山海經中曲之山有獸其狀

如馬而白身黑尾一角其名曰駮說文犀南徼外牛一角在鼻一角在頂駮犀標首謂以駮或犀之角爲劍首也魏文帝

與論余好擊劍命彼國工飾以文玉衷以通犀服習御進也奈何如何也荀子闔閭之干將莫邪巨闕辟閭皆古良劍也

越絕書句踐乃身被賜夷之甲帶步光之劍又楚王令風胡子之吳、見干將干將使之鑿茨山洩其谿取其鐵英作劍三

枚一曰龍淵二曰太阿三曰工市漢書武帝紀注孟康曰龍淵水淬刀劍特堅利古龍淵之劍取於此水節案注龍淵唐人

避高祖諱改作泉戰國策韓卒之劍戟皆出於冥山棠谿墨陽皆陸斷馬牛水擊鵠雁淮南子脩務訓苗山之鋌羊頭之

錯高誘注苗山楚山利金所出羊頭之錯白羊子刀也許愼注鋌銅鐵璞也錯生鐵也玉篇鋼鍊鐵也漢書高帝紀賈人

無得衣錦綺注師古曰綺文紺也莊忌哀時命冠崔嵬而切
雲兮劍淋漓而從橫王逸注冠則崔嵬上摩於雲也說文纓
冠系也翰天雞赤羽也禮記章甫殷道也鄭注章明也言以
表明丈夫也宋殷後也禮記孔子長居宋冠章甫之冠蔡邕
獨斷高山冠齊冠也說文鋪著門鋪首也司馬相如長門賦
擠玉戶以撼金鋪兮桓瑟瑟齊瑟也見卷八箜篌引趙倡邯鄲
倡也見卷三相逢行張衡西京賦女娥坐而長歌聲清暢而
蟋蛇李善注女娥娥皇女英也楚辭九歌奠桂酒兮椒漿詩
陳風豈其食魚必河之鯉豈其食魚
必河之魴楚辭九歌與佳期兮夕張
節釋音庚先陽寒古通見卷三董逃行翩與馳爲先叶支見
卷四孤兒行良與視履爲紙叶陽劉向列女傳安賤甘淡不
求豐美尸不掩蔽猶諡曰康則紙叶陽排金
鋪以下爲陽支微通見卷四豔歌行南山篇
朱止谿曰大驕地據高危蒿亦叢之陽春所被雖廣秋風起
零落獨先驗高危者先蹶也第其轉調則同漢武秋風辭矣
朱止堂曰勸饗也驕上生蒿隱士之居極言佩服之美宮室
女樂酒醴之盛凡所以樂賢者無不盡漢祖云有能從我遊
者我能脊題之正此意歷敘衣服冠劍極似子建七啟容飾
篇彼亦託言隱居而多方歐之也大意祖楚辭招魂按時管

寧在遼東三十七年魏文徵之乃浮海西歸以爲大中大夫不受詩蓋爲寧作歟

王船山曰長句長篇斯爲開山第一祖鮑照李白領此宗風遂爲樂府獅象

野田黄雀行

樂錄王僧虔技錄有野田黄雀行按漢鼓吹曲鐃歌亦有黄雀行不知同否陳思本集載此篇與置酒篇異名郭茂倩樂府瑟調曲此篇與置酒篇俱爲野田黄雀行今改正

曹植辭

高樹多悲風海水揚其波利劍不在掌結友何須多不見籬間雀見鷂自投羅羅家得雀喜少年見雀悲拔劍捎羅網黄雀得飛飛飛飛摩蒼天來下謝少年

節箋陳思本集鷂雀賦鷂欲取雀說文鷂鷙鳥也本傳植既以才見異而丁儀丁廙楊修等爲之羽翼太祖於是以罪誅修文帝即位誅丁儀丁廙故植贈丁廙詩曰我豈狎異人朋友與我俱閒居賦曰何吾人之介特去朋匹而無儔此篇見

意在結友何須多句與黎父曰高樹句言在高位者饒爲不善也海水句言天下騷動也利劍句言已無權不能去惡也

結友句言同心雖多而無益也魏略曰太子立欲治丁儀罪轉儀爲右刺姦掾欲儀自裁而儀不能乃對中領軍夏侯尙

叩頭求哀尙爲涕泣而不能救後遂因職事收付獄殺之詩中羅間雀疑卽指儀少年疑卽指尙當儀之求哀於尙而尙

涕泣猶少年之悲雀也植爲此篇當在收儀付獄之前深望尙之能救儀如少年之救雀也

節釋音歌支古通先叶支徵見卷四孤兒行

朱秬堂曰自悲友朋在難無力援救而作猶前詩久要不可忘四句意也前以望諸人此以責諸己風波以喩險患利劍

以喩濟難之權

朱述之曰文心雕龍隱秀云陳思之黃雀公幹之青松格高才勁而並長於諷論楚策莊辛曰黃雀俯啄白粒仰棲茂樹

鼓翅奮翼自以爲無患不知夫公子王孫左挾彈右攝丸將加己乎十仞之上取義于此

張蔭嘉曰首四句以樹高多風海大揚波比起有權勢之易於爲力

豔歌何嘗行

文帝辭

何嘗快獨無憂但當飲醇酒炙肥牛一解長兄爲二千石中兄被貂裘二解小弟雖無官爵鞍馬馺馺往來王侯長者遊三解但當在王侯殿上快獨摴蒱六博對坐彈棊四解男兒居世各當努力蹙迫日暮殊不久留五解少小相觸抵寒苦常相隨忿恚安足諍吾中道與卿共別離約身奉事君禮節不可虧上慚倉浪之天下顧黃口小兒奈何復老心皇皇獨悲誰能知曲前爲豔少小下爲趨

節箋快獨連辭猶快絕也列子張湛注獨者極高極妙而無鄰之意樂府西門行古辭飲醇酒炙肥牛二千石見卷三長安有狹斜行方言馺馬馳也郭注馺馺疾貌蒲通蒱馬融有樗蒲賦類篇摴蒱戲也楚辭招魂箟蔽象棊有六博些王逸

注博齒也投六箸行六棊故爲六博典論予于他戲少所喜惟彈棊略盡其妙昔京師妙工有二焉合鄉侯東方安世張

公子常恨不得與之對說文博棊也徐廣曰古通謂博弈之子爲棊亦作棊諍爭也二字古通用卷四東門行古辭上用

倉浪天故下當用此黃口兒卿悴稱之詞婦謂其夫也約身禮節亦即東門行君復自愛莫爲非意

節釋音尤支古通見卷四隴西行

朱止谿曰刺俗也風教禮樂廢矣王公大人之廷遊遨蕩子翩其翔宇室家之敝忘忠上之節焉

朱柘堂曰首六字爲句生富貴之家襲父兄之寵浮蕩摴蒱途窮日暮以至中道乖離室家相棄詩人敍其妻悲怨之情

也

陳胤倩曰無乃亦懷皇皇畏人之意未受禪以前所作耶

煌煌京雒行

古今樂錄曰王僧虔技錄云煌煌京雒行歌文帝園桃一篇解題曰天天園桃無子空長言虛美者多敗也文帝

辭

天天園桃無子空長虛美難假偏輪不行解一淮陰五刑鳥得弓藏保身全名獨有子房大憤不收褒衣無帶多言寡誠祇令事敗解二蘇秦之說六國以亡傾側賣主車裂固當賢矣陳軫忠而有謀楚懷不從禍卒不救解三禍夫吳起智小謀大西河何健伏尸何劣解四嗟彼郭生古之雅人智矣燕昭可謂得臣巍巍仲連齊之高士北辭千金東蹈滄海解五

節箋詩周南桃之夭夭灼灼其華魏風園有桃其實之殽朱桓堂曰自黨錮盛而京洛無人矣郭林宗曰詩云人之云亡邦國殄瘁漢室滅矣園桃無子所爲作也史記淮陰侯列傳上令武士縛信載後車信曰果若人言狡兔死良狗亨高鳥盡良弓藏敵國破謀臣亡天下已定我固當亨又留侯世家留侯乃稱曰今以三寸舌爲帝者師封萬戶位列侯此布衣

之極於良足矣願棄人間事從赤松子游耳乃學辟穀道引輕身朱桓堂曰靈帝之世圍張角者盧植則檻車徵還敎張角者皇甫嵩則收其印綬破黃巾者王允則下獄滅死宦者張讓等身不出國門而以討張角功封侯烏得功黨勳臣不保荀彧少有才何顒見而異之曰王佐才也及天下亂乃去從操操與語大悅曰吾子房也後雖以阻操九錫之議飲藥而卒而魏人諱之故猶以子房保身全名稱之也舉賢賞功國之綱紀今若此則不待京洛焚燒漢祚已傾矣大憤不收猶之褒衣無帶帶所以收束衣者無帶則服不成不收則事必敗也漢書雋不疑傳褒衣博帶注師古曰褒大裾也言著褒大之衣廣博之帶也誠疑當作成史記高祖本紀蕭何曰劉季固多大言少成事朱桓堂曰昔曹操謂宦者之官古今宜有但世主不當假之威權使至於此既治其罪當誅元惡一獄吏足矣其言是也而何進必欲盡誅之獸窮則噬宜其敗矣此大憤不收者一也迫進被殺袁紹勒兵捕諸宦者無長幼皆殺之雖快一時之憤而乘輿狼狽六軍不隨以至董卓得肆其毒此大憤不收二也王允既誅董卓於時從或者之言使皇甫嵩領其衆不然因李傕等求赦而赦之亦不至舉兵犯闕殺戮大臣兵連禍結至於如是之甚此大憤不收者三也有此三大憤而煌煌京洛忽滅無遺始於何進之優

柔卒於王允之不斷所謂多言寡成祇介事敗者也史記蘇秦列傳於是六國合從而并力焉蘇秦為從約長并相六國
秦兵不敢闚函谷關者十五年其後秦使犀首欺齊魏與共伐趙趙王讓蘇秦蘇秦去趙而從約皆解戰國策蘇秦封武
安君而相燕陰與燕王謀破齊共分其地乃佯有罪出奔入齊齊王受而相之居二年而覺齊王大怒車裂蘇秦於市朱
秬堂曰指袁紹也始說何進悉誅宦官又說進召四方猛將皆紹之謀也進死而董卓亂關東州郡兵起紹為盟主宛然
六國之勢而更相吞噬坐視天子播遷至於奔敗之餘嗔血而死亦車裂之報哉史記張儀列傳儀說楚王曰大王誠能
聽臣閉關絕約於齊臣請獻商於之地六百里楚王大說而許之羣臣皆賀陳軫獨弔之曰以臣觀之商於之地不可得而
而齊秦合齊秦合則患必至矣夫秦之所以重楚者以其有齊也今絕齊則楚孤秦奚貪夫孤國而與之商於之地六百
里張儀至秦必負王是北絕齊交西生患於秦也楚王不聽秦齊共攻楚楚大敗於是楚割兩城以與秦平朱秬堂曰指
陳琳也進用袁紹策謀召外兵主簿陳琳諫曰將軍但當速發雷霆行欃立斷則天人順之而反委釋利器更徵外助大
兵聚會強者為雄所謂倒持干戈授人以柄功必不成祇為亂階耳進不聽卒以謀洩身死史記吳起列傳太史公曰語

曰能行之者未必能言能言之者未必能行吳起說武侯以形勢不如德然行之於楚以刻暴少恩亡其軀悲夫又曰武侯封吳起爲西河守甚有聲名公叔爲相尚魏公主而害吳起吳起懼得罪遂去之楚及悼王死宗室大臣作亂而攻吳起吳起走之王尸而伏之擊起之徒因射刺吳起智小謀大見卷九蕪豎行武帝辭說文劣弱也朱彴堂曰指何進也進外慕大名內不能斷身死功隳釀成董卓之禍所謂智小而謀大也進始誅蹇碩斷一黃門令足矣何其健也既乃召外兵以生變及其斬首戶下又何其劣與史記燕召公世家燕昭王即位卑身厚幣以招賢者郭隗曰王必欲致士先從隗始況賢於隗者豈遠千里哉於是昭王爲隗改築宮而師事之樂毅自魏往鄒衍自齊往劇辛自趙往士爭趨燕朱柜堂曰荀彧薦穎川郭嘉曹操召見與論天下事喜曰使孤成大業者必此人也嘉出亦喜曰眞吾主也操表嘉爲司空軍祭酒郭嘉知袁紹之不可有爲故去而就操袁卒不振曹遂以興詩故以得臣稱之史記魯仲連列傳新垣衍曰吾聞魯仲連先生齊國之高士也平原君置酒酒酣起前以千金爲魯連壽魯連笑曰所貴於天下之士者爲人排患釋難解紛亂而無取也即有取者是商賈之事也而連不忍爲也遂辭平原君而去終身不復見其後二十餘年齊田單攻聊城歲餘不

下魯連乃為書約之矢以射城中燕將見書泣三日乃自殺聊城亂田單遂屠聊城歸而言魯連欲爵之魯連逃隱於海

上曰吾與富貴而詘於人寧貧賤而輕世肆志焉朱桓堂曰謂管寧邴原王烈適遼東也

節釋音一解長讀平行戶郎切與二解上半解藏房為陽一音二解下半解泰卦古通詩邶風載脂載舝還車言邁遄臻

于衛不瑕有害則泰與卦通三解陽尤為兩音之轉見上善哉行文帝辭有美一人篇尤宥古通詩周頌我將我享維羊

維牛維天其右之則尤與宥通四解泰否古通見卷五白頭吟五解眞與紙賄本不通惟上半解與下半解之連為眞先

通先叶支士厲紙紙支為三聲故先叶支亦可叶紙眞先通見卷一烏生先叶支見卷四孤兒行紙賄古通詩召南江有

汜之子歸不我以不我以其後也悔則紙與賄通

朱止谿曰志鑑戒也君子不忘人鑑不忘古鑑鄭樵云煌煌京洛行晉本京華都人之雅也為相和歌是謂風雅不分然

此曲本之漢調折楊柳行郭本依技錄諧入聲合變小雅也小雅兼風不必以鄭說為嫌

朱桓堂曰孟子云不信仁賢則國空虛此則詩人詠京洛之微意也魏風園桃尚有實之可食京洛園桃并無子而空長

憂心歌謠亦魏文文飾纂漢託爲黍離之作也

門有萬里客行

郭茂倩樂府相和歌辭瑟調曲古今樂錄曰王僧虔技錄云門有車馬客行歌東阿王置酒一篇樂府解題曰曹植箏門有車馬客行皆言問訊其客或得故鄉里或駕自京師備敘市朝還謝親戚彫喪之意也按曹植又有門有萬里客行亦與此同朱秬堂樂府正義曰此題從門有車馬客行出而取義自別郭氏稱與門有車馬客同者誤也若使果同則如技錄所稱何不即歌此篇而必歌置酒一篇乎蓋門有車馬客是古題而門有萬里客則子建從古題而自出新題也嚴可均云據此集中舊有門有車馬客一篇蓋久亡矣　曹植辭

門有車馬客問君何鄉人褰裳起從之果得心所親挽裳一作衣對我泣太息前自陳本是朔方士今爲吳越民行行將復行去去適西秦

節箋詩鄭風子惠思我褰裳涉溱白虎通衣裳篇所以名爲裳何衣者隱也裳者鄣也所以隱形自鄣閑也說文褰袴也

攓摳衣也从手褰聲則褰乃攓之假借春秋昭十六年左傳云子太叔賦褰裳宣子曰起在此敢勤子至於他人乎植用斯義蓋言愛我者亦不能免於遷徙此或爲白馬王彪作也朱止谿曰懷故土也子建三徙都故寓言之陳胤倩曰徙封奔走或是自況或他王亦然直敘不加一語悲情深至人賞子建詩以其才藻不知愛其清眞如此篇與吁嗟篇縱筆直寫有何華腴耶然固情至之上作也

月重輪行

崔豹古今注日重光月重輪羣臣爲漢明帝所作也明帝爲、太子樂人作歌詩四章以贊太子之德一曰日重光二曰月重輪三曰星重輝四曰海重潤謂天子之德光明如日規輪如月衆輝如星露潤如海太子比德故云重也漢末喪亂後二章亡古今樂錄曰王僧虔技錄有日重光今不傳據郭茂倩樂府月重輪古辭亦不傳 文帝辭

三辰垂光炤臨四海煥哉何煌煌悠悠與天地久長愚見目前聖觀

萬年明闇相絕何可勝言

節箋周禮春官神士掌三辰之灋鄭玄注日月星辰其著位也四海見卷六王子喬天地久長見卷十一秋胡行武帝辭

泰華篇淮南子黃帝治天下法令明而不闇

節釋音陽先元古通海字不爲音陽先元通見卷三董逃行

朱止谿曰頌嗣王也興誥之辭自然藻耀

王船山曰無限籠罩一以猶夷出之

月重輪行

文帝辭

天地無窮人命有終立功揚名行之在躬聖賢度量得爲道中

節箋魏武帝秋胡行天地何長久人道居之短老子天地尙不能久而況於人乎故從事於道者道者同於道得者同於

得王弼注道以無形無爲成濟萬物故從事於道者以無爲爲君不言爲敎而物得其眞與道同體行得則與得同體

朱止谿曰月重輪歌天地君道也道尙乎中行

櫂歌行

古今樂錄曰王僧虔技錄云櫂歌行歌明帝王者布大化一篇或云左延年作樂府解題曰晉樂奏魏明帝辭備言平吳之勳樂府正義曰漁父鼓枻載歌滄浪、漢武秋風辭蕭鼓鳴兮發櫂歌凡可以取義櫂歌者不一詩大雅淠彼涇舟烝徒楫之周王所以于邁也，明帝此篇猶于邁之意明帝辭

王者布大化配乾稽后祇陽育則陰殺晷景應度移解一文德以時振武功伐不隨重華舞干戚有苗服從嫣解二蠢爾吳蜀虜憑江棲山阻哀哉王士民瞻仰靡依怙解三皇上悼愍斯宿昔奮天怒發我許昌宮列舟于長浦解四翌日乘波揚棹歌悲且涼太常拂白日旗幟紛設張

五解

將抗旄與鉞耀威於彼方伐罪以弔民清我東南疆將抗爲趨下

節箋書大誥肆予大化誘我友邦君周禮天官鄭注稽合也后祇地祇也漢書天文志夏至至於東井北近極故晷短立八尺之表而晷景長尺五寸八分冬至至於牽牛遠極故晷長立八尺之表而晷景長丈三尺一寸四分春秋分日至婁角去極中而晷中立八尺之表而晷景長七尺三寸六分此日去極遠近之差晷景長短之制也韓非子當舜之時有苗不服禹將伐之舜曰不可上德不厚而行武非道也乃修敎三年執干戚舞有苗乃服不隨猶不服也大戴禮帝繫瞽瞍產重華是爲虞舜書釐降二女于嬀汭嬀爲賜姓舜居嬀故也詩小雅蠢爾荆蠻又靡瞻匪父靡依匪母唐風父母何怙詩大雅敬天之怒魏志黃初三年冬十月孫權復叛帝自許昌南征諸軍兵並進權臨江拒守明帝時爲平原王此詩作於其時皋上謂文帝也漢書律曆志引周書武成篇若翌日癸巳武王迺朝步自周于征伐紂武帝紀注應劭曰翌明也周禮春官司常掌九旂之物名日月爲常又王建太常釋名日月爲常謂畫日月於其端天子所建言常明也書牧誓王左杖黃鉞右秉白旄以麾

節釋音一二解支爲一通三四五解語變爲一通語變古通見上善哉行明帝辭徂征篇解及趨陽爲一通

朱止謠曰起調有混一規模平吳者晉也故晉樂奏之節案朱止謠樂府廣序以此篇爲明帝太和中東征作則誤矣

漢魏樂府風箋卷十二終

漢魏樂府風箋卷十三

順德黃節箋釋

魏風

相和歌辭

楚調曲

泰山梁甫行

樂府云王僧虔技錄有泰山吟梁甫吟樂府解題曰曹植改泰山梁甫爲八方類聚樂部論樂云陳王曹植泰山梁甫行一本無泰山二字曹植辭

八方各異氣千里殊風雨劇哉邊海民寄身於草野郭本作墅妻子象禽獸行止依林阻柴門何蕭條狐兔翔我宇

節箋漢書司馬相如傳六合之內八方之外注天地四方謂之六合四方四維謂之八方廣韻廟號也周禮夏官司險周

知山林川澤之阻說文宇屋邊也

節釋晉語變馬古通語變通見卷十二善哉行武帝辭自惜篇變馬古通見卷四孤兒行

朱止谿曰觀風也觸目作發勤語較漢室淮南濟北諸王第紈袴子耳

張山來曰此慨賢人隱而不用於世也異氣殊風言榮辱之各殊異也

朱述之曰朱乾云詠齊之士風也此詩殆作於封東阿鄄城之日乎吾聞君子不歸夷其民斯民也三代之所以直道而

行也山澤之民木石鹿豕為伍蓋其常然顧性非有異也得晉君而治之者盛民也今無矜恤之心而有鄙夷之意子建

亦味於素餐之義矣案東阿鄄城皆非邊海之地此慨漢末黃巾寇亂民人流離而作朱乾所論非也

怨詩行

郭茂倩樂府曰古今樂錄怨詩行歌東阿王明月照高樓一篇考宋書樂志楚調怨詩有明月東阿王詞七解即此

明月照高樓流光正徘徊上有愁思婦悲歎有餘哀一解借問歎者誰

篇也宋劇陳[illegible]王集中卷本亦在此篇[illegible]曾[illegible]題[illegible]

云是客子妻夫行踰十載賤妾常獨棲二解念君過於渴思君劇於飢

君爲高山柏妾爲濁水泥三解北風行蕭蕭烈烈入吾耳心中念故人

淚墮不能止四解浮沈各異路會合當何諧願作東北風吹我入君懷

五解君懷常不開賤妾當何依恩情中道絕流止任東西六解我欲竟此

曲此曲悲且長今日樂相樂別後莫相忘七解

節錄上有愁思婦四句舉古詩上有絃歌聲音響一何悲誰能爲此曲無乃杞梁妻楚辭秋風兮蕭蕭班婕妤怨歌行恩情中道絕古辭白頭吟溝水東西流宋子侯董嬌饒吾欲竟此曲此曲愁人腸古辭艷歌何嘗行今日樂相樂七解四句亦並見怨歌行朱述之曰即七哀詩增十二句皆入更唱以諧律耳非曹本文

節釋音灰齊支紙佳微陽古通支微灰陽通見卷四豔歌行南山篇支微齊佳灰通見卷十一苦寒行武帝辭支紙爲三聲通見卷四上留田行朱止谿曰怨詩行歌明月怨之大者也君親之過大爲人臣子挂被已之譏犯竭死之戒其容自已乎惟怨而不譏親親豈豈之化行人治稽以不棄可以怨矣記曰聲成文謂之音我欲竟此曲以下樂府中往往用之漢志所謂聲曲折者是耶陳胤倩曰深味意旨當是比辭思君之念託於夫婦且直寫懷來曾無詞藻願作東北風數句箕切情深子娃所長乃在此等

明月照高樓流光正徘徊上有愁思婦悲歎有餘哀借問歎者誰言是客子妻君行踰十載孤妾常獨棲君若清路塵妾若濁水泥浮沈各異勢會合何時諧願爲西南風長逝入君懷君懷時不開妾心文選

作妾

賤

當何依

節箋上曲晉樂所奏此曲本辭呂向曰月行疾其光如流正謂當其時也徘徊謂終夜月光徘徊轉四面遷照也李善注古

詩慷慨有餘哀劉良曰踰謂過也君謂夫也李善注漢書民歌曰涇水一石其泥數斗吳兆宜注子建九愁賦云寧作清

水之沈泥不爲濁路之飛塵詞義各別節補箋清路塵濁水泥是一物浮爲塵沈爲泥故下云浮沈異勢指塵路泥也亦

喻兄弟骨肉一體而榮枯不同也樂府改作高山柏濁水泥則二物不倫矣李善注爾雅諧和也古詩從風入君懷四坐

莫不嘆李周翰曰西南坤地坤妻道也故願爲西南風節補箋君懷不開則雖欲入君懷不可得矣誠如是則西則南何依也

此逆料必然之詞其怨極深

節釋音見上篇

劉坦之曰子建與文帝同母骨肉今乃浮沈異勢不相親與故以孤妾自喻首言月光徘徊喻文帝恩澤流布而獨不見與

及也此篇當是在雍丘作故有願爲西南風之語雍丘即今汴梁之陳留縣當魏都西南云

朱止谿曰按此曲疑作於文帝時怨歌行作於明帝初立也

陳胤倩曰文選題作七哀詩中無三解四解八句止作君若清路塵妾若濁水泥未無恩情中道絕六句自云作言是夫若

行作君行賤妾作孤妾異路作異勢當何諧作何時諧作東北作爲西南吹我作長逝當不作良不且於賤妾當何依句

便佳頗亦悠然有不盡意夫古詩以淡宕爲則故言以不盡爲作樂府以纏綿爲則故言盡而彌遠即此一詩或刪或全

而二體可識矣

朱述之曰胡應麟詩藪云明月照高樓想見餘光輝李陵逸詩也子建明月照高樓流光正徘徊全用此句而不用其意

遂爲建安絕唱

怨歌行

技錄樂錄樂府解題皆以爲古辭藝文類聚樂部論樂眞西山文章正宗郭茂倩樂府詩集相和歌辭楚調曲皆樂

所奏皆作曹植辭今從類聚諸書曹植辭

爲君既不易爲臣良獨難忠信事不顯乃有見疑患周公佐成王金縢功不刊推心輔王室二叔反流言待罪居東國泣涕常流連皇靈大動變震雷風且寒拔樹偃秋稼天威不可干素服開金縢感悟求其端公旦事既顯成王乃哀歎吾欲竟此曲此曲悲且長今日樂相樂別後莫相忘

節箋論語爲君難爲臣不易沈歸愚曰忠信事不顯言忠信之心不欲人知也如周公納祝詞於匱中之類漢書賈誼傳注師古曰忠合韶音環書公歸乃納冊于金縢之匱中王翼日乃瘳武王既喪管叔及其羣弟乃流言於國曰公將不利於孺子周公居東二年于後公乃爲詩以貽王名之曰鴟鴞秋大熟未穫天大雷電以風禾盡偃大木斯拔邦人大恐王與大夫盡弁以啟金縢之書乃得周公所自以爲功代武王之說二公及王乃問諸史與百執事對曰信噫公命我勿敢言王執書以泣曰昔公勤勞王家惟予沖人弗及知今天動威以彰周公之德惟朕小子其新逆我國家禮亦宜之劉坦

之曰刊削也不刊者磨削不去之意二叔管蔡也流言謂播爲中傷之言如水之流注也居東本東征今曰待罪者承鄭玄避居之說亦作者自謙之辭也流連猶言留滯端事之萌也沈歸愚曰末四句用成語古人不忌節音寒元先陽古通釋見卷三删董逃行

劉坦之曰子建在雍丘時常自憤怨抱利器而無所施上疏求自試明帝既不報及徙東阿復上疏言禁錮明時兄弟乖絕恩紀之違甚於路人顧入侍左右承荅聖問其年冬召諸王朝此詩之作其在入朝之後燕享之時乎子建於明帝爲諸叔父故借周公之事陳古以諷今庶其有感焉

朱止谿曰陳古事悟上也忠而被謗信而見疑似與陳審舉衷同時作

朱秬堂曰子建處兄弟危疑之際此以抒其憤鬱而不達周公之心聖人隨遇而安何有於怨歌詩稱公孫碩膚赤舄几几何自得也朱述之曰按周公作鴟鴞之詩取子毀室其憂危深矣子建止言待罪涕泣何嘗以周公爲有怨乎

陳胤倩曰本言爲臣反從爲君發端便作一折辭並古

怨詩

郭茂倩樂府詩集相和歌辭瑟調曲錄此篇左克明古樂府闕 阮瑀辭

民生受天命，漂若河中塵。雖稱百齡壽，孰能應此身。猶獲嬰凶禍，流落（一作離）恆苦辛。

節箋：春秋成十三年左傳：民受天地之中以生，所謂命也。詩鄭風毛傳：漂猶吹也。古詩：人生寄一世，奄忽若飆塵。禮記：百年曰期頤。嬰，觸也。古詩：轗軻長苦辛。案此詩疑有闕文。

朱止谿曰：悲生也。或曰：短生悲，長世念亂也。優緩有餘，可得怨而不傷之概。

漢魏樂府風箋卷十三終

漢魏樂府風箋卷十四

順德黃節箋釋

漢風

雜曲歌辭

郭茂倩樂府詩集分郊廟歌辭燕射歌辭鼓吹曲辭橫吹曲辭相和歌辭清商曲辭舞曲歌辭琴曲歌辭雜曲歌辭近代曲辭雜謠歌辭新樂府辭凡十二部視左克明古樂府備矣夫郊廟頌也燕射鼓吹橫吹舞曲雅也琴曲亦雅之流也清商風也而爲吳聲西曲江南諸弄與近曲新辭皆無與於漢魏若雜歌謠辭明其爲非曲也不得列於樂府之風故茲編於相和歌辭外獨取雜曲歌辭

以附於古采風之義惟郭氏所錄東飛伯勞歌西洲曲長干曲審其聲製並非古辭未可因仍其誤是則有所異同爾郭茂倩曰雜曲者歷代有之或心志之所存或情思之所感或宴游歡樂之所發或憂愁憤怨之所興或敘別離悲傷之懷或言征戰行役之苦或緣於佛老或出自夷虜兼收備載故總謂之雜曲自秦漢以來數千百歲文人才士作者非一干戈之後喪亂之餘亡失既多聲辭不具故有名存義亡不見所起而有古辭可考者復有不見古辭而後人繼有擬述可以概見其義者又有因意命題或學古敘事不必古有是辭者皆雜曲也

蜨蝶行

蜨蝶之遨遊東園奈何卒逢三月養子鷰接我苜蓿間持之我入紫深宮中行纏之傳欂櫨間雀來鷰鷰子見銜哺來搖頭鼓翼何軒奴軒

郭茂倩樂府詩集左克明古樂府同載

節箋說文蝶本作蜨蛺蜨也俗作蝶竹書紀年黃帝軒轅氏洛水之上有鳳凰集不食生蟲不履生草或止帝之東園卒猝也禮月令鄭注燕以施生時來集人堂宇而孚乳養子燕謂孚乳之燕也漢書西域傳罽賓國有苜蓿大宛馬嗜苜蓿武帝得其馬漢使採苜蓿種歸天子益種離宮別館旁接猶曲禮堂上接武之接鄭注謂迹相接蹤之也持猶史記項羽本紀楚漢相持未決之持謂燕踹我而我與之相持苜蓿間於是入深宮中避之也漢書揚雄傳注師古曰行且也說文纏繞也傳猶春秋僖十四年左傳毛將安傳之傳謂驪著也司馬相如長門賦施瑰木之欂櫨李善注引說文曰欂櫨柱也上枅也莊子鴻蒙方將拊髀雀躍而遊戰國策雀立不轉注雀立踴也雀來燕燕謂燕見蝶傳欂櫨不能飛故踴躍而來於

時燕子見母銜蝶來哺則搖頭鼓翼而爭食之也軒昂首也奴何切音爲那何軒奴軒即那軒那軒也那多貌言衆雛皆
昂首爭食也
節釋音元刪東古通見卷九氣出唱駕六龍篇灰叶元見卷十二步出夏門行明帝辭
朱止谿曰達人不嬰世機也物出於機復入於機詩以悲之
朱柜堂曰孤臣孽子操心危慮患深故達禍機之伏從未有不於安樂得之
漢詩說曰雀來燕語不可解按趙整諫歌不見雀來入燕室但見浮雲蔽白日蓋此曲先謂燕啄蝶而不知巢中子爲雀
所據猶安然安之蓋警詩也李子德漢詩評曰蝶爲燕攫傳於檣櫨而雀乃從旁取之又慮爲燕所制故未來蝶側先翔
翔於燕前也雀來燕不曰燕傍燕前而但云雀來燕爾時雀燕耽耽相視惟蝶傍觀爲能得其情也末又以燕子待哺急
情在蝶眼中見得寫來神妙節案漢詩兩說皆誤以雀爲又一物然於詩意無關不知雀來猶雀躍雀立也趙整歌亦猶
鵲巢鳩居之意不必是用此詩

傷歌行

文選郭茂倩樂府詩集左克明古樂府皆作古辭玉臺新詠作魏明帝辭誤古樂苑曰傷歌行側調曲也傷日月代謝年命遒盡絕離知友傷而作歌

昭昭素明月，輝光燭我牀。憂人不能寐，耿耿夜何長。微風吹閨闥，羅帷自飄颺。攬衣曳長帶，屣履下高堂。東西安所之，徘徊以彷徨。春鳥翻（一作向）南飛，翩翩獨翱翔。悲聲命儔匹，哀鳴傷我腸。感物懷所思，泣涕忽霑裳。佇立吐高吟，舒憤訴穹蒼。

節箋文選六臣注李周翰曰燭照也李善曰毛詩耿耿不寐如有隱憂毛萇詩傳曰闥內門也長門賦曰屣履起而彷徨呂延濟曰徘徊彷徨皆時行不止貌節補箋揚雄甘泉賦徒徊徊以徨徨兮魂眇眇而昏亂玉臺新詠吳兆宜注楚辭孰可與分匹儔王逸曰二人曰匹四人曰儔枚乘雜詩淚下霑裳衣李善曰毛詩曰佇立以泣谷永與王譚書曰抑鬱於家

不得舒憤毛詩曰靡有旅力以念穹蒼李巡爾雅注曰仰視天形穹隆而高其色蒼蒼故曰穹蒼爾雅曰穹蒼蒼天也朱止谿曰素月可懷微風自適春鳥翻飛皆足樂也獨傷心之人莫不增感所謂將墜之葉無假迅薄之飆傷心之涕豈待雍門之奏少陵詩感時花濺淚恨別鳥驚心是也吳伯其曰此篇從古詩明月何皎皎翻出俱是寐而復起俱以明月作引俱有徘徊彷徨字但彼於戶內寫徘徊於戶外寫彷徨態在出戶入房上此則徘徊彷徨俱在戶外明月獨牀已寢矣憂人不寐復起而離牀也離牀而闔闥同望牀之羅帷也攬衣已至堂矣履屣已下階矣東西安之已立於庭矣徘徊彷徨乃立庭時之態也東西安所之莫我知也夫舒憤訴穹蒼知我其天乎

悲歌

郭茂倩樂府詩集古辭左克明古樂府闕

悲歌可以當泣遠望可以當歸思念故鄉鬱鬱纍纍欲歸家無人欲

渡河無船心思不能言腸中車輪轉

節箋楚辭九章心鬱鬱之憂思兮獨永歎乎增傷煢煢見九卷十二善哉行文帝辭採微篇

節釋音徵支古通見卷二長歌行青青園中篇先叶徵支見卷四孤兒行先銑通爲三聲之通詩小雅伐木于阪釃酒有衍

邊豆有踐兄弟無遠民之失德乾餱以愆則先與銑通

朱止谿曰悲歌不得志於時之所作也聲若可傳雖痛不悲此無聲之哀也

朱秬堂曰或邦國喪亂流寓他鄉或負罪離憂竄身絕域故詞極悽楚而無可怨恨李陵似之

李子德曰當字妙可以當不可以當也看下句自明

陳胤倩曰情意曲盡旅客至情不能言乃真愁也

前緩聲歌

郭茂倩樂府詩集古辭 朱秬堂樂府正義曰王朴云半之者清聲也信之者緩聲也然則緩聲者其用律之倍聲

者歟長笛長律也短笛短律也長笛續短笛是為緩聲

水中之馬必有陸地之蹄但有意氣不能自前心非木石荊根株數得覆蓋天當復思東流之水必有西上之魚不在大小但有朝於復來長笛續短笛欲今皇帝陛下三千萬歲

節箋莊子夫水行莫如用舟而陸行莫如用車以舟之可行於水也而求推之於陸則沒世不行彼未知夫無方之傳應物而不窮者也故禮義法度者應時而變者也此篇旨本斯義蓋謂事勢之窮猶以馬行水以舟行陸雖有意氣而不可使之行前猶行也夫事勢至於不能行當用吾心以思之心非木石各有知也就令無知如木荊雖生於地而根株密者其勢得覆蓋乎天況人之有知乎故窮則當思其變水東流也而魚則有西上者夫魚挾於東流可謂窮矣然力能西上則由窮而知變矣是故事不在大小小之如馬也船也水也魚也并有窮而思變之道大如天下國家可不思變乎是以當剎極之時必有來復之曰蓋窮則變變則通也孟子趙岐注數密細也[illegible]玉切奇促詩夙興夜寐靡有朝矣有朝猶有

日也。於，語助也。易反復其道七日來復利有攸往鄭玄注復反也還也建戌之月以陽氣既盡建亥之月純陰用事至建子之月陽氣始生也故曰來復復來猶來復也漢詩說曰長笛言樂乃頌禱之詞節釋音魚與先叶魚虞古一音漢郊祀歌象載瑜白集西食甘露飲榮泉瑜露爲虞遇叶先之證魚灰霽古通魚灰通見卷四隴西行魚霽通見卷四孤兒行來讀音賚隊霽古一音李子德曰綴聲當爲笛曲而末則離調用致祝於君也所謂離調致祝如南曲之有合歌也

枯魚過河泣

郭茂倩樂府詩集古辭左克明古樂府同載

枯魚過河泣，何時悔復及。作書與魴鱮，相教慎出入。

節箋韓詩外傳枯魚銜索幾何不蠹詩啜其泣矣何嗟及矣何時悔復及謂不愼出入至爲人所得已無及悔之時也詩敝笱，在梁其魚魴鱮毛傳魴鱮大魚鄭箋鱮似魴而弱鱗

朱止谿曰悔過之詩也知進退存亡而不失其正使豫爲慎焉

陳胤倩曰作書甚新諧云悔之何及今己矣并無悔之不及之一日矣

李子德曰枯魚何泣然非枯魚則何知泣也

張蔭嘉曰此罹禍者規友之詩出入不謹後悔何及却現枯魚身而爲說法

驅車上東門行

郭茂倩樂府詩集古辭左克明古樂府同載

驅車上東門遥望郭北墓白楊何蕭蕭松柏夾廣路下有陳死人杳杳即長暮潛寐黃泉下千載永不寤浩浩陰陽移年命如朝露人生忽如寄壽無金石固萬歲更相送賢聖莫能度服食求神仙多爲藥所誤不如飲美酒被服紈與素

李善注河南郡圖經曰東有三門最北頭曰上東門應劭風俗通曰葬於郭北北首求諸幽之道也白虎通曰庶人無墳樹以楊柳楚辭曰風颯颯兮木蕭蕭仲長子昌言曰古之葬者松柏梧桐以識其墳也莊子曰人而無人道是之謂陳人也郭象曰陳久也楚辭曰去白日之昭昭襲長夜之悠悠服虔左氏傳注曰天玄地黃泉在地中故言黃泉神農本草曰春夏爲陽秋冬爲陰莊子曰陰陽四時運行漢書李陵謂蘇武曰人生如朝露尸子老萊子曰人生於天地之間寄也寄者固歸韓子曰雖與金石相弊兼天下未有日也范子曰執索出齊

節補箋吳伯其曰上東乃長安東門之名李斯率黃犬逐狡兔卽此蓋西都人詩郭北西都之北郭非東都之北邙也案伯其說非也史記李斯傳云出上蔡東門考李斯楚上蔡人東門者上蔡之東門非長安東門也漢書賈誼疏曰擇良日立諸子雒陽上東門之外此明言雒陽上東門朱蘭坡曰長安東面三門見水經注無上東門之名蓋洛陽北門外有邙山冢墓多在焉則此卽謂北邙山之暮矣文選六臣注呂向曰卽就也張銑曰寤覺也呂延濟曰萬歲謂自古也朱止谿曰諷時也五侯七貴一流其高者好延方士談老莊以達人當之了不異飲酒被服之常耳

張瓜田曰唐風云子有衣裳弗曳弗婁宛其死矣他人是愉子有酒食何不日鼓瑟宛其死矣他人入室依此而言不如飲美酒被紈素之爲得也陳太初曰其意蓋疾沒世而名不稱而無一語正言其意故一推之聖賢莫能度再推之神仙不可求三推之酒食聊快意夫既知命如朝露壽無金石固矣則美酒紈素果足樂乎蓋言放意達觀無復念此其勿復念此者正不能不念也正言若反

冉冉孤生竹

郭茂倩樂府詩集古辭左克明古樂府同載

冉冉孤生竹結根泰山阿與君爲新婚兔絲附女蘿兔絲生有時夫婦會有宜千里遠結婚悠悠隔山陂思君令人老軒車來何遲傷彼蕙蘭花含英揚光輝過時而不采將隨秋草萎君亮執高節賤妾亦

何爲

李善注竹結根於山阿喻婦人託身於君子也風賦曰緣太山之阿毛萇詩傳曰女蘿松蘿也毛詩草木疏曰今松蘿蔓松而生而枝正青兔絲草蔓聯草上黃赤如金與松蘿殊異此古今方俗名草不同然是異草故曰附也蒼頡篇曰宜得其所也說文曰陂阪也楚辭曰秋草榮其將實徵霜下而夜死爾雅曰亮信也節補箋文選六臣注李周翰曰冉冉漸生貌阿曲也爾雅唐蒙女蘿女蘿菟絲是一物也詩小雅蔦與女蘿施于松柏毛傳女蘿菟絲松蘿也楚辭九歌王逸注女蘿菟絲也高誘注呂氏春秋淮南子亦云菟絲一名女蘿皆本爾雅後之以爲二物者謂神農本草松蘿一名女蘿在木部菟絲一名菟蘆在草部又廣雅女蘿松蘿也菟丘菟絲也以此爲證然據博物志云女蘿寄生菟絲菟絲寄生木上則二物以同類相依附也最得詩義劉履選詩補注蕙蘭皆香草以比已之德含者初開而未盡發也既曰含英而又言揚光輝者存於中而見於外也節釋音歌支徵古通見卷四孤兒行

朱止谿曰：傷後時也。賢者致身於朝，末見信用，是以傷之。

吳伯其曰：舊注以此爲新婚，非也。細玩其意，酷似標有梅，當是怨遲婚之作。軒車者，逆女之車也。來遲者，以結婚之遠在千里外也。思君云云，是倒句。軒車來遲，故思君令人老耳卹固末嘗老也，思君致然。言君之來遲，信執高節矣，我亦何爲不持高節哉。

陳太初曰：劉勰文心雕龍云：孤竹一篇，傳毅之辭。後漢書言毅少作迪志詩，又以顯宗求賢不篤，士多隱處，作七激以諷。此詩猶是旨也。

羽林郎

郭茂倩樂府詩集雜曲歌辭、左克明古樂府同載。漢書曰：武帝太初元年置建章營，後更名羽林騎，屬光祿勳。又取從軍死事之子孫養羽林，官教以五兵，號羽林孤兒。顏師古曰：羽林，宿衛之官，言其如羽之疾，如林之多。一說羽所以爲主者羽翼也。後漢書百官志曰：羽林郎掌宿衛侍從，常選漢陽、隴西、安定、北地、上郡、西河六郡良家補之。地理

志曰漢興六郡良家子選給羽林是也 辛延年辭

昔有霍家奴姓馮名子都依倚將軍勢調笑酒家胡胡姬年十五春日獨當壚長裾連理帶廣袖合歡襦頭上藍田玉耳後大秦珠兩鬟何窈窕一作窈窕一世良所無一鬟五百萬兩鬟千萬餘不意金吾子娉婷過我廬銀鞍何煜爚翠蓋空踟躕就我求清酒絲繩提玉壺就我求珍肴金盤鱠鯉魚貽我青銅鏡結我紅羅裾不惜紅羅裂何論輕賤軀男兒愛後婦女子重前夫人生有新故貴賤不相踰多謝金吾子私愛徒區區

節箋奴字玉臺新詠樂府詩集皆作姝古樂府作奴近人丁福保全漢三國晉南北朝詩緒言謂古時士之美者亦曰姝如鄘風干旄之詩彼姝者子是案毛傳姝順貌彼姝指賢者子都何人乃以干旄之賢者比之乎漢書霍光傳云霍氏奴

入御史府欲躐大夫門又曰光愛幸監奴馮子都又曰使蒼
頭奴上朝謁莫敢譴者是霍氏諸奴明具漢書如馮子都王
子光等服虔曰皆光奴以此證之當爲奴字吳兆宜注後漢
書廉范傳依倚大將軍竇憲漢書霍光傳後元二年上以光
爲大司馬大將軍節補箋顧炎武日知錄史記匈奴傳曰晉
北有林胡樓煩之戎燕北有東胡山戎蓋必時人因此名戎
爲胡而下文遂云築長城以拒胡是以二國之人而概北方
之稱也節棨兩漢稱胡者不止北方之稱後漢書馬援傳伏
波類西域賈胡到一處輒止是西域諸稱亦稱胡此言酒家
胡蓋即所謂賈胡也吳兆宜注漢書司馬相如傳相如壚賣
車騎置酒舍酒令文君當壚師古曰賣酒之處累土爲壚以
居酒罋四邊隆起其一面高形如鍛壚故名壚閒人傚注爾
雅釋器袚謂之裾釋名袖由也手所由出入也吳兆宜注說
文帶紳也襦短衣也節補箋范子計然曰玉英出藍田後漢
書西域傳大秦土多金銀奇寶有夜光璧明月珠鬟同環賈
誼新書大禹發河而導之九牧注取回曲義同環環婦人首
飾琢玉爲之方言美心爲鋊美狀爲鋺漢書食貨志黃金重
一斤直錢萬曰千萬餘謂錢也當黃金千斤閒人傚注漢書
百官公卿表中尉秦官掌徼巡京師武帝太初元年更名執
金吾師古注金吾鳥名也主辟不祥天子出行職主先導以

御非常故執此鳥之象因以名官廣雅區區愛也

節釋音魚廣古通見卷一陌上桑

朱止谿曰刺權倖也詩云漢之廣矣不可方思士守其忠謝權門之辟似與羅敷同節一曰恥事二得所作爲東漢人辭

朱秬堂曰漢以南北二軍相制南軍衛尉主之掌宮城門內之兵北軍中尉主之掌京城門內之兵武帝增置期門羽林

以屬南軍增置八校以屬北軍更名中尉爲執金吾南軍掌宿衛當時以二千石以上子弟及明經孝廉射第甲科博士

弟子高第及尚書奏賦軍功良家子充之期門羽林亦以六郡良家子選給未有如馮子都其人者自太尉勃以北軍除

呂氏於是北軍勢重武帝用兵四夷發中尉之卒遠擊南粵後又增置八校募知胡事者爲胡騎知越事者爲越騎武騎

紛然將驕兵橫殆盛於南軍矣光武所以有仕宦當至執金吾之云也題曰羽林郎本屬南軍而詩云金吾子則知當時

南北軍制俱壞而北軍之害爲尤甚也案後漢和帝永元元年以竇憲爲大將軍竇氏兄弟驕縱而執金吾景尤甚奴客

緹騎強奪財貨篡取罪人妻略婦女商賈閉塞如避寇警此詩疑爲竇景而作蓋託往事以諷今也

王船山曰由前之漫爛不知章末之歸宿是以激昂入意更深於七札杜陵麗人行亦規撫於此

沈歸愚曰一髮五百萬二何須知不是論髮

張蔭嘉曰不惜紅羅裂何論輕賤軀言其勢可畏若不惜此紅羅之裂者輕賤之軀幾難保矣

董嬌饒

郭茂倩樂府詩集左克明古樂府同載朱秬堂樂府正義曰董嬌饒人名 宋子侯辭

洛陽城東路桃李生路傍花花自相對葉葉自相當春風東北起花葉正低昂不知誰家子提籠行採桑纖手折其枝花落何飄颺請謝彼姝子何爲見損傷高秋八九月白露變爲霜終年會飄墮安得久馨香秋時自零落春月復芬芳何時盛年去懽愛永相忘吾欲竟此曲此曲愁人腸歸來酌美酒挾瑟上高堂

節箋近人丁福保全漢三國晉六朝詩緒言曰考玉臺藝文樂府諸書皆作饒無作姚者即以唐人詩證之亦然元槇詩爲占嬌饒分李商隱詩風蝶强嬌饒溫庭筠詩昔年於此見嬌饒杜甫詩佳人屢出董嬌饒自宋毛晃增注禮部韻略誤改杜詩董嬌饒爲董嬌姚而饒字幾廢矣籠見卷一陌上桑晉灼漢書注以辭相告曰謝彼姝見上籍羽林郎開入侯注

毛詩白露爲霜

朱止谿曰士不遇時追慕盛世也東都閔時之作開建安風骨爲曹子建所宗

李子德曰借春花好女言懽日無多勸之取樂及時也

漢詩說曰請謝彼姝子二句是問詞高秋八九月四句是姝子答語秋時自零落四句又是答姝子之詞正意全在吾欲竟此曲數語

焦仲卿妻

玉臺新詠作古詩無人名爲焦仲卿妻作郭茂倩樂府詩集左克明古樂府皆作焦仲卿妻其序曰漢末建安中廬

江府小吏焦仲卿妻劉氏爲仲卿母所遣自誓不嫁其家逼之乃沒水而死仲卿聞之亦自縊於庭樹時人傷之而爲此辭也

孔雀東南飛五里一徘徊十三能織素十四學裁衣十五彈箜篌十六誦詩書十七爲君婦心中常苦悲君既爲府吏守節情不移雞鳴入機織夜夜不得息三日斷五匹大人故嫌遲非爲織作遲君家婦難爲妾不堪驅使徒留無所施便可白公姥及時相遣歸府吏得聞之堂上啓阿母兒已薄祿相幸復得此婦結髮同枕席黃泉共爲友共事二三年始爾未爲久女行無偏斜何意致不厚阿母謂府吏何乃太區區此婦無禮節舉動自專由吾意久懷忿汝豈得自由東家有賢女自名秦羅敷可憐體無比阿母爲汝求便可速遣之遣去愼

莫留府吏長跪告伏惟啓阿母今若遣此婦終老不復取阿母得聞
之槌牀便大怒小子無所畏何敢助婦語吾已失恩義會不相從許
府吏默無聲再拜還入戶舉言謂新婦哽咽不能語我自不驅卿逼
迫有阿母卿但暫還家我今且報府不久當歸還還必相迎取以此
下心意愼勿違我語新婦謂府吏勿復重紛紜往昔初陽歲謝家來
貴門奉事循公姥進止敢自專晝夜勤作息伶俜縈苦辛謂言無罪
過供養卒大恩仍更被驅遣何言復來還妾有繡腰襦葳蕤自生光
紅羅複斗帳四角垂香囊箱簾六七十綠碧靑絲繩物物各自異種
種在其中人賤物亦鄙不足迎後人留待作遣遣一作施於今無會因
時時爲安慰久久莫相忘雞鳴外欲曙新婦起嚴妝著我繡裌裙事

事四五通足下躡絲履頭上玳瑁光腰若（一作著）流紈素耳著明月璫指如削葱根口如含朱丹纖纖作細步精妙世無雙上堂謝阿母母聽去不止昔作女兒時生小出野里本自無教訓兼愧貴家子受母錢帛多不堪母驅使今日還家去念母勞家裏卻與小姑別淚落連珠子新婦初來時小姑如我長勤心養公姥好自相扶將初七及下九嬉戲莫相忘出門登車去涕落百餘行府吏馬在前新婦車在後隱隱何甸甸俱會大道口下馬入車中低頭共耳語誓不相隔卿且暫還家去吾今且赴府不久當還歸誓天不相負新婦謂府吏感君區區懷君既若見錄不久望君來君當作磐石妾當作蒲葦蒲葦紉如絲磐石無轉移我有親父兄性行暴如雷恐不任我意逆以煎我

懷舉手長勞勞二情同依依入門上家堂進退無顏儀阿母大拊掌不圖子自歸十三教汝織十四能裁衣十五彈箜篌十六知禮儀十七遣汝嫁謂言無誓違汝今無一作何罪過不迎而自歸蘭芝慙阿母兒實無罪過阿母大悲摧還家十餘日縣令遣媒來云有第三郎窈窕世無雙年始十八九便言多令才阿母謂阿女汝可去應之阿女銜淚答蘭芝初還時府吏見丁寧結誓不別離今日違情義恐此事非奇自可斷來信徐徐更謂之阿母白媒人貧賤有此女始適還家門不堪吏人婦豈合令郎君幸可廣問訊不得便相許媒人去數日尋遣丞請還說有蘭家女紀容舒玉臺新詠考異曰請還二字未詳又序云劉氏此云蘭家或字之誤也此二句文義不屬說有云有亦復疑此句下脫失二句不特字句有訛也承籍有宦官云有第五郎嬌逸未

有婚遣丞爲媒人主簿通語言直說太守家有此令郎君既欲結大義故遣來貴門阿母謝媒人女子先有誓老姥豈敢言阿兄得聞之悵然心中煩舉言謂阿妹作計何不量先嫁得府吏後嫁得郎君否泰如天地足以榮汝身不嫁義郎一作郎體其住一作往欲何云蘭芝仰頭答理實如兄言謝家事夫壻中道還兄門處分適兄意那得自任專雖與府吏要渠會永無緣登即相許和便可作婚姻媒人下牀去諾諾復爾爾還部白府君下官奉使命言談大有緣府君得聞之心中大歡喜視曆復開書便利此月內六合正相應良吉三十日今已二十七卿可去成婚交語速裝束絡繹如浮雲青雀白鵠舫四角龍子幡婀娜隨風轉金車玉作輪躑躅青驄馬流蘇金鏤鞍齎錢三百

萬皆用青絲穿雜綵三百匹交廣市鮭珍從人四五百鬱鬱登郡門
阿母謂阿女適得府君書明日來迎汝何不作衣裳莫令事不舉阿
女默無聲手巾掩口啼淚落便如瀉移我琉璃榻出置前牕下左手
持刀尺右手持綾羅朝成繡裌裙晚成單羅衫晻晻日欲暝愁思出
門啼府吏聞此變因求假暫歸未至二三里摧藏馬悲哀新婦識馬
聲躡履相逢迎悵然遙相望知是故人來舉手拍馬鞍嗟嘆使心傷
自君別我後人事不可量果不如先願又非君所詳我有親父母逼
迫兼弟兄以我應他人君還何所望府吏謂新婦賀卿得高遷磐石
方且（一作可）厚可以卒千年蒲葦一時紉便作旦夕間卿當日勝貴吾
獨向黃泉新婦謂府吏何意出此言同是被逼迫君爾妾亦然黃泉

下相見勿違今日言執手分道去各各還家門生人作死別恨恨那
可論念與世間辭千萬不復全府吏還家去上堂拜阿母今日大風
寒寒風摧樹木嚴霜結庭蘭兒今日冥冥令母在後單故作不良計
勿復怨鬼神命如南山石四體康且直阿母得聞之零淚應聲落汝
是大家子仕宦於臺閣愼勿爲婦死貴賤情何薄東家有賢女窈窕
豔城郭阿母爲汝求便復在旦夕府吏再拜還長歎空房中作計乃
爾立轉頭向戶裏漸見愁煎迫其日牛馬嘶新婦入靑廬菴菴黃昏
後寂寂人定初我命絕今日魂去尸長留攬裙脫絲履舉身赴淸池
府吏聞此事心知長別離徘徊庭樹下自掛東南枝兩家求合葬合
葬華山傍東西植松柏左右種梧桐枝枝相覆蓋葉葉相交通中有

雙飛鳥自名爲鴛鴦仰頭相向鳴夜夜達五更行人駐足聽寡婦起徬一作赴彷徨多謝後世人戒之愼勿忘

節箋北宋本蔡質漢儀曰河南府掾出考案與從事同府吏猶府掾之流也司馬相如長門賦孔雀集而相存兮樂府古辭豔歌何嘗行六里一徘徊小爾雅治絲曰織縞之麤者曰素箜篌復見卷八箜篌引聞人倓注淮南子府吏守法玉臺新詠守節情不移句下有賤妾留空房相見常日稀二句漢書淮陽憲王欽傳傳辭去令弟光恐王云王遇大人益解師古曰大人博自稱其母也後漢書范滂傳滂白母曰惟大人割不可忍之恩亦以大人稱母漢書食貨志四丈爲匹聞人倓注施用也公姥謂舅姑也吳兆宜注王符潛夫論骨法爲祿相表氣焦氏易林祿命苦薄聞人倓注薄祿相言祿命骨相俱薄也吳兆宜注宋玉高唐賦願薦枕席左傳不及黃泉無相見也聞人倓注玉篇斜不正也致不厚謂致毋之不厚也節箋區區見羽林郎吳兆宜注宋玉登徒子好色賦臣里之美者莫若臣東家之子節箋羅敷見卷一陌上桑吳兆宜注國策衛人迎新婦論衡硬咽不能下聞人倓注禮記鄭玄注報讀爲赴吳兆宜注古詩極宴娛心意聞人倓注以此下心

意言將有後圖聊復容忍也勿復重紛紜言不必復爲迎取
之說也吳兆宜注詩歲亦陽止鄭箋十月爲陽時用事嫌于
無陽故以名此月爲陽聞人倓注說文謝辭也釋名腰襦形
如襦其腰上翹下齊腰也藏襟盛貌西都賦紅羅颯纚釋名
小帳曰斗帳形如複斗也聞人倓注楚辭又欲充夫佩幃注
幃謂之幐香囊也吳兆宜注廣韻箱籠也釋名簾廉也自障
袷爲廉恥也聞人倓注廣韻袂同袷史記匈奴傳服繡袷綺
衣急就篇注衣裳施裹曰袷釋名裙下裳也又裙裹衣也古
服裙不居外皆有衣籠之李子德曰婦人衣飾將舉然後著
裙則妝成將出矣事事四五通句乃要其終言之見自初妝
以至妝成每加一衣一飾皆著後復脫脫而復著必四五更
之數數遲延以捱晷刻也蓋著畢則去矣聞人倓注漢鐃歌
雙珠玳瑁簪後漢楊秉傳僕妾盈紈素陳胤倩曰紈素亦服
飾耳而腰若流之輕軀洋洋衣與翩翻也聞人倓注後漢輿
服志簪珥耳璫垂珠節籠明月珠見上羽林郎吳兆宜注雜
事秘辛螢指去掌匹寸背十竹萌削也宋玉神女賦朱脣的
其若丹新婦出來時句下一本有小姑始扶牀今日被驅遣
二句西京雜記戚夫人侍兒賈佩蘭後出爲扶風人般儒妻
說在宮內時見戚夫人至七月七日臨百子池作于闐樂樂
畢以五色縷相羈謂爲相連愛嫏嬛記九爲陽數古人以二

十九日為上九初九日為中九十九日為下九每月下九置酒為婦女之歡名曰陽會蓋女子陰也待陽以成故女子于是夜為藏鉤諸戲以待月明有忘寐達曙者崔駰東巡頌隱隱轔轔倉頡篇轔轔乘車聲也轔省作甸漢書灌嬰傳灌賢方與程不識耳語師古曰附耳小語也聞人倓注公羊傳注錄取也吳兆宜注王逸楚辭注紉索也王逸九思我心煎熬說文擡拜舉手下也蘇武詩思心常依依說文拊擊也節箋紀容舒玉臺新詠考異曰誓違二字義不可通疑是僭違之訛諐古愆字詩不愆于儀禮緇衣篇引之作諐節案說文誓約束也孟子女子之嫁也母命之曰往之女家必敬必戒無違夫子以順為正者妾婦之道也無誓違謂無違約束也當是用孟子義聞人倓注蘭芝仲卿妻名吳兆宜注廣韻摧傷也憂也節箋爾雅釋訓便便辯也注便婢緜切令善也吳兆宜注漢書谷永傳注師古曰丁寧謂再三告示也王逸九思秉玉英兮結誓節箋紀容舒曰恐此事非奇奇字義不可通疑為宜字之訛陳胤倩曰言暫遣復迎人家多有此不足為寄也斷來信是謝絕媒人徐徐更謂之言再與府吏言也節箋廣曠也始還不得一問便許欲其稍曠時日也聞人倓注縣令因事而遣丞請於太守也籍戶籍也承籍有宦官言繼承先人戶籍世有宦學游官之人也節箋主簿見卷四雁門

太守行易天地交泰天地不交否否謂先嫁也泰謂後嫁也
不嫁義卽體義謂卦義體謂卦體也詩衛風爾卜爾筮體無
咎言毛傳體兆卦之體此言不可榮以祿者否也由否而泰
可以榮身若不嫁則卦義卽兆所謂无往不復者何云也此
並用泰六五帝乙歸妹義其住陳胤倩聞人倓嘗作其往理
實如兄言謂阿兄所言易理也聞人倓注博雅要約也渠譜
府吏張蔭嘉曰登卽鄉當郎也許和謂許與和好也聞人倓
注說文牀安身之坐者爾爾靡辭也吳兆宜注呂氏春秋容
成作曆聞人倓注五行說十二辰爲六合月建與日辰合也
楚辭吉日兮辰良張陰嘉曰交語謂太守遣人交相傳語急
速裝束行聘諸事也吳兆宜注說文聽馬青白雜色也西京
雜記武帝時身毒國獻白光琉璃鞍自是長安始盛飾鞍馬
或加以鈴鑷飾以流蘇節箋漢書地理志蒼梧郡武帝元鼎
六年開莽曰新廣屬交州論衡鮭肝死人案卽今河豚也禮
王制八十常珍注珍味也鬱鬱登郡門紀容舒曰登字疑當
作發吳兆宜注楚辭曰晻晻而下頹閒人倓注攡藏自抑挫
之貌命如南山石四體康且直謂死也毋前不敢直言故隱
約其辭節箋貴賤情何薄句貴謂大家子宦臺閣也賤謂婦
也貴賤相懸遺婦不爲薄情何薄言何薄之有也乃爾者作
計己決之貌立謂起立欲行其自經之計又轉頭向戶不遂

行也閒人倏注牛馬嘶如詩所云牛羊下來也段成式曰北方婚禮用青布幔爲屋謂之青廬紀容舒曰菴菴前作晻晻案廣韻晻烏感切晻藹暗也而左思蜀都賦豐蔚所盛茂八荒而菴藹焉正作菴字李善亦音烏感切然則二字本通非訛異也吳兆宜注後漢書來歙傳歙自書表曰臣夜人定後爲何人所賊吳兆宜注古今樂錄宋少帝時南徐一士子從華山畿往雲陽案西岳華山相去廬江甚遠合葬事當從樂錄南徐華山畿爲是

節釋音篇首至及時相遺歸以上二十二句爲灰微魚支通中介以纖息二字爲職與支通灰魚支通見卷四隴西行灰微支通見卷四豔歌行南山篇詩大雅行葦以引以翼壽考維祺則職與支通

府吏得聞之至愼勿違吾語四十八句爲有虞尤麌語通有麌通見卷一烏生虞尤通見卷一陌上桑尤麌語通見卷十二善哉行明帝辭赫赫篇

新婦謂府吏至精妙世無雙三十八句爲文元先眞刪陽蒸東江通文元先眞刪陽通見卷三董逃行東與元先刪陽江通見卷九氣出唱駕六龍篇青蒸古一音蒸與元先眞陽東通見卷九對酒楚辭天問吳光爭國久予是勝何環穿自閭社丘陵爰出子文則蒸與文通易林禹召諸神會稽南山執玉萬國天下安寧則蒸與刪通參同契七八道已訖屈折低下降日月

氣雙明九六亦相應則蕪輿江通上堂拜阿毋至淚落百餘行二十句爲紙叶陽見卷十二大鮪上萬行府吏馬在

前至不得便相許六十三句爲有語變佳灰支微尾通內吾今且赴府句疊句用韻蘭芝漸阿毋三句一韻兒實無罪過

及牽可廣聞訊句非韻云有第三郎窈窕世無雙二句爲江通陽陽通灰有變支通見卷一烏生語尾通見卷十二善哉

行武帝辭自惜籍變支微尾通見卷四孤兒行佳灰支微通見卷十苦寒行武帝辭江通陽見卷二長歌行仙人篇陽通

灰見卷四鹽歌行南山篇蝶人去歛日至鬱鬱登郡門六十二句爲刪元寒眞文先通蛺墻在陽韻應在燕韻亦與刪

元寒眞文先通並見本篇上文及卷三蘆逃行誓字爾爾字內字七字不爲韻阿毋謂阿女至撫[illegible]馬悲哀二十句爲

語馬歌齊微灰通晚成單羅衫句疑仍以羅字爲韻衫字與晚晚音相連併否則衫在咸韻不通歌齊奐語馬歌齊微通

見卷四孤兒行齊微灰通見卷十一苦寒行武帝辭阿毋謂阿女單句爲韻手巾掩口啼句不爲韻寒新婦識馬聲至勿

復總鬼神四十三句陽爲庚陽先刪元寒眞通知是故人來句來字爲灰叶陽庚陽先刪元寒眞通見卷三[illegible]逃行灰叶陽

見卷四豔歌何嘗行上堂拜阿毋句不爲韻命如南山石至漸見愁煎迫十七句爲陌職藥緝通陌藥通見卷十從軍

行左延年辭堯時歌日出而作日入而息鑿井而飲耕田而食則樂與職通詩小雅玁狁孔熾我是用急王于出征以匡王國則職與緝通長歎空房中句不爲韻其日牛馬嘶至自掛東南枝十二句爲魚尤支通魚尤支通見卷四隴西行

兩家求合葬至戒之慎勿忘十四句爲陽東庚通陽東庚通見卷一雞鳴

陳胤倩曰歷述十許人口中語各各肖其聲情神化之筆也凡長篇不可不頻頻照應否則散漫篇中如十三織素云云

吾今赴府云云磐石蒲葦云云及前後兩默無聲皆是照應法然用之渾然初無形迹乃神化於法度者

李子德曰阿母云吾意久懷忿汝豈得自由則公姑之遺蘭芝徵色發聲非一日矣蘭芝知其勢不能挽回始向府吏言

之詩人敘事先後互見耳鍾伯敬乃云新婦不合先自求去異強作解事也

漢詩說曰此詩乃言情之文非寫義夫節婦也後人作節烈詩輙擬之更益以綱常名教等語遂惡俗不可耐

同聲歌

郭茂倩樂府詩集左克明古樂府同載　張衡辭

邂逅承際會，得充君後房。情好新交接，恐慄若探湯。不才勉自竭，賤妾職所當。綢繆主中饋，奉禮助蒸嘗。思爲莞蒻席，在下蔽匡牀。願爲羅衾幬，在上衛風霜。洒掃清枕席，鞮芬以狄香。重戶結金扃，高下華燈光。衣解巾粉御，列圖陳枕張。素女爲我師，儀態盈萬方。衆夫所希見，天老教軒皇。樂莫斯夜樂，沒齒焉可忘。

節箋：聞人倓注：毛詩：邂逅相遇。史記武安侯傳：後房婦女以百數。吳兆宜注：宋玉神女賦：精交接以來往兮。節補箋：論語：見不善如探湯。聞人倓注：左傳：臣不才，不勝其任。周易：无攸遂，在中饋。節補箋：爾雅：冬祭曰蒸，秋祭曰嘗。吳兆宜注：淮南子：匡牀蒻席，非不寧也。尚書：底席豐席。注：底，蒻；華也；豐，莞也。說文：蒻，蒲子也，可爲薦。聞人倓注：毛詩：下莞上簟。箋：小蒲之席也。玉篇：衾，大被也。爾雅：幬謂之帳。吳兆宜注：墨子：聖王作爲宮室，邊足以御風寒，上足以待霜露。聞人倓注：毛詩：洒掃庭內。吳兆宜注：說文：鞮，革履也。狄香，外國之香，以香薰履也。節補箋：猶隴歌行古辭所謂薰用蘇合香也。淺重外國香樂府所謂迷迭艾藹及都梁皆是也吳兆宜注說文扃外閉之關也史記淳于髡曰羅襦襟解微聞薌澤廣韻御進也宋玉諷賦橫自陳兮君之旁釋名枕檢也所以檢項也閨人倓注葛洪曰黃帝論導養而質玄素二女竹書紀年黃帝五十年天霧晝昏帝問天老天老曰天有嚴敘以賜帝帝勿犯也天乃甚雨得圖書焉節補箋張衡七辯曰假明蘭燈指圖觀列蟬緜宜愧天紹紆折此女色之麗也蓋即所言列圖陳枕儀能萬方也方法也漢書藝文志房中八家有天老雜子陰道二十五卷黃帝三王養陽方二十卷列圖以下蓋即漢志所言房中也玉房秘訣黃帝問素女玄女采女陰陽之事皆黃帝養陽方遺說也

朱柁堂曰張平子初爲侍中後卒外補此疑追敘其事而其顯出入禁闥之思故託爲婦人之言如此或曰以闡房燕昵之情比擬事君得毋近褻乎曰世衰則淫昵起於房闈世盛則觀型兆於閨闥降易言地道也妻道也臣道也君臣夫婦其義也一

漢詩說曰寫私褻事極濃麗男女歡態皆如畫出古人筆力必寫到真處方足與秘辛飛燕外傳並工今人作無題詩不

能直寫眞處而但以荳蔻丁香纖釘燭鈿等字對待稱工堪發一噱王阮亭曰言不雅馴薦紳弗道

定情詩

樂府解題曰定情詩婦人不能以禮從人而自相悅媚乃解衣服玩好致之以結綢繆之志而期於山隅山陽山西山北終而不答乃自傷悔焉郭茂倩、樂府詩集雜曲歌辭左克古明樂府同戴繁欽辭

我出東門遊邂逅承清塵思君卽幽房侍寢執衣巾時無桑中契迫此路側人我卽一作既媚君姿君亦悅我顏何以致拳拳綰臂雙金環何以致慇懃約指一雙銀何以致區區耳中雙明珠何以致叩叩香囊繫肘後何以致契闊腕繞雙跳脫何以結恩情珮玉綴羅纓何以結中心素縷連雙針何以結相於金薄畫搔頭何以慰別離耳後瑇瑁釵何以答懽忻一作悅紈素三條裙一作裾何以結愁悲白絹雙中衣

與我期何所乃期山東隅日旰兮不至谷風吹我襦遠望無所見涕泣起踟躕與我期何所乃期山南陽日中兮不來飄風吹我裳逍遥莫誰覩望君愁我腸與我期何所乃期西山側日夕兮不來躑躅長歎息遠望涼風至俯仰正衣服與我期何所乃期山北岑日暮兮不來凄風吹我衿望君不能坐悲苦愁我心愛身以何爲惜我華色時中情既款款然後尅密期褰衣躡花草謂君不我欺厠此醜陋質徙倚無所之自傷失所欲淚下如連絲

節箋聞人倓注毛詩出其東門有女如雲節補箋詩陳風東門之枌毛傳曰國之交會男女之所聚鄭風東門之墠毛傳曰東門城東門也男女之際近而易則如東門之墠據此則陳鄭東門皆男女相聚之地聞人倓注毛詩東門邇近相遇楚辭聞赤松之清塵毛詩期我乎桑中節補箋時無桑中契二句似用秋胡之事見卷十一秋胡行詩毛傳媚愛也廣雅拏拏愛

說文釧臂鐶也漢舊儀宮人御幸賜銀指環令數環計月
也漢書注師古曰區區小也風俗通耳珠曰璫廣雅釋訓曰
叩叩誠也香囊見焦仲卿妻毛詩死生契闊字彙云釧古謂
之跳脫金條旋轉數匝浮貫臂間古男女同用今惟女飾用
之聞人倓注釋名纓頸也自上而下繫於頸也飾補箋禮內
則婦事舅姑衿纓綦屨鄭注衿猶結也婦人有衿纓示有繫
屬也爾雅釋器云佩衿謂之褑郭注佩玉之帶上屬何以結
中心謂佩衿也相於見卷十二當來日大難曹植辭吳兆宜
注鄭中記金薄薄打純金如蟬翼西京雜記武帝過李夫人
就取玉簪搔頭自此後宮搔頭皆用玉畫鏤也後漢輿服志
笄以瑇瑁爲擿長一尺端爲華勝上爲鳳凰爵以翡翠爲毛
羽下有白珠垂黃金鑷左右一簪橫之以安蔮結節補箋紈
素見卷五怨歌行釋名裙下裳也裙羣也聯接羣幅也緝下
橫縫緝其下也三舉其多也蓋即聯接羣幅之條也釋名中
衣言小衣之外大衣之中也吳兆宜注左傳趙鞅呼司馬寅
曰日旰矣聞人倓注爾雅東風謂之谷風吳兆宜注爾雅迴
風爲飄又北風謂之涼風又山小而高岑呂氏春秋西南曰
淒風節補箋詩序氓刺時也淫風大行男女無別遂相奔誘
華落色衰復相棄背剋必也期約也密期猶密約也褻衣見
卷十二門有萬里客行曹植辭吳兆宜注釋名厠雜也言人

雜刪其
上也
節釋音篇首至君亦悅我顏爲眞刪通琴珮爲先刪通懃銀
爲文眞通並見卷三蓋逃行嘔珠爲虞自一通叩後爲有自
一通闊脫爲曷自一通情纓爲庚自一通心針爲侵自一通
於頭爲魚尤通見卷一陌上桑爲離敘爲支佳通見卷十一苦
寒行武帝辭折裙爲文自一通悲衣爲支微通見卷二長歌
行青青國中篇隅禱翻爲廣自一通陽裳腸爲陽自一通側
息服爲職屋通見卷一平陵東岑衿心爲侵
自一通燮身以何爲至篇末爲支自一通
朱止谿曰專目上也臣心一矣終不見荅於其君詩紀以休
伯曾事魏公詩谿入魏然實爲建安間人物觀其蕭詠頗有
失時
之感
朱秬堂曰衛氓在被棄之後此詩在負約之初其爲愧悔則
一耳氓詩曰老使我怨可傷也此詩曰刪此醜陋質徒倚無
所之尤可惜也一不自檢遂不勝自失之悔情
之薄可懽哉定情者約之以禮而不自失也
陳太初曰繁主簿有蕙詠篇云蕙草生北山託身失所依植
根陰崖側夙夜懼危顛寒泉浸我根淒風常徘徊三光照八

極獨不蒙餘暉葩葉永影悴凝露不暇唏百草皆含榮已獨失時萎比我英芳發鶗鴂鳴已哀夫休伯在魏書翰見優賓僚燕好未爲不遇何哀苦若此哉觀魏文與吳質書歷數存沒諸人不及主薄得毋情好不終騷怨斯作乎彼頸后結髮倘致塞糠子建連枝繪泣煮釜繁與二丁德祖俱擯七子之列知此定情之作必罷無病之呻始合終睽彼涼我厚君臣朋友千載同情淵明間情之賦此導其前修平子四愁之章此申其嗣響昧斯比興遂等闌情輒復舉隅以當論世

武溪深行

郭茂倩樂府詩集曰一曰武陵深行崔豹古今注武溪深馬援南征之所作也援門生爰寄生善吹笛援作歌令寄生吹笛以和之名曰武溪深　馬援辭

滔滔武溪一何深鳥飛不度獸不敢臨嗟哉武溪多毒淫

節箋後漢書馬援傳建武二十四年武威將軍劉尙擊武陵五溪蠻夷深入軍沒援因復請行將十二郡募士及弛刑四萬餘人征五溪明年三月進營壺頭賊乘高守隘水疾船不得上會暑甚士卒多疫死援亦中病遂困乃穿岸爲室以避

炎氣賊每升險鼓譟援輒曳足以觀之左右哀其壯意莫不爲之流涕此詩蓋作於其時也水經注武陵有五溪謂雄溪樠溪酉溪潕溪辰溪悉是蠻夷所居故謂五溪蠻皆槃瓠之子孫也在今辰州界武陵記云壺頭山邊有石窟即援所穿室也室內有蛇如百斛船大云是援之餘靈也朱止谿曰伏波暮年尚不恥馬革裹尸何其壯哉朱秬堂曰夾漈列之神仙門是未嘗見伏波原辭而誤爲桃源事也

樂府

郭茂倩樂府詩集古辭左克明古樂府同藏古辭

行胡從何方列國持何來氍毹毾㲪五木香迷迭艾蒳及都梁

節箋行胡猶數胡也見同卷羽林郎毲當作氍說文氍毹毾㲪皆氈緂之屬蓋方言也大平御覽引通俗文云織毛褥謂之氍毹細者謂之毾㲪五木香疑當爲五味香詳見卷十五妾薄命廣志迷迭香出西域都梁香出交廣形如藿香艾蒳

出西國似細艾此卽老子
所謂不貴難得之貨也

節釋音从陽叶見
卷四豔歌何嘗行

朱止谿曰歌行胡從何方示譏也
王者勤遠略而行乃貴異物故譏爾

朱秬堂曰以失題無所附麗故
郭氏統曰樂府而編諸雜曲

漢魏樂府風箋卷十四終

漢魏樂府風箋卷十五

順德黃節箋釋

魏風

雜曲歌辭

左克明古樂府曰漢魏之世歌詠雜興皆詩人六義之餘也如三曹七子猶有古之遺風焉自晉遷江左下代六朝風化寖薄新聲熾而雅音廢矣節案漢雜曲歌辭有樂府之遺是以四方之風尚存一二若蜨蝶行枯魚過河泣焦仲卿妻行胡是也其餘冉冉孤生竹羽林郎董嬌饒同聲歌定情詩武溪深行則已爲士大夫之詩矣至於魏自明帝陳思左延年阮瑀外不復有民間之詩蓋不

侯晉遷而風已亡矣魏書稱武帝詩皆被管絃文帝時左延年以新聲協律故樂府猶有可傳者陳思諸賢之篇在當時必復可歌也因次郭茂倩樂府錄之

桂之樹行

郭茂倩樂府詩集雜曲歌辭左克明古樂府同載　朱止谿曰漢鞞舞曲五曰殿前生桂樹一篇曲題疑本此　曹植辭

桂之樹桂之樹桂生一何麗佳楊朱華而翠葉流芳布天涯上有棲鸞下有盤螭桂之樹得道之眞人咸來會講仙教爾服食日精要道甚省不煩澹泊無爲自然乘蹻萬里之外去留隨意所欲存高高上際於衆外下下乃窮極地天

節箋桂之樹爲篇名猶詩大雅召之華之爲篇名廣雅楊揚也朱述之曹集孜異曰朱乾云本草稱桂花白蕊黃郭璞稱

桂葉似枇杷白花罕有稱朱華者平泉草木記有荆溪之紅桂思王所詠或此桂樹乎按王逸九思桂樹列兮紛敷吐紫

華兮布條又魯靈光殿賦朱桂黝儵於南北注引朱穆鬱金賦曰丹桂植其東朱乾引本草白花之言拘矣異人見卷十

一秋胡行武帝辭晨上篇樂府古辭善哉行淮南八公要道不煩老子道之出口淡乎其無味又我獨泊兮其未兆如嬰

兒之未孩又道常無爲而無不爲又天法道道法自然漢書王褒傳釋蹻注應劭曰木蹻也臣瓚曰以繩爲蹻也師古曰

蹻即今之鞋耳瓚說是也蹻音居略反王先謙補注曰說文屩下云屐也蹻下云舉足行高也後世屩蹻通段韓非外儲

說猶屩滕而爲履蹻淮南氾論訓乃爲靻蹻史記虞卿傳蹻蹻擔簦者借蹻爲屩也陳思本集升天行乘蹻追術士吳且生

曰抱朴子乘蹻可以周流天下蹻道有三法一曰龍蹻二曰氣蹻三曰鹿盧蹻管子苞物乘者莫大於天地

節釋音篇首至蟠螭爲佳支通見卷十一苦寒行武帝辭下半篇爲先元通見卷三蓋逃行

朱栢堂曰置身功名之外託桂樹以淹留亦小山叢桂之作也王逸曰桂樹芬香以興屈原之忠貞此亦芬香自比桂之久

服道神桂父服之成仙高高下下猶遠遊志也節案陳思此篇奇譎瑰瑋令人目炫實求其意則與升天行及玄暢賦同旨桂之樹比治道郎升天行之扶桑布葉蓋天涯以喻治道之大也然治道雖大郎甚省不煩澹泊無爲自然即玄暢賦所謂長全貞而保泰高高上際兩句亦即賦言超遺黎而度俗也

秦女休行

郭茂倩樂府詩集雜曲歌辭左克明古樂府闕左延年辭

始（一作步）出上西門遙望秦氏廬（御覽作樓）秦氏有好女自名爲女休休（一作始）年十四五爲宗行報讎左執白楊刃右據宛魯予讎家便東南仆僵秦女休女休西上山上山四五里關吏呵問女休女休前置（一作致）辭平生爲燕王婦於今爲詔獄囚平生衣參差當今無領襦明知殺人當死兄言怏怏弟言無道憂女休堅辭爲宗報讎死不疑殺人都

市中微我都巷西丞卿羅東向坐女休悽悽曳梏前兩徒夾我持刀刀五尺餘刀未下朣朧擊鼓赦書下

節箋篇首四句擬樂府古辭陌上桑曹植鼙鼓歌精微篇曰關東有賢女自字蘇來卿壯年報父仇身沒垂功名女休逢赦書白刃幾在頸太倉令有辜遠徵當就拘自悲居無男禍至無與俱緹縈痛父言何傺西上書據此女休報讐當是漢時事白虎通宗者何宗有尊也爲宗報讐爲尊者報讐也春秋公羊傳曰不復讐非子也廣雅白楊刀也王念孫疏證淮南子脩務訓羊頭之銷高誘注云白羊子刀也羊與楊通御覽引此篇楊又作陽荀子議兵篇宛鉅鐵鉇楊倞注宛地名屬南陽徐廣曰大剛曰鉅鉇與鍦同矛也言宛地出此剛鐵爲矛也鉅魯音近宛魯疑鉅宛之誤御覽引此篇作宛景則更誤矣唐韻仆芳遇切音赴僵也女休爲燕王婦末詳李白擬秦女休行亦曰壻爲燕國王漢書刑法志齊太倉令淳于公有罪當刑詔獄逮繫長安廣雅陸離參差也互訓參差陸離也淮南子本經訓云五采爭勝流漫陸離王念孫曰皆參差之貌衣參差謂衣五采陸離之衣也說文襦短衣也漢書刑法志殺人者死快快志不滿也刑法志孟氏使陽膚爲士書

師問於曾子亦曰上失其道民散久矣如得其情則哀矜而勿喜無道即上失其道也以爲民可憂也漢書食貨志操其奇
廳日游都市潛夫論倪寬賣力於都巷漢書百官公卿表中尉掌徼循京師注師古曰徼遮繞也後漢百官志廷尉卿一
人掌平獄奏當所應凡郡國讞疑罪皆處當以報丞卿謂廷尉卿也羅列也漢書刑法志凡囚上罪梏拲而桎中罪梏桎
下罪梏膝臏鼓聲也後漢書張徵傳建初中有人侮辱人父者而其子殺之肅宗貴其死刑而降宥之自後因以爲比是
時遂定其議以爲輕侮法徵駮議曰夫輕侮之法先帝一切之恩不有成科班之律令也是西漢原無此律以此考之女
休獲赦當在後漢章帝建初以後周禮地官調人注云父母兄弟師長嘗辱焉而殺之者如是爲得宜雖所殺人之父兄
不得讎也司農時以漢法解經知此法漢末尚未改
節釋音篇首至爲宗報弊死不疑爲魚尤紙支虞通魚尤支虞通見卷四隴西行支紙通見卷四上留田殺人都市中至
篇末爲西叶先先叶魚魚通禡西叶先見卷十從軍行左延年辭先叶魚見卷十四前緩聲歌詩小雅爾之安行亦不遑
舍爾之亟行遑脂爾車則魚與禡通

朱止谿曰美復讐也聞之呂黎凡復讐者禮則義不同天徵法則殺人者死禮法同嫌何美乎爾周官曰凡殺人而義者令勿讐凡報仇讐者書於士殺之無罪女休之復不義其殺也不書於士法當死死之嫌禮也赦之所以明王教專美上也不嫌同辭

朱秬堂曰曹丕纂漢廢獻帝爲山陽公納其二女仇女在前禍生肘腋亦可寒心曹植精微篇累序諸女報父仇及赦父命使聽者凜然此篇亦以詩諷諫之微意也

當牆欲高行

郭茂倩樂府詩集雜曲歌辭 左克明古樂府闕 曹植辭

龍欲升天須浮雲人之仕進待中人衆口可以鑠金讒言三至慈母不親憒憒一作憒憒俗間不辨僞眞願欲披心自說陳君門以九重道遠河無津

節箋史記龍欲上天五蛇爲輔龍已升雲四蛇各入其宇一蛇獨怨終不見處所魯襄錢神論引古諺曰官無中人不如歸田雖有中人而無家兄何異無足而欲行無翼而欲翔史記張儀說魏王曰臣聞之衆口鑠金積毀銷骨讒言三至慈母不親見卷四折楊柳行楚辭九辯豈不鬱陶而思君兮君之門以九重吳越春秋越軍人作河梁之詩曰悲去歸兮河無梁

節釋青文異侵古通司馬相如長門賦心慊移而不省故兮交得意而相親伊予志之慢愍兮懷貞愨之懽心桂樹交而相紛兮芳酷烈之誾誾則文異侵通

朱止谿曰悲忠諫進前而不御也

朱秬堂曰牖欲高行不傳春秋傳曰人之有牆以蔽惡也今以蔽明喩君門九重不得自申也

張山來曰骨肉之間仕進猶如此讒。言三至慈母不親毫無謗讒其上語

朱逃之曰此黃初中遭讒而作

當欲遊南山行

郭茂倩樂府詩集雜曲歌辭
左克明古樂府闕　曹植辭

東海廣且深由卑下百川五嶽雖高大不逆垢與塵良木不十圍洪條無所因長者能博愛天下寄其身大匠無棄材船車用不均錐刀各異能何所獨却前嘉善而矜愚大聖亦同然仁者各壽考四坐咸萬年

節箋尚書大傳百川趨於東海管子山不辭土石故能成其高論衡知能之大者其猶十圍以上木也不均謂所用弘而患不均故無棄材也邵退前進也言人各異能用材者不退此而進彼也論語嘉善而矜不能又仁者壽樂詩大雅周王壽考遐不作人毛傳曰文王能官人也四坐咸萬年有百年樹人意

節釋音先眞古通見卷一烏生

朱止谿曰善用才也王者不却衆庶故能明其德蓋善用才王者之德也

朱秬堂曰欲遊南山行不傳言南山長育草木大人長育人材強仁者之壽亦如南山也

陳胤倩曰緣不見容於子桓作此怨怨之詞比賦互見

當事君行

郭茂倩樂府詩集雜曲歌辭左克明古樂府闕　曹植辭

人生有所貴尚出門各異情朱紫更相奪色雅鄭異音聲好惡隨所愛憎追舉逐聲（一作虛）名百心可事一君巧詐寧拙誠

節箋老子不尚賢使民不爭不貴難得之貨使民不爲盜不見可欲使民心不亂又曰不出戶知天下其出彌遠其知彌少論語惡紫之奪朱也惡鄭聲之亂雅樂也禮記愛而知其惡憎而知其善又故好而知其惡惡而知其美者天下鮮矣胡廣徵士法高卿碑曰翩然鳳舉匿燿遠遯所謂逃名而名我隨避聲而聲我追者已矣子春秋一心可以事百君百心

不可事一君說苑巧詐不如拙誠

朱止谿曰責臣事也夫好惡者刑賞之衡邪正亂於下則刑賞移於上矣昔樂羊以有功見疑秦巴西以有罪而益信則豈刑

非明鑒哉君子之事君也事拙誠毋巧詐故一心誠也百心巧詐也

朱秬堂曰事君行不傳此言人情愛惜黨同伐異但逐虛名事君之道惟自蓋其心事拙誠爲衆所惡毋巧詐爲衆所愛

也魏志稱植任性而行不自雕勵丕御之以術矯情自飾宮人左右並爲稱說故遂定爲太子然則丕之巧詐誠不如植

之拙誠也

當車已駕行

郭茂倩樂府詩集雜曲歌辭左克明古樂府闕曹植辭

歡郭本無歡字坐玉殿會諸貴客侍者行觴主人離席顧視東西廂絲竹與鞞鐸不醉無歸來明鐙以繼夕

節箋禮記命酌曰請行觴易林安坐玉堂聽樂行觴宋書樂志曰漢相和曲絲竹更相和執節者歌絲竹謂相和歌也曹植鼙鼓歌自序云漢靈帝西園鼓吹有李堅者能鞞舞宋書樂志曰鞞舞未詳所起然已施於漢代燕享矣唐書樂志曰鐸舞漢曲也郭茂倩樂府詩集曰漢魏以後並以鞞鐸巾拂四舞用之宴饗詩周頌應田縣鼓毛傳應小鞞也鞞乃鼙之借字毛傳所引卽大射儀之應鼙周禮地官封人以金鐸通鼓鄭注鐸大鈴也振之以通鼓鞞鐸謂鞞舞鐸舞也詩不醉無歸

節釋音陌樂古通見饗九陌上桑文帝辭

朱秬堂曰車已駕行不傳題云車已駕是客欲去而留之也客賦醉言歸主人歌驚未睎正此意

節案此篇乃陳思集中娛賓賦及酒賦之旨酒賦云若耽於觴酌流情縱逸先王所禁君子所斥子建垂戒至深不醉無歸明鐙纖夕非其志也至其章製上半四言下半五言一詩兩格本三百篇如召南野有死麕鄭風女曰雞鳴皆是

駕出北郭門行

郭茂倩樂府詩集雜曲歌辭左克明古樂府同載　阮瑀

駕出北郭門馬樊不肯馳下車步踟躕仰折枯楊枝顧聞丘林中噭
噭有悲啼借問啼者出何爲乃如斯親母舍我殁後母憎孤兒飢寒
無衣食舉動鞭捶施骨消飢肉盡體若枯樹皮藏我空室中父還不
能知上冢察故處存亡永別離親母何可見淚下聲正嘶棄我於此
間窮厄豈有貲傳告後代人以此爲明規

節箋說文樊鷙不行也鷙類篇引作縶莊子莊子妻死惠子弔之莊子則方箕踞鼓盆而歌惠子曰不哭亦足矣又鼓盆而歌不亦甚乎莊子曰人且偃然寢於巨室而我噭噭然隨而哭之自以爲不通乎命故止也漢書王莽傳注師古曰嘶聲破也

節釋音支齊古通見卷二長歌行青青園中篇

朱止谿曰傷風教之失也上有者豆之歌下興萬蟲之刺有以夫

朱秬堂曰此與相和婦病行疑同一事

妾薄命 二曲

郭茂倩樂府詩集雜曲歌辭左克明古樂府删首章朱秬堂樂府正義曰妾薄命其事出漢書許皇后傳曰奈何

妾薄命端遇竟寧前節案沈欽韓曰曹植有妾薄命詩二篇本此

曹植辭

攜玉手喜同車比作玉北臺上雲閣飛除釣臺蹇產清虛池塘靈沼可娛

仰汎龍舟綠波俯擢神草枝柯想彼宓妃洛河退詠漢女湘娥

節箋詩惠而好我攜手同行又有女同車顏如舜華陳思七啟華閣緣雲飛陛陵虛李善注魯靈光殿賦曰飛陛揭孽緣七

雲上征又七啟踐飛除即閑房李善注司馬彪上林賦注曰除樓陛也朱述之曹集攷異曰蹇產近人績溪胡紹煐文選

箋証云西京賦既乃珍臺蹇產以極壯注薛綜曰蹇產形貌也蹇產字亦作𡾰嵼東方朔七諫望高山之𡾰嵼是也崇高

闢之塞產屈曲亦謂之塞產也史記司馬相如傳塞產溝瀆集解引漢書音義塞產屈折也節案此詩所言塞產蓋兼兩義在釣臺言則爲崇高在池塘靈沼言則爲屈折詩王在靈沼劉向九歎言逐下秩于後堂兮迎宓妃于伊雒王逸注宓妃神女蓋伊雒之水精詩漢有游女不可求思張衡西京賦感河馮懷湘娥節釋音魚虞歌古通魚虞通見卷一陌上桑魚歌通見卷四孤兒行王逸九思懸余命兮遺六極委王質兮於泥塗遽偉逍兮驅林澤步屏營兮行丘阿則虞與歌通朱秬堂曰此爲衛子夫趙飛燕一流而設言外含紅顏不久貯意

日月既逝（一作日既逝矣）西藏更會蘭室洞房華燈步障（一作先置）舒光皎若日出扶桑促樽（一作酒）合坐（一作座）行觴主人起舞盜盤能者穴觸別端騰觚飛爵闌干同量等色齊顏任意交屬所歡朱顏發外形蘭袖隨禮容極情妙（一作屢）舞仙仙（一作僊僊）體輕裳解（一作解裳）履遺絕纓俛仰笑諠無

呈覽持佳人玉顏齊舉金爵翠盤槃一作手形羅袖良難腕弱不勝珠環坐者歎息舒顏御巾裛粉君傍中有霍納都梁雞舌五味雜香進者何人齊姜恩重愛深難忘召延親好宴私但歌杯來何遲客賦既醉言歸主人稱露未晞

節箋論語日月逝矣歲不我與楚辭婍容修態絙洞房些蘭膏明燭華鐙錯些步障慢也釋名幔曼也曼曼相連紛之言也晉書王愷作紫絲布步障四十里石崇作錦步障五十里皆連紛而成古之所謂幔也吳兆宜注王褒九懷浮弱水兮舒光節箋楚辭暾將出兮東方照吾檻兮扶桑史記滑稽列傳日暮酒闌合尊促坐行觴見上當車已絕行爾雅釋訓婆婆舞也李巡曰槃娑盤辟舞也李所據爾雅本作婆娑說文女部引詩市也媻娑徐鉉云今俗作婆非是然則婆字古本作媻字矣娑盤媻娑也能者謂善舞之人穴觸別端殆言舞態之或合或分也傅毅舞賦携觚爵之間酌兮李善注儀禮曰勝觚子賓禮記禮器篇注曰凡觴一升曰爵二升曰觚闕干見卷四善哉行楚辭美人既醉朱顏酡些吳兆宜注魏程

曉女典此乃蘭形棘心史記滑稽列傳淳于髡仰天大笑冠纓索絕紀容舒云呈疑當作程節度限制也節簇手形羅袖
良難謂手露於羅袖之外而見腕間之珠環也環同鐶見卷十四定情詩蔡邕獨斷御進也類篇囊香襲衣也藿納都梁
見卷十四樂府吳兆宜注都梁縣名水經注俗謂蘭爲都梁本草唐本注雞香樹葉及皮並似粟花如梅花子似棗核此
雌樹也不入香用其雄樹雞花不實採花釀之以成香出崑崙及交廣以南節箋五味香見卷十四樂府詩豈其取妻必
齊之姜詩鼓咽咽醉言歸又淇湛露斯匪陽不晞厭厭夜飲不醉無歸張衡南都賦客賦醉言歸主稱露未晞
節釋音陽寒删庚古通見卷三臺逃行收四句支微別爲一通蓋曲終之趨也支微古通見卷二長歌行青青園中篇
朱止谿曰妾薄命自傷不遇也有盛年莫當之感非宴會之什篇中能者坐者進者三者字頓放極合見用字之法
朱秬堂曰通首不言薄命而薄命自見上有關雎鵲巢下有采蘩采蘋端莊恭儉助成內敎此女士之行也今以玉顏淑
貌儕於歌舞之場以遨客醉非薄命而何何必更言色衰愛弛也兩篇俱從得意時寫到極情盡致言外之意含而不露
令人自思所以爲妙自漢以後此音絕響久矣

陳胤倩曰六言易得矯勁難爲曼聲此篇於曼聲之中又有促節

紀容舒曰藝文類聚載與携玉手同爲一篇樂府詩集則分爲二篇按前八句文似未畢而此首既逝更會二字亦突起無根當以藝文類聚通作一篇爲是然吳兢樂府解題曰妾薄命曹植云日月既逝西藏蓋恨燕私之歡不及己分日月既逝以下自爲一篇矣

名都篇

歌錄曰名都美女白馬並齊瑟行也郭茂倩樂府詩集曰名都者邯鄲臨淄之類刺時人騎射之妙游騁之樂而無憂國之心也雜曲歌辭左克明古樂府同載曹植辭

名都多妖女京洛出少年寶劍直千金被服光(一作麗)且鮮鬭雞東郊(一作長安)道走馬長楸間馳馳未能半雙兔過我前攬弓捷鳴鏑長驅上南山(一作驅上彼南山)左挽因右發一縱兩禽連餘巧(一作功)未及展仰手接

飛鳶觀者咸稱善衆工歸我妍歸來宴平樂美酒斗十千膾鯉臇胎鰕炮（李善注文選作寒五臣本文選作炮）鼈炙熊蹯鳴儔嘯匹旅列坐竟長筵連翩擊鞠壤巧捷惟萬端白日西南馳光景不可攀雲散還城邑清晨復來還

李善注王逸荔枝賦曰宛洛少年史記曰陸賈寶劍直千金論衡曰世稱利劍有千金之價漢書眭弘少時好闘雞走馬儀禮曰司射搢三挾一鄭玄曰搢插也楚甲切漢書曰匈奴冒頓乃作爲鳴鏑習勸其騎射音義曰鏑箭也如今鳴箭也鄭玄周禮注曰凡鳥獸未孕曰禽也毛萇詩傳曰發矢曰縱兩禽雙兎也毛詩曰鳶飛戾天鄭玄曰鴟之屬也舞賦曰觀者稱麗平樂觀名毛詩曰炰鼈膾鯉[illegible]頹解詁曰臑少汁也子兗切鹽鐵論曰煎魚切肝羊淹雞寒劉熙釋名曰韓羊韓雞本出韓國所爲然寒與韓古字通也左氏傳曰宰夫臑熊蹯不孰漢書曰霍去病在塞外尙穿域蹴鞠也如淳曰城鞠室也郭璞三蒼解詁曰鞠毛丸可蹋戲鞠巨六切史記魏公子賓客辨士說王萬端舞賦曰絡繹而歸雲散城邑曰

節補箋沈歸愚曰起句以妖女陪少年乃客意聞人倓注楚辭望長楸而太息張銑曰捷引也劉履曰接迎射之也衆工
善射之徒歸許與也聞人倓注方言自關以西謂好曰姸三輔黃圖飛廉觀在上林武帝作明帝取飛廉銅馬置之西門
外爲平樂觀朱述之曰美酒斗十千乃盛言酒之美耳詩人興到之言不必執以定酒價之多算也朱蘭坡文選集釋曰
膾鯉臇胎鰕炮鼈炙熊蹯李善注引蒼頡解詁曰臇少汁臛也案廣雅臇膹膭膠也膠俗臛字說文臇臛也臛肉羹也爾
雅肉謂之羹郭注肉臛也段氏云羹有二實於鉶者用菜芼之謂之羹實於庶羞之豆者不用芼亦謂之羹禮經牛膷羊
臐豕膮鄭云今時臛也是今謂之臛古謂之羹余謂說文雋肥肉也雋與臇聲義相近後七啓云臇漢南之名鶉是以鶉
爲臛楚辭招魂云酸鵠臇鳧是以鳧爲臛又云露雞臛蠵蠵乃大龜則龜亦可爲臛七啓又云寒芳苓之巢龜彼注謂今
之胵寒也胵與鯖同醬類也寒醢正與七啓語相似醬稱寒者廣雅鯨醬也鯨與涼通周禮漿人鄭注涼今寒粥膳夫注
涼作鯨寒正涼之義此注謂寒韓古字通引釋名韓羊韓雞本出韓國所爲蓋失之寒與胎爲對文若作韓則不稱矣楊
升庵曰五臣誤妄改作炰字蓋炰鼈膾鯉毛詩舊句淺識者孰不以爲寒字誤而從炰字耶不思寒與炰字形相遠音呼又別

何得說至於此節箋甑見卷十甑鉅篇匹旅五臣本作匹侶開人伏注洛神賦命儔嘯侶

節釋音先刪元寒古通見卷三蕭逃行

朱止谿曰刺俗也負才之士驅馳聲伎而坐與時去焉

吳伯其曰尋常人作名都詩必搜求名都一切事物雜錯以炫博而子建只推出一少年以例其餘於少年中只出得兩件事一曰馳騁一曰飲宴卻說得中間一事不了又一事日不了又一日只是牢騷抑鬱借以消遣歲月一片雄心無一有洩處其自劾之意可謂深切著明矣

陳胤倩曰白日二句下定當言壽命不常少年俄為老醜或歡樂難久憂戚繼之方於作詩之意有合今祗曰雲散還城邑清晨復來還而已萬端感慨皆在言外

美女篇

郭茂倩樂府詩集曰美女者以喻君子言君子有美行願得明君而事之若不遇時雖見徵求終不屈也雜曲歌辭

左克明古樂府

同載 曹植辭

美女妖且閑，采桑歧路間。柔條紛冉冉，葉落何翩翩。攘袖見素手，皓腕約金環。頭上三（一作金）爵釵，腰佩翠琅玕。明珠交玉體，珊瑚間木難。羅衣何飄飄，輕裾隨風還。顧眄遺光采，長嘯氣若蘭。行徒用息駕，休者以忘餐。借問女何居，乃在城南端。青樓臨大路，高門結重關。容華耀朝日，誰不希令顏。媒氏何所營，玉帛不時安。佳人慕高義，求賢良獨難。衆人徒嗷嗷，安知彼所觀（一作歎）。盛年處房室，中夜起長歎。

李善注說文曰閑雅也上林賦曰妖冶閑都又曰閑幽閑也攘袖卷袂也環釧也釋名曰爵釵釵頭上施爵尚書曰厥貢惟球琳琅玕南方草木狀曰珊瑚出大秦國有洲在漲海中廣雅曰珊瑚珠也南越志曰木難金翅鳥沫所成碧色珠也大秦國珍之神女賦曰吐芬芳其若蘭慎子曰毛嬙西施衣以玄錫則行者止杜篤祓禊賦曰懷季女使不餐爾雅曰安止

也薛綜西京賦注臨安猶焉也南端城之正南門也漢書枚叔上書曰游曲臺臨大路列子曰虞氏梁之富人高樓臨大路神女賦曰耀乎若白日初出照屋梁韓詩曰東方之日兮彼姝者子在我室兮薛君曰詩人言所說者顏色盛美如東方之日出也周禮有媒氏之職爾雅曰安定也楚辭曰聞佳人兮召予蘇武答李陵詩曰低頭還自憐盛年行已衰蔡邕霖雨賦曰中宵夜而嘆息

節補箋呂向曰冉冉動貌翩翩飛貌劉良曰交絡也吳兆宜注司馬相如美人賦花容自獻玉體橫陳呂向曰還轉也李周翰曰休止也呂向曰希慕令善也吳兆宜注儀禮士婚禮納徵玄纁束帛儷皮如納吉禮賈公彥疏曰士大夫乃以玄纁束帛天子加以穀圭諸侯加以大璋後漢書逸民傳梁鴻妻孟氏始以裝飾入門七日而鴻不答妻乃跪牀下請曰竊聞夫子高義簡斥數婦漢書張耳傳外黃富人女甚美庸奴其夫亡邸父客父客謂曰必欲求賢夫從張耳女聽為請決嫁之

節釋音刪先元古通見卷一烏生

劉坦之曰：子建志在輔君匡濟，策功垂名，乃不克遂，雖授爵封，而其心猶爲不仕，故託以處女，以寓怨慕之情焉。其言妖閒皓素，以喻才質之美；服飾珍麗，以比己德之盛；於文采外著，芳譽日流，而爲衆所希慕如此；況詎居青樓高門，近城南而臨大道，則非疏遠而難知者，何爲見棄不以時而幣聘之乎？其實爲君所忌，不得親用，今但歸咎於媒不薦之人，蓋不敢斥言也。且古之賢者，必擇有道之邦，然後入仕，猶佳人之擇配而慕夫高義者焉。惟子建以魏室至親，義當與國同其休戚，雖欲他求，其可得乎？此所以爲求賢獨難，而其所見亦豈衆人所能知哉？盛年不嫁，將恐失時，故惟中夜長嘆而已。

朱止谿曰：待時也。愛時進趨而不失其正，幽情內振，文采外舒，所謂時俗薄朱顏，誰爲發酷齒者非歟？

朱柜堂曰：賢女必得佳配，賢臣必得聖主。摽梅所以歎求士之難也。余讀子建求自試表，未嘗不悲其志。其言曰：微才弗試，沒世無聞，榮其軀而豐其體，生無益于事，死無損于數，虛荷上位而忝重祿，禽息鳥視，終于白首，此徒圈牢之養物，非臣之志也。以子建之才而親不見用，此詩所謂盛年處房室，中夜起長歎者也。

吳伯其曰：乍見美女，何處看起？因其采桑，即從手上看起，而頭上，而身中，而裾下，妙有次第。行徒二句，正借衆人之贊慕以起下嗷嗷借問下盛稱其閑閑媒氏下盛稱其節操言容貌如此閑閑如此節操如此爲君子者急宜趁此芳年寤寐求之而乃使之長歎於房室乎此亦是請自試之意

白馬篇

郭茂倩樂府詩集曰白馬者言人立功立事盡力爲國不可念私也雜曲歌辭左克明古樂府副載曹植辭

白馬飾金羈連翩西北馳借問誰家子幽并遊俠兒少小去鄉邑揚聲（一作名）沙漠垂宿昔秉良弓楛矢何參差控弦破左的右發摧月支仰手接飛猱俯身散馬蹄狡捷過猴猨勇剽若豹螭邊城多警急胡虜（一作虜騎）數遷移羽檄從北來厲馬登高堤右（文選作長）驅蹈匈奴左顧陵鮮卑寄（文選作棄）身鋒刃端性命安可懷父母且不顧何言子與妻名編（一作在）壯士籍（一作高名在壯籍）不得中顧私捐軀赴國難視死忽如（一作若）歸

李善注古羅敷行曰青絲繫馬尾黃金絡馬頭說文曰羈絡頭也幽并二州名班固漢書贊曰布衣遊俠劇孟之徒也幽通賦曰雄朔野以揚聲說文曰漢北方流沙也墨子曰良弓難張然可以及高入深家語孔子曰肅慎氏貢楛矢班固漢書李廣述曰控絃貫石威動北鄰毛詩曰發彼有的的射質也邯鄲淳藝經曰馬射左邊爲月支三枚馬蹄二枚凡物飛迎前射之曰接猱猨屬也歐陽尚書說曰螭猛獸也勑離切方言曰剽輕也長楊賦曰永無邊城之災漢書曰匈奴其先夏后氏之苗裔也又曰燕北有東胡山戎或云鮮卑蒼頡篇曰淩侵也鄭玄毛詩箋曰顧念也呂氏春秋管子云平原廣城車不結軌士不旋踵鼓之三軍之士視死若歸臣不若王子城父

節補箋垂邊垂也破左的者必從右發月支卽左邊之的也余蕭客文選音義引典論尚書令荀彧言聞君善左右射此實難能余言執事未覩夫項發口縱俯馬蹄而仰月支也李善注顏延年赭白馬賦經玄蹄而雹散歷素支而冰裂曰馬蹄月支皆射帖名也說文螭字下云若龍而黃离字下引歐陽喬說曰离猛獸也螭當爲离假作螭呂延濟曰厲策也呂向曰懷惜也

節釋音支齊佳徵古通見卷十一苦寒行武帝辭

朱止谿曰：歌白馬，用世之思也。自試表以二方未克為念，諫伐表復慮雍涼三分，較重於荊揚之騷動，故知名都既乏遠圖，不如白馬之可以應辛也。

朱秬堂曰：此寓意於幽并遊俠，實自況也。子建自試表云：昔從武皇帝南極赤岸，東臨滄海，西望玉門，北出玄塞，伏見所以用兵之勢，可謂神妙，而志在擒權馘亮，雖身分蜀境，首懸吳闕，猶生之年。篇中所云捐軀赴難，視死如歸，亦子建素志，非泛述矣。

苦思行

郭茂倩樂府詩集雜曲歌辭
左克明古樂府闕　曹植辭

綠蘿緣玉樹，光曜粲相暉。下有兩眞人，舉翅翻高飛。我心何踴躍，思欲攀雲追。鬱鬱西嶽巔，石室靑葱與天連。中有耆年一隱士，鬚髮皆

皓然策杖從吾遊教我要忘言

節箋：王逸九思「隨眞人兮翺翔」注：「眞仙人也。」爾雅：「華山爲西嶽。」又「青謂之葱。」莊子：「言者所以在意，得意而忘言。」

節釋音：徽，支古通，見卷二長歌行「青青園中」篇，先叶支，見卷四孤兒行，元叶徽，見卷十二步出夏門行明帝辭。

朱止谿曰：志諷也。魏親親之禮廢，言路中塞矣。周禮以飲食之禮親宗族，則歌棠棣，以言乎華鄂相踏，生其光華，曲之起興，正同衰通親情而朝廷弗是也，中缺兄弟匪他之懽，終遠好我周行之示，故忘言所以志諷

朱秬堂曰：子建多歷憂患，苦思所以藏身之固，計欲攀雲隨眞人而不可得，託言隱士歟？以忘言蓋安身之道，守默爲要也。

張山來曰：忘言句幾結出苦心，蓋眞苦也。

升天行

郭茂倩樂府詩集雜曲歌辭，左克明古樂府同載，曹植辭。

乘蹻追術士，遠之蓬萊山。靈液飛素波，蘭桂上參天。玄豹遊其下，翔鵾戲其巔。乘風忽登舉，彷彿一作彷徨見衆仙。

節箋：乘蹻，見同卷桂之樹行。漢書儒林傳：及至秦始皇兼天下，燔詩書，殺術士。王先謙補注：周壽昌曰：經術之士稱術士，猶別傳中有道之人稱道人也。節案：此詩言術士，乃方術之士，與儒林傳異。蓬萊山，見卷六七子爲。山海經：幽都之山，其上有玄豹。郭璞曰：黑豹也。鵾，見卷三叢逃行。節釋：音删，先古通，見卷一江南。

扶桑之所出，乃在朝陽谿。中心陵蒼昊，布葉蓋天涯。日出登東榦，既夕沒西枝。願得紆陽轡，迴日使東馳。

節箋：扶桑，見同卷妾薄命日月繽。詩：梧桐生矣，于彼朝陽。又：悠悠蒼天。又：浩浩昊天。爾雅：春爲蒼天，夏爲昊天。樂府古辭前緩聲歌：剃根株，數得復。蓋天

節釋音齊支古通見卷二長歌行青青園中篇

朱止谿曰歌乘蹻次歌扶桑思上治也王者恢弘大度明照天下而不蹈日戾之嗟焉

吳摯父曰首章以仙人比君乘仙比朝士次章以扶桑比治道以陽轡比世運

五遊

藝文類聚作五游詠郭茂倩樂府詩集雜曲歌辭無詠字左克明古樂府同載曹植辭

九州不足步願得凌雲翔逍遙八紘外遊目歷遐荒披我丹霞衣襲我素霓裳華蓋紛晻藹六龍仰天驤曜靈未移景倏忽造昊蒼閶闔啓丹扉雙闕曜朱光徘徊文昌殿登陟太微堂上帝休西櫺羣后集東廂帶我瓊瑤佩漱我沆瀣漿踟躕玩靈芝徙倚弄華芳王子奉仙藥羨門進奇方服食享遐紀延壽保無疆

節箋九州見卷十販絙篇淮南子九州之外乃有八殯八殯之外而有八紘高誘注紘維也維落天地而為之表故曰紘
也華蓋見卷十一秋胡行嵇康辭徘徊篇離騷揚雲霓之晻藹兮王逸注晻藹猶蓊鬱蔭貌也六龍見卷四善哉行楚辭
天問角宿未旦曜靈安藏王逸注曜靈日也閶闔見卷九平陵東古詩雙闕百餘尺釋名闕在門兩旁中央闕然為道也
張衡南都賦曜朱光於白水李善注朱光火德也史記天官書斗魁戴匡六星曰文昌宮王逸九思望太微兮穆穆注太
微天之中宮書瑞班于羣后謂四方諸侯也離騷何瓊佩之偃蹇兮衆薆然而蔽之張衡思玄賦飡沆瀣以為糧善曰楚
辭飡六氣而飲沆瀣兮漱正陽而食朝霞陵陽子經曰夏飡沆瀣北方夜半氣班固靈芝歌因露寖兮產靈芝宋玉登徒
子好色賦贈以芳華李善注芳草之華王子見卷四善哉行羨門見卷九陌上桑武帝辭
朱止谿曰五遊志五嶽遊也禮五嶽視三公謂其能出雲雨不崇朝而及天下以時歸德於上帝不與為功蓋與三公等
思王表上慚玄冕俯愧朱紱庶幾門開六龍絕弘此帝道無疆惟休天
陳胤倩曰此有託而言神仙者觀九州不足步五字其不得志於今之天下也審矣

朱述之曰四溟詩話云陳思王五遊詩披我丹霞衣襲我素霓裳徘徊文昌殿登陟太微堂上帝休西櫺羣后集東廂帶我瓊瑤佩漱我沆瀣漿踟躕玩靈芝徙倚弄華芳王子奉仙藥羨門進奇方皆兩句一意祖於古樂府若陌上桑緗綺為下裙紫綺為上襦耕者忘其犂鋤者忘其鋤焦仲卿妻東西植松柏左右種梧桐枝枝相覆蓋葉葉相交通相逢行黃金為君門白玉為君堂羽林郎長裾連理帶廣袖合歡襦此皆古調自然成對陳思擬之雖似五言長律然辭古氣順

遠遊篇

郭茂倩樂府詩集曰王逸云遠遊者屈原之所作也屈原履方直之行不容於世困於讒佞無所告訴乃思與仙人俱遊戲周歷天地無所不至焉陳思此篇所自出雜曲歌辭左克明古樂府同載 曹植辭

遠遊臨四海俯仰觀洪波大魚若曲陵承浪相經過靈鼇載方丈神嶽儼嵯峨仙人翔其隅玉女戲其阿瓊蘂可療飢仰漱吸朝霞崑崙本吾宅中州非我家將歸謁東父一舉超流沙鼓翼舞時風長嘯激

清歌　金石固易弊日月同光華齊年與天地萬乘安足多

節箋：聞人倓注漢昭帝歌秋素景兮泛洪波　毛萇詩傳曲陵曰阿　列子渤海之東有壑焉其中有山無所連著常隨波上下往還不得暫時焉帝恐流於西極失羣聖之居使巨鼇十五舉首而戴之　史記海中有三神山名曰蓬萊方丈瀛洲仙人居之　西都賦激神嶽之蔣蔣　招隱士山氣巃嵸兮石嵯峨　釋名老而不死曰仙仙遷也遷入山也　漢武內傳帝居承華殿忽見一女子曰我墉宮玉女王子登也至七月七日王母暫來言訖不知所在　爾雅大陵曰阿　西京賦屑瓊蘂以朝餐必性命之可度　四皓歌可以療饑　甘泉賦噏青雲之流霞　渤海十洲記崑崙山有三角其一角正干北辰名曰閬風巔其一正西名玄圃臺其一正東名崑崙宮有五城十二樓　蘇武詩山海隔中州　十洲記扶桑上有太帝宮太眞東王父所治處也　列仙傳老子西遊關令尹喜知眞人當過物色而得之與老子俱至流沙之西莫知所終　楚辭俟時風之清激兮　毛詩其嘯也歌　傳嘯蹙口而出聲　上林賦長嘯哀鳴　節補箋：韓子雖與金石相弊象天下未有日也　史記屈原賈生列傳推此志也雖與日月爭光可也　楚辭與天地兮比壽

節釋音歌麻古通見卷四孤兒行

朱止谿曰遠遊自傷道窮思卷懷也太史公謂屈大夫其志潔其稱物芳雖與日月爭光可也思士立志皎然可以並烈

朱秬堂曰讀曹植五遊遠遊篇悲植以才高見忌遭遇艱厄灌均之讒儀廙受誅安鄉之貶幸耳時諸侯王皆寄地空名

國有老兵百餘人以爲守衛隔絕千里之外不聽朝聘設防輔監國之官以伺察之法既峻切過惡日聞惴惴然朝不知

夕所謂九州不足步中州非吾家皆其憂患之辭也至云服食享遐紀延壽保無疆則其憂生之心爲己甚矣

張山來曰達人不諱死哲人多憂生偶說胸中興趣非不容於世而作如是想也

仙人篇

郭茂倩樂府詩集樂府廣題曰秦始皇三十六年使博士爲仙眞人詩遊行天下令樂人歌之曹植仙人篇蓋出於

此雜曲歌辭左克明古樂府同載曹植辭

仙人攬六著對博太山隅湘娥拊琴瑟秦女吹笙竽玉樽盈桂酒河

伯獻神魚四海一何局九州安所如韓終與王喬要我於天衢萬里不足步輕舉凌太虛飛騰踰景雲高風吹我軀迴駕觀紫微與帝合靈符閶闔正嵯峨雙闕萬丈餘玉樹扶道生白虎夾門樞驅風遊四海東過王母廬俯觀五嶽間人生如寄居潛光養羽翼進趣且徐徐不見昔軒轅升龍出鼎湖徘徊九天下與爾長相須

節箋六著見卷十二豔歌何嘗行文帝辭湘娥見上妾薄命 列仙傳蕭史者秦繆公時人也善吹簫繆公有女號弄玉好之公遂以妻焉遂教弄玉作鳳鳴吹似鳳聲鳳凰來止其屋 楚辭九歌奠桂酒兮椒漿古豔歌河伯出鯉魚魚龍河圖云河伯姓呂名公子夫人姓馮名夷四海見卷六王子喬九州 見卷十賦呂紀篇史記秦始皇本紀因使韓終侯公石生求仙人不死之藥王喬見卷六王子喬九天衢見卷九平陵東紫微 見卷十猛虎行文帝辭論語比考讖曰君子上達與天合符閶闔見卷九平陵東雙闕見上五遊樂府古辭隴西行桂樹 夾道生青龍對道隅古豔歌白虎持榼壺春秋漢含孳曰天

一之帝居左青龍右白虎王母見卷四步出夏門行古詩人生忽如寄魏武帝秋胡行愛時進趣將以惠誰史記封禪書黃帝采首山銅鑄鼎於荊山下鼎既成有龍垂胡髯下迎黃帝黃帝上騎羣臣後宮從上龍七十餘人龍乃上去餘小臣不得上乃悉持龍髯龍髯拔墮墮黃帝之弓百姓仰望黃帝既上天乃抱其弓與胡髯號故後世因名其處曰鼎湖其弓曰烏號節釋音虞魚古通見卷一陌上桑朱止谿曰哀時也魏之國是日非炎思王念分形共氣憂患共之故前之閶闔啓丹扉冀其或悟今之閶闔自嵯峨君門仍萬里也功業不就蓋將立言孔氏删詩書王業燦已分正與進趣徐徐相照

飛龍篇

郭茂倩樂府詩集楚辭離騷曰爲余駕飛龍兮雜瑤象以爲車曹植此篇與楚辭同意雜曲歌辭左克明古樂府同載　曹植辭

晨遊泰山雲霧窈窕忽逢二童顏色鮮好乘彼白鹿手翳芝草我知眞人長跪問道西登玉堂一作[illegible]金樓復道授我仙藥神皇所造教我服食還精補腦壽同金石永世難老

節箋說文窈深遠也窕深肆極也合言之則曰窈窕王逸魯靈光殿賦旋室㛹娟以窈窕二童見卷十二折楊柳行白鹿見卷六王子喬芝草見卷三董逃行說文翳華蓋也眞人見卷十一秋胡行晨上篇史記秦始皇本紀殿屋複道周閣相騶複復古通節釋音篠皓古通詩陳風月出照兮佼人燎兮舒夭紹兮勞心慘兮慘當作懆則篠與皓通朱止谿曰思超世也所稱騶靑雲以振羽企驪馬而改駕者耶

鬭雞篇

郭茂倩樂府詩集雜曲歌辭左克明古樂府同載曹植辭

遊目極妙伎清聽厭宮商主人寂無爲衆賓進樂方長筵坐戲客鬬雞觀閑房羣雄正翕赫雙翹自飛揚揮羽邀清風悍目發朱光觜落輕毛散嚴距往往傷長鳴入青雲扇翼獨翱翔願蒙狸膏助常得擅此場

節箋遊目謂舞也清聽謂歌也樂方見卷十一秋胡行文帝辭汎汎淥池篇陳思本集七啟踐飛除郎閒房一揚雄甘泉賦翕赫習霍霧集蒙合分漢書注師古曰翕赫習霍開合之貌文選李善注翕赫盛貌陳思本集七啟揚翠羽之雙翹李善注引王逸楚辭注曰翹羽名也節箋翹尾長毛也羽長毛也翼左右肱也左傳季郈之鬬雞季氏介其雞郈氏爲之金距事類賦注引莊子逸篇曰羊溝之雞時以勝人者以狸膏塗其頭也張衡東京賦秦政利觜長距終得擅場薛綜注言秦以天下爲大場喻七雄爲鬭雞利喙長距終擅一場也說文曰擅專也朱止谿曰諷上也

張山來曰長鳴二語有託

朱述之曰劉楨應瑒俱有鬬雞詩見類聚蓋建安中同作也近山陽丁晏作陳思年譜引鄴都故事明帝太和中築鬬雞臺以爲此篇作於太和中然考其時應劉早卒矣

盤石篇

郭茂倩樂府詩集雜曲歌辭 左克明古樂府闕曹植辭

盤盤山巔石飄飄澗底蓬我本泰山人何爲客海一作淮東蒹葭彌斥土林木無分一作芬重岸巖若崩缺湖水何洶洶蚌蛤被濱涯光彩如錦虹高波樂府作彼今從曹集考異凌雲霄浮氣象螭龍鯨脊若丘陵鬚若山上松呼吸吞船欐澎濞戲中鴻方舟尋高價珍寶麗以通一舉必千里乘颸舉帆幢經危履險阻未知命所鍾常恐沈黃壚下與黿鼈同南

極蒼梧野遊眄窮九江中夜指參辰欲師當定從仰天長太息思想懷故邦乘桴何所志吁嗟我孔公

節箋起二句言身本盤石跡類飄蓬蓬見卷十燕歌行明帝辭書禹貢海濱廣斥說文鹵鹹地東方謂之斥西方謂之鹵管子地員篇斥地宜大椒與麥分當作紛古通用淮南子禍之生也分分紛紛重多貌言斥土所生皆兼葭之屬無林木之茂也朱秬堂樂府正義魏武四時食制云東海有大魚如山謂之鯨鯢次有如屏者其鬚長一丈集韻欚小船也里弟切音禮澎濞亦作彭湃司馬相如上林賦注司馬彪曰彭湃波相戾也戲中鴻謂中戲海之鴻也與乔船欚錯對爾雅釋水大夫方舟郭注併船也說文麗旅行也淮南子放乎九天之上蟠乎黃壚之下離騷朝發軔于蒼梧兮夕吾至于玄圃九江見卷四孤兒行參辰見卷十一蒲生行浮萍篇法言吾不覩參辰之相比也是以貴遷善中夜指參辰欲師當定從蓋以參辰之出沒喻一身之進退師參則從參師辰則從辰也進退何從是以仰天太息懷想故邦而興浮海之歎也論語子曰道不行乘桴浮于海

節。釋：晉東多江古通，詩小雅維作之枝，其葉蓬蓬，樂只君子，殿天子之邦，樂只君子，萬福攸同，平平左右，亦是率從，則東多江通。

朱止谿曰：愛王室也。魏志：王十年三徙都，汲汲無懽，非懷土也，王室將不能收其族聚焉。

朱秬堂曰：植以不得留宿衛，言歸東藩，非其本懷，故託險乘桴，經危歷險，倦倦故邦，仰天而長歎也。風子遠遊，臨眺舊鄉，僕人心悲，王逸注以爲忠信之篤，仁義之厚，余於子建亦云。

丁儉卿曰：求自試表言昔從先皇南極赤岸，東臨滄海，此詩言乘危履險，亦是自道其實，又言恐沈黃壚，即責躬詩常懼顛沛抱罪黃壚之意。

驅車篇

郭茂倩樂府詩集雜曲歌辭　左克明古樂府闕　曹植辭

驅車撣（一作揮）駑馬，東到奉高城。神哉彼泰山，五嶽專其名。隆高貫雲

霓嵯峨出太清周流二六候間置十二亭上有涌醴泉玉石揚華英
東北望吳野西眺觀日精魂神所繫屬逝者感斯征王者以歸天效
厥元功成歷代無不遵禮祀有品程探策或長短唯德享利貞封者
七十帝軒皇元獨靈滄霞漱沆瀣毛羽被身形發舉蹈虛廓徑廷升
窈冥同壽東父年曠代永長生

節箋古詩驅車策駑馬說文撣提持也廣雅駑駘也謂馬遲鈍者也漢書地理志泰山郡奉高縣有明堂在西南四里武帝元封二年造風俗通曰泰山山之尊一曰岱宗岱始也宗長也萬物之始陰陽交代故爲五嶽長王者受命恒封禪之聞、人倰注堠封土爲壇以記里也後漢書光武紀築亭堠注秦法十里一亭亭有長漢因之節案二六堠堠一亭故十二亭言登泰山之道里也此即應劭漢官馬第伯封禪儀記所謂遣守謁者治泰山道也聞人倰注禮記地出醴泉韓詩外傳顏回從孔子登日觀望吳門尸子泰山上有三峯東曰日觀雞鳴時見日出博物志泰山主召人魂東方萬物始成故

知人生命之長短節補箋詩我日斯邁而月斯征聞人佽注五經通義王者受命易姓報功告成必于岱宗也國語以贊
元功節補箋曲禮注效星也聞人佽注禮記五嶽視三公風俗通岱宗上有金篋玉策能知人年壽修短漢武帝探策得
十八因倒讀曰八十其後果壽長八十周易乾元亨利貞史記管仲曰古者封泰山禪梁父者七十二家而夷吾所記者
十有二焉又黃帝且戰且學仙百餘歲然後得與神通東方朔七諫含沆瀣以長生玉篇沆瀣氣也淮南王八公操公將
與予生毛羽兮超騰青雲嚴遊道德指歸論聖人柄和履正治之無形游於虛廓以鏡太清薛綜西京賦注徵廷過度之
意也廷與庭古通老子紛兮冥兮節補箋東父見卷四步出夏門行
節釋音庚青古通見卷二長歌行碧碧山上篇
朱止谿曰諷王者修德也受命之符謹祝此
朱柜堂曰魏明帝時中護軍蔣濟請封禪使高堂隆草封禪儀以天下未一不欲便行大禮會高堂隆卒不果行
方植之曰此典禮大篇同於清廟之頌無可以爲悅耳目者誦之久自見古穆嚴重氣象

種葛篇

郭茂倩樂府詩集雜曲歌辭
左克明古樂府闕　曹植辭

種葛南山下，葛藟自成陰。與君初婚時，一作初定婚結髮恩義深。歡愛在枕席，宿昔同衣衾。竊慕棠棣篇，好樂和瑟琴。行年將晚暮，佳人懷異心。恩紀玉章作絕曠不接，我情遂抑沉。出門當何顧，徘徊步北林。下有交頸獸，仰見雙棲禽。攀枝長歎息，淚下沾羅襟。良馬知我悲，延頸代一作對我吟。昔爲同池魚，今爲商與參。往古皆歡遇，我獨困於今。棄置委天命，悠悠安可任。

節箋：詩周南南有樛木葛藟纍之孔疏藟與葛異亦葛之類也案劉向九歎王逸注藟巨荒也蘇武詩結髮爲夫妻恩愛兩不疑歡娛在今夕嬿婉及良時詩小雅常棣之華鄂不韡韡又妻子好合如鼓瑟琴兄弟既翕和樂且湛出門當何顧

即詩終遠兄弟幾詩秦風鴥彼晨風鬱彼北林北林從南山字轉來有蹊遷吳兆宜注司馬相如琴歌何緣交頸爲鴛

慈子建釋思賦云樂鴛鴦之同池羨比翼之共林節箋辰見卷十一蒲生行浮萍篇往古猶往昔也古詩良人爲古懽

李善注古儲昔之悽愛周易困于葛藟

朱止谿曰不見若於君竊獨自傷文帝時作也調悲而遠文溫以厚

朱柏堂曰晚暮棄妻尤爲可憐楚辭悲回風曰惟佳人兮永都王逸注佳人謂懷襄王也此託夫婦之好不終以比君臣

佳人謂夫徐伯臣謂夫爲妻之所棄若漢朱買臣者非也

樂府

郭茂倩樂府詩集雜曲歌辭左克明古樂府同載明帝辭

種瓜東井上冉冉自踰垣與君新爲婚瓜葛相結連寄託不肖軀有如倚太山兔絲無根株蔓延自登緣萍藻託清流常恐身不全被蒙

丘山惠賤妾執拳拳天日照知之想君亦俱然

節箋詩中田有廬疆場有瓜古者田中有井故曰種瓜井上廣雅冉冉進也古詩冉冉孤生竹結根泰山阿與君爲新婚兔絲附女蘿劉向九歎葛藟虆於桂樹兮王逸注藟緣也詩于以采蘋南澗之濱于以采藻于彼行潦毛傳蘋大蓱也藻聚藻也序曰采蘋大夫妻能循法度也詩以自比曹植蒲生行浮萍篇曰浮萍寄清水隨風東西流廣雅拳拳愛也節釋音元先删古通見卷三董逃行朱止谿曰種瓜東井上章初志也妻道也臣道也亦友道也或曰引喻深痛明帝感母后而作朱秬堂曰當是擬甄后塘上行之作意主昭雪母寃感悟君父不露一毫悲憤使讀之者自動可謂善於立言矣王船山曰怨詩不作怨語

漢魏樂府風箋卷十五終

漢魏樂府風箋補遺

順德黃節箋釋

漢風

相和歌辭

清調曲

豫章行

樂錄王僧虔技錄云清調六曲二曰豫章行

白楊初生時乃在豫章山上葉摩青雲下根通黃泉涼秋八九月山客持斧斤我□何皎皎稊落□□□根株已斷絕顛倒巖石間大匠持斧繩鋸墨齊兩端一驅四五里枝葉自相捐□□□□□會爲舟

船燔身在雒陽宮根在豫章山多謝枝與葉何時復相連吾生百年□自□□□俱何意萬人巧使我離根株

節箋漢書地理志豫章郡高帝置水經贛水注曰高祖始命陳嬰以爲豫章郡治城之南門曰松陽門內有樟樹高七丈五尺大二十五圍枝葉扶疎垂蔭數畝應劭漢官儀曰豫章樟樹生庭中故以名郡矣古詩白楊何蕭蕭樂府古辭豔歌行上枝拂青雲左傳不及黃泉無相見也樂府古辭董嬌饒高秋八九月易枯楊生稊王弼注稊楊之秀也朱柘堂曰燔字與象有齒以焚其身焚字同義節釋音删先文寒元古通見卷三叢逃行篇末俱株韻虞自爲一音蓋樂終之趨朱止谿曰感過也過矣而違其所願風斯變矣似有憚爲人犧意子建以廣舜呂望當之感知已之雖其風復變朱柘堂曰豫章名材也名之所立衆必趨之本是白楊而生在豫章之山求不爲匠石之顧不可得矣一旦枝葉棄捐根株離絕始怨萬人之巧亦已晚矣皆由立志不堅中途失路究其源則爲名所累耳予曰匹夫不可奪志豈萬人之巧所

能移易哉在東都若周黨近之子陵負乎不可尙已

陳胤倩曰上葉下根與篇末身根枝葉各在一處大有可悲

漢魏樂府風箋補遺終

漢魏樂府風箋校勘表

凡正文用大字箋用小字

凡箋行數雙行作一行

凡箋行右者列右行左者列左

凡別本異文者或訂補原文及箋者列附考

卷數	葉數	行數	遺誤	補正	附考
卷一	一	十四			然若高帝孝武諸篇句刪
		十五	雜歌詩	雜曲歌辭	即相和諸曲是也句下增入今
		十九			案漢相和歌辭相和六引已闕

六		七	八		九
三箋	十一箋	十三箋	一	十四箋	十九箋
平何		寫	知不	緣	繻
平阿		寓	不知	綠	襦

吟歎則自魏晉後已無能歌之者大曲不入調惟相和平調清調瑟調楚調尚詳器數下接唐書樂志云云

陳太初曰以下當另起一行

	十	四箋	開	聞	長歌行	當從樂府仙人苕苕合爲一篇
卷二	二					
卷三	一	十八箋	律	拜		
	二	二十箋	饒	鐃		
	三	十四			鶴鳴	一作和鳴
卷四	三	十六箋	師曰	師古曰		
	十三	四箋	幷	並		
	十五	一箋	[illegible]爲	[illegible]馬爲		
		二十箋	待	侍		
	十六	二十箋	鈠	鍛		

卷	頁	行	誤	正
	十八	十一箋	斯	新
	十九	十八箋	稱	辭
	二十一	二箋	通	叶
		七箋	共	其
		十三箋	具	其
	二十二	一箋	都獲	督護
卷五	二	五箋	傅	傳
		十三箋	招	昭
		十八箋	做	倣
	三	十六箋	詩	時

	四	五箋	對	封
		十九箋	何	河
卷六	二	十三箋		
卷七	二	十五箋	無	亡
卷八	三	八箋	千金君爲	千金爲
卷九	六	四箋	倘	上
卷十	三	十八箋	憂	夔
		十九箋	憂	夔

釋名嗟佐也至佐行也句刪補入詩唐風嗟行之人胡不比焉下接荀子云云

頁	行	誤	正
四	四箋	昴	昂
六	二十箋	其變心	其有變心
七	三	孤	狐
	二十	泛	汎
九	四箋	[illegible]	[illegible]
十	四	瑟	琴
	七箋	莫	草
	八箋	烏	鳥
	十二箋	中將	中郎將
	十六箋	調日	調曰

卷十一

十三	十箋	迴	廻
十四	十三箋	冢	冡
十六	七箋	有	侑
一	十二	慼	感
二	六箋	河內懷慶	河南懷慶
四	一箋	他	地
	八	北	此
七	十一	目	自
	二十箋	消	銷
九	十二	茱	柴

十三	八箋	穫	獲
	二十箋	後曲拔	後拔
十七	三箋	易勞	易謙

卷十二

二	四箋	之	王
三	十七箋	布	市
五	九箋	若	苦
十二	二十箋	博	傳
十五	五箋	元古通	元庚古通
十八	九箋	西行門	西門行
十九	十七箋	依止猶稽	止依猶稽

卷十四

二十二	十七箋			排金鋪以下爲陽七字刪改作排金鋪至樂未央同屬上庚先陽寒一通爲樂常苦遲以下爲支徹別一通若曲終之趣下接支徵通云云
二十四	十箋	蒲	蒱	
二十八	一箋	攓	攖	
四	十箋	信	倍	
九	十三箋	騙	騗	
十四	十七箋	後漢楊	後漢書楊	

卷十五

頁	行	原	改	備註
十五	二箋	駉	駟	
十八	九箋	寄	奇	
	十四箋	鐵	鐵	
二	七箋	靻	靷	
	十七	予	矛	
八	十五箋	慢	幔	
	十八箋	槃	盤	
十一	十五			何居
十二	十一箋	託以處女	託處女	文選曹集並作安居
	十六箋	酷	皓	

十四	十四箋	棠	常		
十五	十箋	復	覆		
十六	十八	載	戴		
二十二	十六			良馬	玉臺新詠作良鳥

漢魏樂府風箋校勘表終